SABRI GODO

Plaku i Butkës

Botim i dytë

I0563842

TIRANA TIMES
R&Z

Botimi i këtij libri u sponsorizua nga
Ministria e Turizmit, Kulturës, Rinisë dhe Sporteve

Botues: TIRANA ⅃TIMES - Thnegel, Ltd
R&Z
Botuese: Jerina Zaloshnja
Redaktor: Jorgji Qirjako
Grafika & kopertina: Daniel Prifti

ISBN: 978-99956-809-4-7

TIRANA ⅃TIMES - Thnegel, Ltd
R&Z
Rr: Anton Zako Çajupi, 20/5, Tiranë
Tel: 04 2274 204/203
e-mail: editor@tiranatimes.com
URL: www.tiranatimes.com

Dy fjalë lexuesit

Katër vjet më parë[1], Sali Butka ishte për mua fare i panjohur. Rastësisht më ranë në dorë disa materiale e dokumente. Pastaj lexova librin e vjershave të Saliut, u njoha me disa bashkëkohës të tij dhe pashë një tog me fotografi. Dhe sa më shumë thellohesha në këtë punë, aq më interesante më delte figura e Plakut të Butkës, mbarimin e të cilit e rrethon pothuaj një heshtje e plotë. Duhet të them që në fillim se historia dhe letërsia nuk janë profesioni im. Për të shkruar këtë libër, më është dashur të kërkoj së pari dokumente që do të shërbenin si bazë e vërtetësisë historike të tij. Këto dokumente u gjetën te të afërmit dhe miqtë e Sali Butkës. Dhe kur ato nuk plotësonin mirë kapitullin për të cilin flasim, u desh të përdornim kronikat e kohës, që duke i krahasuar me njëra tjetrën, arrijnë të na forcojnë bindjen mbi përpjesëtimet e ngjarjes dhe mbi saktësinë e kohës e të vendit.
Por as dokumentet që kemi përpara dhe as kronikat e

---

[1] 1956

jashtme e të brendshme nuk do të na jepnin një shtjellim të gjithanshëm të veprimtarisë së Sali Butkës, po qe se do të mungonin dëshmitarët e gjallë, bashkëkohës të tij. Duhet të falënderojmë nga zëmra, ish-luftëtarët e Saliut, miqtë dhe shokët e tij, me të cilët ai ndau një pjesë të pikëllimeve që i ranë mbi kokë dhe ca më tepër gëzimin e fitoreve të përbashkëta. Ata janë sot në një moshë të kaluar, po kur e pruri rasti nuk ngurruan të bëjnë një rrugë të gjatë për të ardhur në takim, që të tregojnë me respekt e dashuri të thellë çdo gjë që dinin për ish komandantin dhe mikun e tyre. Po me aq vlerë kanë qenë dëshmitë e të ashtuquajturve "kundërshtarë të Sali Butkës". Koha i ka kthjelluar mendimet e tyre. Kujtimi i Sali Butkës, bën të ngrihet më këmbë edhe ai fshatari 82 vjeçar nga Tuholi, të cilit i dogjën shtëpinë se u pat dhënë strehim çetave të andartëve.

AUTORI

Sali Butka

FILLIMI I NJË HISTORIE

Njeriu që vetëm për vete punon
Është si një dru që pemë s'lëshon
SALI BUTKA

Njëzet e pesë vjet më parë[2], Sali Butka jetonte ditët e fundit. Një herë një mik e pyeti se nga mund të fillohej tregimi i jetës së tij. Saliu u mendua gjatë. Rruga e jetës i dilte përpara plot maja e krepa, ngjitej e zbriste në boshtin e saj pareshtur, si ethet e forta, nga djepi tek buza e varrit. Luftë e gjak, aq ngjarje, sa ka faqe një libër i trashë. Dhe çdo ngjarje ishte një dramë më vete.

- Kjo mëndje është e vjetër shumë, - i tha Saliu. Fliste me zor. Tetëdhjetë e pesë vjeç, i dërmuar fare nga mundimet, ai nuk bënte tjetër veç merrte frymë. Dhe gëzohej që mund të merrte frymë e të fliste akoma.

- Le të nisim nga e para, - tha ai. −Ky është fillimi më i mirë. Shkruaj ato që do të të them, pa shtuar e pa

---

[2] 1938

hequr. Bijtë tanë të gjykojnë vetë.

"Jam lindur më 1852 në fshatin Butkë të Kolonjës. Gjyshi im, Elmaz Zaimi, ishte nga Frashëri prej familjes Aliçka, që përmendet në libërzën për Naim Frashërin "Mali Kokojka". Kur isha i vogël, nuk pata fatin të veja në shkollë; as në shkollën greke që kishim afër. Vetëm kur u bëra nja 10-12 vjeç, mësova nga im atë alfabetin grek dhe ca emra. Por im atë ishte një bujk punëtor dhe nuk u muar më me mua, veç një ditë a dy. Unë e zgjerova qarkun e emrave, duke pyetur ndonjë nga fshatarët që dinin të shkruanin greqisht. Kështu mësova të bëj një shkrim të bukur. Po ç'të shkruaja kur vetë nuk dija asnjë fjalë greqisht. Meqenëse u mërzita duke shkruar vetëm emra, zura të shkruaj edhe fjalë shqipe dhe pastaj këngë trimërie.

Kush i shkel malet e larta
Musta beu që mban kalca.

Mirëpo, duke u marrë me këto, kuptova se shumë nga fjalët shqipe nuk shkruheshin dot siç fliten, se shkronjat greke nuk janë të mjaftueshme për gjuhën tonë. Këtë të metë ja përmenda ca më vonë një miku të familjes, Ziko Nashos nga Bezhani, i cili më tha se gjuha shqipe ka shkronja të veçanta. Më tregoi disa që largonin fort nga të sotmet, por nuk i mbante mënd të gjitha. Atëherë unë pyesja cilindo, kur më paraqitej rasti, nëse i dinte këto shkronja. Abecenë e plotë ma tregoi Sadik Qesaraka, që e kishte shkruar në kapakun e një libri turqisht. Ato i dinte edhe Petro Nini Luarasi, që erdhi në Bezhan si dhaskal i greqishtes. Ky m'i zhvilloi mirë dhe që atëherë, sot e pesëdhjetë vjet më parë, nismë t'i shkruajmë njëri tjetrit parulla shqipe, kur kishim ndonjë nevojë. Dashuria e tij për gjuhën shqipe më hyri dhe mua në zëmër, por Petroja nuk e shfaqte kudo, mbasi ishte mësues i greqishtes, kurse unë bëja propagandë lirisht për mësimin e abecesë. Kjo dëshirë e përbashkët e sidomos sjellja e tij burrërore, më afroi shumë me të. Një ditë po lexonte një libër me fjalë shqipe, po me shkronja greqishte. E pyeta pse të mos kishim edhe ne libra me shkronja shqipe. Ai më thotë : "Ki durim se afroi koha! Së shpejti do të kemi edhe ne". Këto fjalë m'i ka thënë kur ishte dhaskal në Bezhan, më 1882-1883."

Dy librat e para shqipe, një abetare dhe një këndim të çunave i kam marrë nga Orhan Pojani. Pastaj solli në Korçë edhe Vani Cico Kosturi. Përhapja e tyre në Kolonjë i dedikohet më tepër Petro Ninit, po edhe unë diçka bëra, veçanërisht në rrethin e fisit dhe të miqve, të cilët i kisha përgatitur më parë me anën e shkronjave të dorës. Në qarkun e miqve futa dhe disa nga vllehtë e malit, si djemtë e Pitulit, të cilët më vonë më shoqëruan në Komitetin e vitit 1911.

Më kujtohet se, një herë tjetër, kur vajta në Korçë, më mori Orhan Pojani për dore, duke më thënë: "Eja të të jap një libër që, në i bëftë myslimanët shqiptarë të mirë i ka për t'i bërë vetëm ky". Më shpuri te Thimi Markoja dhe më dorëzoi "Qerbelanë" e Naimit. Dhe me të vërtetë, përshtypja që bëri ky libër në popull ishte aq e madhe, sa edhe pleqtë e plakat mësuan këndimin e gjuhës shqipe për hir të tij. Një motra ime ishte afro 70 vjeçe kur iu vu shqipes të lexonte "Qerbelanë". Kur më vinin miqtë dhe veçanërisht ndonjë baba ose dervish, mblidhja vëllezërit, kushërinjtë e kunetërit dhe ja thërrisnim këngës së bashku me ca avaze që i kishim nxjerrë vetë. Veçanërisht këndonin bukur, im vëlla, Myftari me tim kunat, Nuri Kozelë. Veç t'i dëgjoje! Më në fund ia thoshim bashkë me fjalët e Qerbelasë:

"Zot' i madh e i vërtetë,
Mos na lerë kurrë shkretë.
Fali, fali Shqipërisë
Gjithë ç'ke të mirësisë."

Zëri i plakut u zbut e u ndreq. Iu çel fytyra. Ai që mori këto shënime, thotë se përtëritja e kujtimeve i shtoi plakut jetën. Sikur po i prekte me dorë ato ditë që ndriçonin aq bukur për të. Forcat e fundit të shpirtit e të mendjes u mblodhën atje. Plaku ish i lumtur. Si piu ngadalë filxhanin e kafesë, ai vazhdoi të fliste:

"Në qoftë se në Kolonjë do të ngrihet në kohën e ardhshme ndonjë përmendore për atë që e shpëtoi dhe e nderoi këtë vend, kjo përmendore duhet të jetë e Petro Nini Luarasit, që na zgjoi, na bashkoi dhe na lartësoi dëshirat dhe veprimet. Në kohët e para u muarmë vetëm me përhapjen e abecesë, të "Qerbelasë" dhe të "Bagëti e Bujqësi". Tani, me vajtjen e Petros mësues në Vakëfet dhe Luaras dhe më pastaj, më 1887 në Treskë, tani them, erdhi një bashkim në mes të Butkës, Kozelit dhe

Nikolicës me Qesarakën, që bëri qendër Petroja dhe ky bashkim u forcua me pjesëmarrjen e Novoselës dhe veçanërisht të Starjes, Prodanit dhe Selenicës. Se tani Petroja u deklarua sheshit mësues i shqipes në Ersekë dhe përkrahësit e tij filluan të bashkëpunojnë midis tyre, jo vetëm për të përkrahur leximin dhe shkrimin e gjuhës amtare, por edhe idenë për liri nga zgjedha turke. Sepse, në vend të "Qerbelasë" fetare, u përhapën tani libra të tjera, që ishin kundër Turqisë. Këtë rol nuk do ta kishte lojtur dot as Petroja, po të mos kishin hapur kundër tij luftën "e shenjtë" dhespotët e Fanarit që, më së fundi, i kushtoi Petros jetën. Me fjalë të tjera, kundërshtimi midis Petros dhe dhespotëve të Kosturit i bindi menjëherë të gjithë se ky njeri e donte vendin dhe nuk e urrente Turqinë si kristian, po si shqiptar i kulluar.

Ndihma që unë i dhashë Petros, ishte në dy mënyra: E kam shoqëruar ose e kam përcjellë me armë, që të mos e vrisnin njerzit e Dajlan Bej Qafzezit, të cilët i kishin zënë shumë herë pritë. Dajlan Bej Qafzezit i kishte siguruar dhespoti i Kosturit shuma të mira të përmuajshme. Prandaj ky, i shtyrë prej tij, mundohej t'i hante kokën Petros, po njëkohësisht dhe mua, që e përkrahja atë. Nga ky shkak, shëtisnim më shumë natën dhe ishim gjithnjë, që të dy, të armatosur.

Ndihmën tjetër ia dhashë Petros dhe, tërthorazi, çështjes kombëtare, me anë të Mulla Nasufit, që e kisha mik të ngushtë. Asokohe, ai e kish në dorë qeverinë e Kolonjës. Për hatrin tim, ky jo vetëm që nuk e shqetësoi, por edhe e mbrojti Petron sa mundi kundër ndjekjeve dhe

11

kallëzimeve të Dajlan Beut. Përkrahjen më të madhe na e dha Nasufi për shkollën shqipe që hapi Petroja në Ersekë sot e pesëdhjetë vjet më parë. Me këtë rast dolli sheshit mësimi i gjuhës shqipe, pa ndrojtje dhe u përhap atje ku duhej: ndër djemtë e rritur të shkollës Ruzhdie të Ersekës dhe ndër djemtë e bejlerëve të Starjes e gjetkë, ku Petroja shkonte për mësim e propagandë. Disa nga këta djem dolën nga shkollat e larta dhe i shërbyen mjaft çështjes kombëtare, si Abdyl Ypi, Hajdar Kolonja e të tjerë. Më i flakti nga të gjithë nxënësit e Petros ka qenë Ibrahim Qesaraka- Baba Brahoja i pastajmë, por pa arësim të lartë.

Pas nja 4-5 vjetëve, me përkrahjen e Petro Nini Luarasit dhe me ndihmën e Naim Frashërit, u hapën në Kolonjë edhe të tjera shkolla në fshatrat Gostivisht, Vodicë, Luaras, Selenicë e gjetkë. Më duket sikur shkolla e Luarasit ishte hapur me parë. Nga administrata e shkollave shqipe të Kolonjës, dipendonin edhe shkollat e Vakëfeve, ku Petroja bëri propagandë dhe përpjekje të mëdha. Këtu mundimet dhe sakrificat e tij u kurorëzuan me sukses, megjithëse pati të bënte me një propagandë të tërbuar fetare nga ana e klerit të Patrikanës.

Petro trimit nuk pati ç't'i bënte as dhespoti i Kosturit me mallkime e çkishërim, as Dajlan Beu me larot e tij, që e ndiqnin për ta vrarë. Prandaj këta të dy iu drejtuan qeverisë turke, njëri me anën e Patrikanës dhe tjetri me anën e miqve të tij në Stamboll. Beu i Qafëzezit nuk kishte vetëm inatin e Petros, që shëtiste me mua me armë në dorë, por edhe inatin e Mulla Nasufit, i cili përkrahte shqipen si në kazanë e Kolonjës, ashtu edhe në atë të Korçës. Nga ky shkak , gurët më të rëndë nga të dy palët ranë mbi kurrizin e Nasufit dhe të palës së tij. Dhe kur na i mbyllën shkollat, nuk patëm ç'të bëjmë.

Mbyllja e shkollave na tronditi së tepërmi, por edhe na zgjoi. Tani na u mbush koka më shumë, se turku, që na mohon të drejtën e mësimit të gjuhës së mëmës, është armiku ynë më i madh. Dhe dëshira e mëparshme na u bë tani detyrë mëmëdhetare. Ai që përhapte dikur abecenë, duhej të shpërndante tani libra të ndaluara, të cilat flisnin hapur kundra Turqisë dhe ngjallnin ndjenjën e kombësisë. Kështu, Petroja shëtiste me çantë në krahë dhe bënte propagandë me fjalë aq të zjarrta, sa çdo njeri që e dëgjonte, bëhej me shpirt përkrahës i tij. Si i tillë, më kujtohet i ngrati Feta Qinami, që çante dëborën për të shpërndarë libra dhe gazeta. Nga ana tjetër, djemtë e Baba Shabanit të Qesarakës e zgjeruan veprimin e tyre jo vetëm në Dangëlli, por edhe gjer në Skrapar. Njëri prej tyre, Ibrahimi ose Brahoja, ishte dhe vjershëtor. Qysh në atë kohë ky ka bërë një vjershë me romuz, që është botuar në librin tim "Ndjenja për Atdhenë". Vjersha fillon me këto radhë:

Ah, o dimër, dimër i shkretë,
Ç'pate që na plevitose,
Me të ngritë e me të qetë
Gjaknë tonë na e sose!

Dimër, atdhetari i flaktë quante Turqinë. Edhe unë u dhashë me gjithë shpirt pas përhapjes së librave dhe pas të bërit vjersha. Librat i sillja vetë sa herë që vija në Korçë duke udhëtuar natën. Më pastaj solla disa herë nga Manastiri dhe Stambolli, ku vajta tri herë për të shpëtuar nipin tim, Hysen Nikolicën që ishte i burgosur para vitit 1900. Një herë, kur u nisa nga Manastiri për në Kolonjë, kisha harruar ndën jastëk të hotelit një gazetë shqipe, që përmbante një vjershë timen. Dy strofat e para të saj i mbaj mënd edhe sot:

A kini parë ndë jetë
Ndonjë mbretëri të ketë,
Mos dijë të mbretërojë
Dhe ç'të bëjë e ç'të punojë?

Ushtëri të ketë shumë
Edhe punëtë për lumë,
Ushtëri e saj si bletë,
Po të zhveshur si lugetë...

Hoteli u bastis nga qeveria dhe gazetën e gjetnë, po vjersha kishte emrin e fshehtë S. Zaimi. Nga ana tjetër, hotelxhiu Josif Ferexheja, ishte shqiptar i mirë dhe nuk tregoi se kush kishte fjetur në atë shtrat. Kështu shpëtova, por e pësoi Josifi vetë. E dënuan me gjashtë muaj burgim. Kur e vizitova pas ca kohe në burg, Josifi, si shakaxhi që ka qënë, më thotë: "Shqiptar jam unë që marr gazeta dhe bënj vjersha, jo ti..."

Vajtja ime shumë herë në Manastir më dha rast të njihem me shumë shqiptarë që kishin nëpunësira

14

të larta, por me ndjenja kombëtare. Hoteli i Josif Ferexhesë nga Kolonja, "Osmanlli Hotel", ishte qendër e këtyre njerëzve të shquar. Këtu, të parin njoha Hajdar Blloshmin, që ka qënë në Konsullatën e Austrisë, i cili më dha gazeta dhe libra shqipe. Gjithashtu njoha Feim Zavalanin, nënkolonel Halit Bërzeshtën (Bej Babanë), Bajram Currin, Qirjazin, Bajo Topullin, Jashar Bitinckën e të tjerë. Në fillim këta flisnin më të rrallë për çështje kombëtare. Vetëm Bej Babai nuk druhej dhe fliste sheshit me çdo shqiptar.

Po me mbylljen e shkollës shqipe në Korçë, me vrasjen e Papa Kristo Negovanit (1905) dhe me plagosjen e Spiro Bellkamenit nga Komiteti grek, në fund të vitit 1905, u tronditmë të gjithë. Mua më afrohej Bajoja dhe më fjaloste hapur, por unë ruhesha prej tij, se e dija që ish profesor në Idadije të Dovletit. Nga Riza Velçishti, që e kisha mik të besuar, u sigurova se Bajoja ishte burrë me karakter dhe shqiptar me zëmër. Prandaj, jo vetëm e afrova, por edhe u tregova i gatshëm për çdo veprim. Pas ca ditësh më erdhi Bajoja në dhomën time dhe më çfaqi nevojën e një komiteti shqiptar të cilin unë e pëlqeva. Më mori me vete dhe më shpuri te nënkolonel Halit Beu. Këtu, mbasi u sqarova mbi qëllimin e Komitetit, u betova në bazë të kanunores, e cila ishte shkruar me dorë. Unë e kopjova kanunoren dhe e mora me vete kur shkova për Kolonjë. Këtu e përhapa në ata që kisha besim, duke u marrë fjalën dhe besën secilit, se do të bënte tre anëtarë të tjerë, të cilët të mos e dinin njëri tjetrin. Unë mbajta shënime mbi numrin e antarëve dhe kur u

15

shumuan, shkova përsëri në Manastir dhe i shpura Bajos listën. Nuk e mbaj mënd nëse këtë herë ose më përpara u njoha dhe me Telemakun dhe Themistokli Gërmenjin. Telemaku mbante hotelin "Liria", qendër me rëndësi,vatër e nacionalistëve shqiptarë, më të shumtët korçarë. Njohje të ngushtë nuk pata këtë kohë me vëllezërit Gërmenji dhe as që mora vesh se ishin pjesëtarë të Komitetit. Pak më vonë lidha miqësi të ngushtë me ta dhe Atëherë mësova se bënin pjesë në Komitet".

* * *

Këtu ndërpritet tregimi i Plakut, pa arritur të na shtjellojë veç fillimin. Nuk i kishte shkuar ndërmend se jeta e tij mund t'i duhej ndokujt më pas dhe u kujtua se kishte diçka për të thënë vetëm në ditët e fundit të jetës. Dhe tani na mbetet të shkojmë përpara me dëshmitë e bashkëkohësve dhe dokumentet që kemi në dorë.

16

GJAKU I BEKUAR I POETIT

Për lirinë, për lirinë,
Lum kush vdes për Shqipërinë!
Ësht'i gjallë kurdoherë,
E ka të pavdekur nderë.

S. BUTKA

Kolonja ka qenë një nga krahinat më të veçuara të Shqipërisë. Nga Shtika në Ersekë, në krahun e majtë të xhadesë, janë vendosur një radhë fshatrash kokë më kokë: Shtika, Kozeli, Butka, Bezhani, Mileci, Skorovoti, Kreshova, Starja. Ato hapen si një gjysmë hënëze rrëzë masivit të Gramozit, sikur i mbajnë themelin.

Gramozi madhështor, i rëndë e i zymtë! Një kore gurësh bojë hiri ja vesh faqet e gjëra. Rrezet e diellit që bien mbi të, e bëjnë të shndrijë, sikur është larë me ujë e me shkumë sapuni. Poshtë shtrihet një luginë e çarë dhe e gërryer nga përrenj të thatë. Mes përmes luginës gjarpëron xhadeja që lidhte Korçën me Greqinë. Të mos kish qenë ajo xhade e vjetër, ky vend nuk do të kish pasur aq telashe, sa i takoi të ketë.

Kolonjën e rrahin gjithë erërat e motit dhe e mbulon dëbora e parë e nëntorit. Megjithatë kokrrat e mollëve nëpër kopshtije peshojnë rëndë dhe mishi ka një shije të veçantë.

Sa për bereqetin s'mund të thuhet ndonjë gjë e madhe. Njëherë korbi u kish marrë kolonjarëve një kokërr misër dhe ata e ndoqën pas, gjersa kaptoi Qafën e Qarrit.

Vera kalohej si jo më mirë, po kur pllakoste dëbora e frynte goreni i tërbuar njerëzia mbylleshin brenda ditë me radhë dhe gjëja e gjallë blegërinte në haure për një dorë dushk të thatë.

"Pa çka, pa çka", thoshte njeriu i varfër, "pas çdo dimri, vjen behari. Nuk duhet ankuar dhe aq. Veç të mos jenë të huajt dhe ata oxhakët e mëdhenj. Prej tyre nuk ngrohesh dot rehat në vatrën tënde."

Te huajt ishin urtësuar, po oxhakët e mëdhenj te Kolonjës nxirrnin secili tym më vete. Qani Bej Ypi bëri një çetë dhe dolli malit. Me qeverinë nuk luftonte, po nga qeveria ruhej dhe kjo e ndiqte gjer në një farë mase. Kujt ja kish borxh atë komitllëk, asnjeri s'e dinte. Dajlan Bej Qafëzezi hunjtë i ngulte thellë e nuk merrej me punë boshe. Vrapi i kalit të tij nuk njihte kufi. I nipi, Maliq Beu, e përdorte fuqinë siç e kish trashëguar. Bridhte e shinte. Nga rrëza e Korçës e gjer në liqen të Prespës, poshtë fushave, lart në pllajat e maleve, me dhjetëra fshatra rronin nën hijen e oxhakëve të mëdhenj e qeviriseshin me ligj e pa ligj, si të bënte ymër konaku.

Matanë Kolonjës qëndronte i plotfuqishëm Dhespoti i Kosturit, mik zëmre i Dajlan Beut. Kur ndonjëri ngrinte krye në Kolonjë, Dajlan Beu e shtypte edhe ndryshe. Ai i dërgonte fjalë Dhespotit të Kosturit, që e shpinte punën gjer te Porta e Lartë e Stambollit.

* * *

Ishte një natë dhjetori e vitit 1905. Bota e gjithë qe fundosur në dëborë. Ulërima e gorenit zbriste nga pllajat e malit, dhe hapej poshtë, në brigje, sikur do ta fshinte jetën nga faqja e dheut. Uria dhe egërsimi i kohës i bëri kafshët e egra të hyjnë në oborret e shtëpive.

Në hajat, kushedi se nga, kërceu një lepur. Iu turrën djemtë që ta kapnin e u bë një shamatë e madhe. Nga dhoma dolli Saliu. "Lëreni të shkojë", u tha ai djemve. Ganiu hapi derën e hajatit. Një shtëllungë dëbore u vërtit e u përplas tek dera. Lepuri e pa rrugën të hapur, po nuk dolli. Djemtë qeshën.

Saliu u kthye tek libri i tij, e afroi pranë syve dhe lexoi faqen nga e para.

"Rreth vitit 1650, i quajturi Ajaz Bej, i ardhur nga rrëza e Tomorricës, qëndroi atje ku ndodhet sot katundi Frashër dhe ngriti shtëpinë e tij. Para Ajazit, në Frashër gjendej fisi i Aliçkajve, po, meqë këta të fundit më vonë u shpërngulën, Ajazi mbeti stërgjysh i atij fshati të moçëm".

Aliçkajt qenkëshin shpërngulur nga Frashëri për punë gjakrash. Si një fis i varfër e i madh në numër që ishin, ata u shpërndanë e u vendosën në Koblarë, në

Zharkaj e Orgockë dhe të fundit në Butkë.

Pra, Sali Aliçkaj, i mbiquajtur Butka, qenkej e vërtetë se rridhte nga Frashëri. Këtë e shkruante Samiu me dorën e tij. Saliu u mbush me frymë e u mbështet në jastëk. "Frashëri - thoshte ai, - është për shqiptarët po aq i shenjtë sa edhe Mali i Tomorrit". Mendimi, trimëria, dashuria për mëmëdhenë, buronin andej. "Mbase është ai gjak që më bën të dua librat", mendoi Saliu dhe qeshi me vete.

Kur Saliu nisi të mësojë e të shkruajë, i ati e martoi. I kujtohej mirë nata që u mbyll si dhëndër. Ishte gjashtëmbëdhjetë vjeç. Të nesërmen i vinte të pështirë nga vetja. Martesa i dukej një farë dhune që njerëzit e pranonin se ashtu ish fati i tyre.

Dhe i ndodhën në atë kohë gjëra që nuk harrohen kurrë. Shkonte me të atin në mulli, babai më këmbë e ai hipur në vithe të gomarit. Pa i dilnin shokët që prapa ferrave e i thërrisnin gjithë bashkë: "gu, gu, babaçja në gomar, babaçja në gomar." Atëherë ai çikë dhëndër kërcente nga gomari e ja mbante lart korijes, duke bredhur si i egër, përrua më përrua. E kërcënonte i ati me shkop në dorë që të kthehej, se ndryshe do t'i merrte shpirtin, po ai vazhdonte arratinë e tij gjer në të ngrysur të ditës.

Po erdhi një ditë dhe ai u mësua me nusen e iu shtrua punës. Gjithë muajin prill lëruan në arë më parmendë e me bel. I ati mihte pa e ngritur kokën. Afër drekës, hanin një kafshatë bukë dhe, si pushonin pak, ja fillonin përsëri. Herë-herë Saliu mbështetej në bel e i mbërthente sytë nga shtëpia. Nuk i pritej sa te vinte darka. I ati e përgjonte me bisht të syrit. Qeshte ai duke e shikuar me bisht të syrit

20

apo e qortonte? Saliu ulte kokën nga turpi e i binte dheut me bel, sa i kërcente djersa në thembër të këmbës. Kaloi ai vit dhe viti tjetër. Kaluan shumë vite me radhë. Të mos kish gjetur shërim tek librat, si do vente halli i tij? Duke ndjekur gjurmët e kujtimeve, i ra ndërmend dita kur lexoi në gazetë të parën vjershë që kish botuar. Iu duk Atëherë se ish lindur për të bërë punë të mëdha, se shtëpia e Butkallinjve nxori në dritë një Naim të ri, tek i cili do të kthente sytë gjithë Kolonja. Dhe me atë rast u pendua keqas për çdo prapësi që kish bërë ndonjëherë, për njerëzit që kish zëmëruar më kot, për ata që nuk kish ndihmuar sa duhej e, mbi të gjitha, u mallëngjye për fatin e Shqipërisë, që aq gjatë kish pritur fjalën e tij.

Tani Sali Butka e shikonte me buzëqeshje atë djalë që ngjitej në korije me gazetën në gji të lexonte me zë të lartë vjershën e tij. Pastaj kish zënë të shkruante për çdo gjë që i dëgjonte veshi në Kolonjë, për çdo vrasje e padrejtësi që bëhej. Një vjershë në natë. Shkruante e nuk korrigjonte kurrë. Gazeta "Liri e Shqipërisë" në Sofje i botonte rregullisht vjershat e tij.

Ai zgjati krahun dhe mori në kamare fletoret e vjershave, mbi të cilat kish kaluar me zemrën peshë orët më të mira të vetmisë. Për aq punë sa mund të bënte fjala, me vjershat e tij ai kish trazuar çdo gjë që ish ruajtur e paprekur gjer atë ditë në Kolonjë.

Janë vjersha historike
Të thëna pikë pas pike,
Pa ndrojtje prej asnjë frike
As prej pushke, as prej frike.

Ja ku ish një vjershë për priftërinj e hoxhallarë:

Me vallahi, me ejvalla,
Mundohen të na gënjejnë,
Matotheonë, matokristonë,
S'e merr dot vesh, s'e di se ç'thonë.

Pastaj kthehej nga bejlerët turkoshakë që t'u thoshte
me gojën plot, atë që i ziente në kokë. As pyeste, as bëhej
merak për tërbimin e tyre:

Sot për sot, o shqipëtarë,
Muarmë frenë ndër dhëmbë,
O bejlerë e ju të parë,
E shkeltë nderë me këmbë!

Ai thoshte se qeveritarët, me ato fustanellat e tyre të
gjëra, po ja hanin qetë bujkut, se shpirti i tyre ishte më
keq se një kërcu i vjetër dhe se qeveria në Kolonjë e kish
qelbur punën fare:

Po jo si këtu Kolonjë,
Memurët e idaresë,
Kush guxon që ta kërkojë,
Të drejtën q'e ka me djersë?

Pra, kush të jetë m'i fortë,
Edhe kujt t'i shkojë fjala,
Kush e mbolli mos e korrtë,

Gjithë punërat të çala.

E që të tregonte se kush ish ai dhe për kë i shkruante ato radhë, herë-herë, në mbarim të vjershës së gjatë, firmonte me një strofë të tërë:

> *Gjer këtu edhe mbarova,*
> *Se dhe shumë e tepërova.*
> *Këtë vjershë e përdori*
> *Sali Butka punëtori.*

"Sali Butka punëtori". Ky njeri në gjendje shumë të mirë, me dyqan në fshat, me kopenë e bagëtive në mal, me dy pendë qé e me mushka në haure, ky njeri që mund të quhej agai i fshatit, i thoshte vetes punëtor e i bënte thirrje vegjëlisë.

E kish menduar gjatë këtë punë.

Ajo që mund të luftonte turkun e të ndreqte paudhësitë, ishte vegjëlia, që dremiste gjumin e lashtë me një sy e që shumë herë kish tronditur jetën nga themelet.

Kështu u poq mendimi i tij. Duke parë e duke ndjerë. Mendimi u formua e u mbështoll gjatë viteve dhe pastaj u kthye në një bindje të shenjtë, që nuk do të cënohej kurrë.

> *E mira jonë sot duket:*
> *të zgjuajmë vegjëlinë,*
> *të bëjmë shkolla siç duhet,*
> *të mësojmë ata që s'dinë.*

Le ta forcojmë për jetë
bashkimin , vëllazërinë,
të luftojmë, vëllezër vetë,
ta shpëtojmë Shqipërinë!

Te Sali Butka u poq ideja e lirisë, të cilën ai ua përcillte shqiptarëve nëpërmjet veprimeve të tij rilindëse, por edhe nëpërmes poezisë:

Në do që të rrosh mirë,
mos lakmo mallin a gjënë,
lufto që të jesh i lirë,
përpiqu për vendin tënë.

Te Sali Butka u hap dhe, me kalimin e kohës, u thellua hendeku që e ndante nga parësia e kompromentuar vendit. Matanë hendekut rrinin gardh bejlerët e majmur. Ata bënin çmos që ta hiqnin qafe një orë e me parë. Armiqësitë e tij me ta ishin shumë të vjetra. Aty më parë, Dajlan Beu e paditi për një vrasje që ish bërë në Shtikë dhe me atë rast Saliu u burgos së bashku me Hasan Qinamin. Dy zogj me një të shtënë. I shpunë të burgosurit në Janinë e i mbajtën tre muaj në birucë. Pastaj i liruan e u kërkuan ndjesë. Vrasjen e paskëshin bërë të tjerë.

"Tani", kish thënë atëherë Dajlan Beu, "Sali Butka e njohu derën e burgut dhe i mori erë birucës. Tani do rehatohet".

Ai dërgoi bagëtinë për kullotë në Malin e Butkës. I dërgoi ashtu, si në çair të perëndisë, pa pyetur fare se kujt i takonte ajo kullotë. Sali Butka dolli me të vëllezërit aty mbi korie dhe e ktheu kopenë e beut tatëpjetë. Goxha desh me këmborë e ca cjep me zile me tri palë gjuhë , që dukeshin si kuaj hergjele për shalë! Sali Butka i priti me shkop e i ktheu, se bari i fshatit nuk hahej thatë. Dhe doli Butka e gjitha, Shtika e Bezhani bashkë që të bënin sehir.

Të nesërmen xhandarët e morën Sali Butkën dhe e shpunë në Ersekë. Ai vajti me ta pa kundërshtuar. Kish vendosur të mbronte përpara qeverisë të drejtat e fshatit, që ishin marrë nëpër këmbë.

Po si do mbrohej ai para gjykatësit e para dëshmitarëve të rremë?

Sali Butka ish ulur në birucën e tij e po mendohej.

Nga të menduarit nuk ka dëm njeriu. Saliu qeshi me vete, pastaj u ngrit e qëndroi më këmbë në mes të birucës. "Nuk është mirë të qeshësh kur je vetëm", tha ai, "veç në të paçin luajtur vidhat e kokës". Saliu e kish parë me sytë e tij në Kala të Janinës, se qysh përfundonin ata që qeshnin me vete.

Po kësaj here i burgosuri kish arsye të qeshte. Atij i shkrepi në kokë t'i punonte Dajlan Beut një rreng, që pastaj të qeshte Kolonja e tërë.

Ditën e tretë të burgosjes kish ardhur nga shtëpia Myftari e i kish sjellë në një trastë dy pagurë me raki dhe gjysmë mishi të pjekur. Mish e raki për katër vetë dhe një kulaç gatuar me ëndë.

Sali Butka trokiti në derë të birucës. Ai i tha xhandarit se donte të fliste me kapter Hajrullanë. Ky Hajrullau na ish një mik i familjes, burrë trim e njeri

25

me besë. Në birucë u ndez kandili. Gjysmë ore më pas, kapter Hajrullau, Myftari dhe dy xhandarë u shtruan në zyrë të komandës, u ngrohën me raki dhe hëngrën mirë.

Të nesërmen, kur u errësua fare, Sali Butka doli nga ndërtesa e xhandarmërisë, i hipi pelës që priste jashtë dhe u zhduk. Ai e mori rrugën me trokth. Një kafshë e zgjuar dhe e fortë nuk blihet me para. Ajo pelë e kuqe nxitonte aq sa kish nevojë i zoti dhe rrugën e gjente vetë. Sali Butka i fërkonte qafën e djersirë, i pëshpëriste, i jepte zëmër. Në krye të tre orëve, arriti te vendi i caktuar, ku e priste Myftari me Iljazin.

Iljazi mbante për kapistre një tjetër kafshë. Saliu i dorëzoi pelën dhe të dy vëllezërit u turrën përpjetë më këmbë.

Në stanin e Beut kishin rënë në gjurmë. Qentë lehën së largu, po ata nuk shqiteshin nga kopetë e dhenve sipër në pllajë.

- Çohuni! – sokëlliti Sali Butka nga jashtë dhe shpërtheu brenda në kasolle, duke rrëzuar derën përtokë.

– Kandilin! – i bërtiti Myftarit.

Myftari mezi e gjeti kandilin në vatër dhe ca më keq hoqi për ta ndezur. Prushi ishte më të shuar.

Në kasolle u bë një dritë, që valëvitej në fytyrat e tre barinjve të habitur. Dy prej tyre rrinin ndenjur, ndërsa qehajai ish ngritur më gjunjë. Atij i vuri syrin Sali Butka. E mbërtheu nga jaka e këmishës dhe e shtriu poshtë përmbys. Myftari rrinte me kobure në dorë.

- Shkopin! – thirri Saliu. Si mori shkopin nga Myftari, filloi t'i binte qehajait vitheve.

- Ah, qerrata, qerrata! –thoshte Saliu, - ke ardhur këtu të hash barin e Butkës? Nuk e di ti se ky bar ka ca gjëmba? Nuk e di...ë?

Qehajai nuk bënte zë fare. Ai e mbante gojën mbyllur se mos ja merrte gjuhën shejtani. E kush tjetër qe ai njeri veç shejtanit?

Po Saliu nuk i binte dhe aq fort. Më shumë thërriste se i binte. Gjithë-gjithë i dha nja dhjetë shkopinj të butë sa për të thënë se u bë një rrahje.

- Aty rrini tani –tha Saliu. – O burra! – i foli Myftarit. Atëherë filloi vallja e vërtetë e shejtanit. Të dy vëllezërit kthyen përmbys vedrat e qumështit, i shqelmuan e i çanë, shkelën kusitë e tepsitë, shqyen derën e kasolles dhe prenë me thika kaçupët e shëllirës.

- Tani rrini me shëndet. Nesër që në sabah të vini tek beu e t'i thoni se Sali Butka, edhe në varr po të jetë, do ngrihet lugat e ta hajë. – Këto tha ai dhe u turr tatëpjetë bashkë me Myftarin. Atëherë qehajai u ngrit më këmbë. Gjithë-gjithë ajo punë zgjati vetëm nja dhjetë minuta.

Ai e kuptoi se e rrahën dhe e turpëruan njerëz të gjallë, duke qenë aty vetë i tretë e duke pasur një dyfek të mbushur pranë.

Rrinte në këmbë, kokëvarur, i habitur në kulm për atë që ngjau. Pastaj bëri përpara, dolli gjer tek dera e kasolles dhe aty hapi këmbët e qëndroi. Errësira e natës nuk thoshte asgjë. Befas ai e gjeti gojën.

- A më lërofsh kockat, or kukudh e bir i bushtrës! – sokëlliti qehajai. Britma jehoi në faqe të malit dhe çau poshtë fshatrave të rrëzës. Atij iu veshën sytë, një britmë

27

tjetër iu ngjit në grykë dhe në çast iu shkrep të qarët.

Të nesërmen bëhej në Ersekë gjyqi i Sali Butkës. Dy xhandarët e burgut e shoqëruan te gjykatësi. Salla e vogël ish mbushur plot. Një shumicë njerëzish qenë grumbulluar jashtë. Dhe filloi ajo komedi që u mbajt mënd për shumë kohë në Kolonjë. Para trupit gjykues dolën me radhë qehajai dhe dy barinjtë, që u përpoqën me sa u erdhi ndoresh të provonin se shkaktarë të prishjes në stan ishin Sali Butka me të vëllanë, Myftarin. Mirëpo, në pyetjet e gjykatësit, kapter Hajrullau me dy xhandarët ngulën këmbë se Saliu mbahej në burg qysh prej tre ditësh më parë.

Gjykatësi vrau mendjen dhe rrudhi sytë. Njerëzia përgjonin me frymën pezull dhe shikonin me habi se ai bënte hesape me vete. I akuzuari rrinte më këmbë, me duart të mbështjella grusht në bark. Sytë e tij të bënin të mendoje, se kur të pllakos fatkeqësia, nuk ka njeri të të japë dorën në këtë botë të rreme, se shpifja dhe gënjeshtra e ndjekin njeriun e drejtë këmbë pas këmbe sido që të bëjë e kudo që të jetë. Gjykatësi mori pendën dhe tundi kokën. Ai nuk i besonte asaj pranie prej njeriu të shenjtë. Nga sa e njihte ai Sali Butkën, prej tij mund të prisje shumë gjëra. Po ja që dy e dy bëjnë katër. Të djeshmen në darkë, gjykatësi kish biseduar me të burgosurin vetë. Nga Erseka gjer në stanet e Beut, mbante katër orë e gjysmë më këmbë. Dhe po aq mbante në të kthyer. Me krahë të kish fluturuar Sali Butka, nuk do kish mundur të arratisej nga burgu, të vente në stan e të kthehej për gjithë natën.

"E po...të tilla marifete që kurdis Dajlan Beu" tha

me mëndje të tij gjykatësi plak, "janë një turp i madh për qeverinë". Këto llogari po bënte ai, ndërsa njerëzia shqetësoheshin në sallë. Gjer atë ditë, nuk ish parë gjykatës të rrijë pa folur, të shikojë njerëzit në sy e të ngërdheshet në fytyrë.

Më në fund gjykatësi u ngrit më këmbë. Me çallmën në kokë e me duart të lidhura përpara, dukej sikur do t'i lutej perëndisë që t'i jepte fuqi për të ndëshkuar sa më rëndë fajtorët. Shikimi i tij i egër erdhi rrotull në sallë, duke i ngrirë gjakun njerëzisë dhe qëndroi mbi qehajain.

- Jashtë, maskara! –thirri gjykatësi. – Jashtë këtej e def të bëhesh!

I pari e mblodhi veten kapter Hajrullau. Ai e përfshiu qehajain nga jaka e palltos,

e kaloi përmes sallës, e nxori në pragun e derës, e zbriti në shkallët e gurta dhe e flaku në anën e tejme të rrugës. Ish e dyta herë në një natë e një ditë, që qehajai nuk po gjente dot të thoshte asnjë fjalë.

Këto punë kishin ndodhur shumë vjet të shkuara, kur Sali Butka ish akoma djalë. Atëherë atij i ziente gjaku dhe nuk dinte si t'i përdorte fuqitë e tij. Pastaj armiqësitë me bejlerët morën një drejtim tjetër. Hyri në mes përhapja e abetares. Erdhi koha e Petro Nini Luarasit, erdhën vitet e Komitetit të Manastirit.

"Ja, kështu" po thoshte Saliu me vete atë natë dhjetori të vitit 1905. "Ujët shkon, rëra mbetet". Ai ndjehej si ai njeriu i lodhur e i uritur, që është shtruar para çanakut dhe lugë-lugë ha një gjellë, që nuk i jep të ngopur kurrë. Ai e pa veten të mjerë. S'po bënte punë tjetër veç po ushqehej me vjersha. Hodhi mënjanë fletoret, hapi dollapin dhe mbushi nga paguri një kupë tjetër. Ish e treta herë atë natë, që thoshte se nuk do pinte më. Era frynte nga qafa e Kazanit dhe dukej sikur do ta ngrinte shtëpinë përpjetë. Nga Qarri vinte përgjigja si një ulërimë. E në mes të atij kiameti, iu bë sikur dëgjoi një të trokitur në portë. Lëshoi gotën përdhe dhe ndenji të mbante vesh. E trokitura u përsërit, po kësaj radhe i panjohuri po i binte derës me grusht. Saliu brofi në këmbë, hoqi nga muri koburen dhe doli zbathur në hajat. Nga dhoma tjetër u dha në derë Myftari. Saliu i tha nën zë të tërhiqte derën e dhomës, që të mos binte drita në hajat. Myftari u pengua në një tenxhere dhe shau nëpër dhëmbë. Iu afrua portës duke ecur anës mureve dhe ndenjën gati.

- Kush është? – pyeti Saliu.

- Hape, Sali, jam një mik nga Manastiri, - iu përgjigj një zë i këputur nga jashtë.

Myftari hoqi shulin e derës dhe zuri vend pas saj. Saliu u ngjit te muri shpatull më shpatull dhe ngriti koburen. Bashkë me dëborën, në prag hyri një hije burri. Nga errësira e hajatit ai nuk dinte ku të vinte këmbën.

- Sali, ti je? – pyeti mysafiri. – Jam unë Bajua.

Bajo Topulli, nëndrejtori i Gjimnazit të Manastirit, një nga krerët e Komitetit! Saliu futi koburen në brez dhe shtyu derën e dhomës. Hajati u ndriçua. I mbuluar me dëborë, me rroba të ngrira kallkan, Bajua sa nuk po rrëzohej për tokë.

Pas gjysmë ore, miku dhe burrat e shtëpisë ishin

shtruar në velenxa të kuqe rreth vatrës. I ndërruar e i ngrohur nga zjarri e rakia, Bajua qeshte i gëzuar. Rrobat e Myftarit i rrinin pak ngushtë. Ai tha se ish arratisur nga Manastiri që të mos e burgosnin. Myftari ja mbushi gotën prapë. Atij po i pëlqente miku përherë e më tepër. I pëlqente kur tregonte fill e për pe ç'kishte hequr, pa dashur të shiste mënd e të çudiste të tjerët. Ai mbante njërën dorë në gjurin e Myftarit, sikur ta kish pasur mik të vjetër. Pastaj Myftari vuri re shpatullat e gjëra të Bajos dhe krahët e tij të gjata. Ai tha me mëndje se profesori mund të ngrinte peshë një ka.

Saliu i rrinte përballë. Herë, herë kruante ballin dhe zgjaste kokën përpara, si të donte të nuhaste më mirë qëllimet e vërteta të vizitës së Bajos. Ai i hidhte sytë Myftarit sikur t'í thoshte: "A nuk të kisha thënë unë? Ja. Të tillë janë njerëzit e Komitetit. Me këta do bëhet Shqipëria. Filloi tani, o mik i dashur, filloi. Mjaft u mbushëm me hi duke ndënjur në vatër".

Bajua fërkonte mjekrën e zezë dhe qeshte duke zbardhur dhëmbët e fortë. Ai të shikonte në dritën e syrit. Pinte raki sa për muhabet, po kur Myftari e ngrinte me fund dhe i thoshte "shëndeti i zotris sate, mirsenaerdhe", ai e kthente gotën pa bërë naze.

Në dhomë hyri një burrë i pasuar nga dy djem të rritur.

- Ky është vëllai tjetër, Selmani, - i tha Myftari Bajos.
– Këta janë djemtë e Saliut, Iljazi e Ganiu.

Bajua u ngrit në këmbë. U përqafua me Selmanin dhe puthi djemtë.

31

-A janë shqiptarë këta djem? – tha ai, duke e mbajtur Ganinë nga supet.

Djali ngriti sytë, e pushtoi Bajon për mesi dhe mbështeti kokën në gjoksin e tij. Bajua u çudit. Shikoi Salinë e i shkeli syrin, pastaj u ul dhe e mori djalin pranë. Hynë brenda dy djem të vegjël, duke mbajtur ca pjata në duar. Sollën pastërma të pjekur, vezë të skuqura me djathë e me gjalpë dhe një pjatë tjetër me turshi.

- Mos i mundo fëmijët natën, - i tha Bajua Saliut. – Këtu jemi edhe nesër.

- Urdhëro e ha, - u përgjigj Myftari, - me këtë që na ndodhet.

Mysafiri hëngri ca pastërma, pastaj iu kthye pjatës me vezë. Hante ngadalë, po dukej i vendosur që t'i jepte fund të paktën gjysmës së kulaçit. Po kalonte mezi i natës.

* * *

Shtëpia e Sali Butkës nuk ja kish frikën dimrit. Selmani kish hapur në fshat një dyqan të vogël ku shiste kafe, sheqer, vajguri e kripë. Bagëtinë e kishin dhënë në mes me vllehtë e Pitulit.

Këta pitulasit kishin qëlluar të zotët e punës, të ndershëm e trima. Gjer në Korçë u kish vajtur emri. Bujqësia shkonte mbarë. Shtëpia e Saliut rrallë herë merrte argatë. Punonin vetë burra e djem. Ujë kishin bollëk.

Në darkë ktheheshin burrat dhe vlonte kënga e shakaja sa tundeshin xhamat e shtëpisë. Një mik për sebep do gjendej gjithnjë. Atëherë u çohej haber të kunetërve të

Saliut në Kozel, Nuriut e Dervishit dhe shtrohej muhabeti dy ditë me radhë. Vetëm Selmani ngrysej herë-herë. Ato vjersha që shkruante Saliu, armiqësitë dhe sherret që bënte me qeverinë, do t'u dilnin për hundësh ndonjë ditë. "Kësaj i thonë të kërkosh belanë me qiri", mendonte ai. Ish grindur disa herë, po meqë s'ia vinte veshin njeri, i kish dhënë karar të durojë e të shohë.

Të nesërmen, Saliu i dërgoi djemtë te miqtë e tij nëpër fshatra. Miqtë u përgjigjën menjëherë. Në shtëpi të Saliut filluan të hyjnë e të dalin njerëz si në panair të Ersekës. I priste Ganiu te dera e i shpinte në dhomën e mysafirëve te Bajua. Ai u thoshte se turq e grekë duheshin dëbuar fare, që të bëhej Shqipëria e që çdo fshatar të gëzonte të mirat e dheut në vatrën e tij. Nga qoshja tjetër Saliu plotësonte atë që linte Bajua pa thënë e kështu vizitorit i mbushej mëndja top, se me një kryengritje të fortë, do të shkulej nga vendi mali i Gramozit.

Myftari nuk merrte dhe aq pjesë në muhabet. Fërkonte mjekrën dhe dëgjonte kokulur ligjëratat e Bajos, që nuk kishin të sosur. Ai burrë i hijshëm, i lidhur si një lis, zotëronte mendjen dhe shpirtin e të gjithëve, që në fjalët e para. Pranë tij, rrinte në gjunjë Ganiu. Ai ish ngjitur pas Bajos e nuk dilte nga dhoma , veç kur trokiste porta prapë.

Ajo punë vazhdoi çdo ditë, që në mëngjes e gjer në mesnatë, për tri javë me radhë. Ata që kishin kuvenduar me Bajon në fillim, ktheheshin prapë. Ikë e eja sikur t'u paskësh hyrë dreqi. Dhe putheshin si ata që kthehen nga kurbeti.

33

Në mbarim të javës së tretë, erdhën natën nga Manastiri katër shqiptarë të tjerë. Burrat zunë pritë në dyer e penxhere, po sipas një parulle turqisht që dinte Bajua, u morën vesh se ata ishin nga Komiteti. Sofra u zgjerua, Bajua ja mori këngës labërishte, pastaj kënduan gjithë bashkë gjer në mesnatë. Kur ja merrte Bajua me zënë e tij të kthjellët e të fortë "burra djem përpiquni", tundej dhoma. E shoqëronin pesëmbëdhjetë burra e djem dhe mbase ajo këngë dëgjohej gjer në Shtikë.

Të nesërmen flitej sheshit se do të bëhej kryengritje pa mbushur muaji dhe secili po gatiste trastat e tij. Bajua i dërgoi shokët e ardhur në fshatra pranë anëtarëve të Komitetit, sipas listës që i kish dhënë Saliu. Vetë ai me Salinë zbriti në Teqe të Qesarakës e në Selenicë. Udhëtonin natën, larg xhadeve dhe mbikëqyrjes së qeverisë. Babai i teqesë së Qesarakës i priti siç i kish hije një patrioti, i ndihmoi me të holla, e përqafoi Bajon e i tha: "Puna jote është aq e shenjtë, sa, po të mos isha plak, do ta vishnja edhe vetë mëngën e gunës". Kolonja ziente si koshere bletësh. "Po të kishim mjetet e duhura", thoshte Saliu, "do qe ngritur më këmbë Kolonja e Dangëllia". U vendos që kryengritja të shtyhej. Njerëzit u kthyen nëpër shtëpitë e tyre kokulur, me shpresë se dita do të vinte prapë. Bajua u nis për Gjirokastër.

34

PESË VJETËT E LËNGIMIT

U hodhë armiqtë tanë
Dhe ndër këmbë e kanë vënë
Thonjët në grykë ja kanë
Të marrë frymë s'e lënë

S. BUTKA

Zijafet i madh po bëhej në Qafzes te Dajlan Beu. Ishin thirrur për darkë disa miq nga Qinami. Mishi i pjekur avullonte në tepsi.

- Merr, o Sulë, pak nga ky kukurec, - tha Dajlan Beu.

- Na fal, o bej, - u përgjigj Sula, - po nuk lëmë dot mishin e të hamë zorrë.

Burrat qeshën me zë të lartë.

- Shyqyr Zotit, gjithë të mirat i kemi, po ç'e do se na u bë ferrë kauri i lig, - the beu.

U mor vesh ku rrihte fjala. Beu ja kish vënë syrin Pitulit, që kulloste në ato male mijëra krerë bagëti. Fis i madh e i fortë. Me gjithë ata djem e nipër, Pituli po

35

pushtonte pazarin e Ersekës.

Qinamllinjtë nuk u përgjigjën. Thirrja për darkë tek Beu nuk bëhej më kot. Kësaj here ai kërkonte kokën e Pitulit vetë dhe kjo nuk ishte gjë e pakët.

- Po ti, Bej, trimat pse i ushqen? – tha më në fund Mehmeti në emër të qinamllinjve.

Hodo Labi e Zini Gjonçi, dy kryetrimat e Beut po hanin mish e pinin raki në sofrën tjetër. Ata dëgjuan, po nuk ngritën kokë.

- Trimat m'i vret Butka, - tha Beu.

- Butkën e marrim përsipër ne, - u hodh e tha Sul Qinami.

Pas dy dite, u vra Pituli. Trimat e Beut vanë në stan dhe kërkuan të caktohej kufiri i kullotës. Ata u qanë se ish ngrënë bari i Beut. Pituli shkoi bashkë me ta që t'u tregonte gjer ku e kish blerë e paguar kullotën. Ai u ul të tregonte një gur ku binte kufiri. U ul e nuk u ngrit më. Hodo Labi ja zbrazi koburen pas kokës dhe ia mbathi vrapit tatëpjetë, bashkë me shokët e tij.

Asnjeri nuk u ndodh t'i ndalte. Kur panë nipërit gjyshin që u shtri para tyre, me kokë të hapur, u tmerruan. Pastaj u hodhën në stan. Nja dhjetë minuta qentë s'pushuan së lehuri. Vendi oshtiu. Thërriste vllahu vllahun në gjuhë të tij. Gratë ulërinin.

Dy djem të Pitulit dolën mbi korie të Butkës dhe lajmëruan Salinë. Atëherë dolën butkallinjtë zbathur e zhveshur, siç u ndodhën, e u prenë rrugën trimave të beut. Në përrenjtë e Qinamit, poshtë bregut të Hollmit, i arritën e i rrethuan. Mirëpo, sipas fjalës që kishin dhënë, në krahun tjetër dolën miqtë e Dajlan Beut nga Qinami.

Aty Saliu qëndroi. Ai nuk donte luftë me Qinamin. Trimat hynë në fshat shëndoshë e mirë dhe Saliu me njerëzit e tij u kthyen mbrapa. Të vritej me qinamllinjtë, do të thoshte të binte në atë grackë që ngriti beu dy ditë më parë.

Myftari u ankua. Kthimi prapa ish një turp për shtëpinë e tyre, po Saliu nuk ja vuri veshin. Për hir të punëve që kish nisur, ai e gëlltiti vrasjen e Pitulit. Myftari nuk e zgjati. Ai e pa sa i dëshpëruar ishte i vëllai. Veç për një gjë i vinte çudi. Qysh u kthye kokulur Saliu, që nuk e peshonte rrezikun fare!

Myftarit i ra ndërmend se jo shumë kohë më parë, aty te përroi i Selenicës, Saliu kokëngjeshur i punoi bimbashit turk një rreng, që u dëgjua në tërë Kolonjën.

Ai bimbash[3] vinte nga Korça i shoqëruar me tre suvarinj[4], një bashçaush[5] dhe dy ushtarë. Bimbashi i ri, i ngrënë e i pirë, shikonte për sherr. Hipur në një kalë qimekuq, që do ta shpinte me leje gjer në Anadoll, or e çast thërriste bashçaushin.

- Bashçaush, nëm paguren e ujit! Bashçaush këputmë një mollë në atë baçe! Bashçaush, pyeti ata arnautë ku venë.

Bashçaushi djersinte nga sikleti.

Aty më të dalë të Qinamit, bimbashi takoi katër fshatarë të armatosur. Në ato kohë mbanin armë

---

3 Bimbash - major
4kalorës
5 kapter (turqisht)

njerëzia. Kushdo që i delte vetes për zot, hidhte një pushkë në sup dhe mbrohej si të mundte më mirë. Kur panë bimbashin, ata u mënjanuan t'i lëshonin rrugë, po ai e qëndroi kalin përpara tyre.

- Pis arnaut, - tha ai. – Ç'e ke atë dyfek?

Arnauti që u ndodh përpara mbeti i çuditur. Ata ktheheshin nga pazari i Ersekës dhe gjer atë ditë asnjeri s'i kish qortuar që bridhnin me armë.

- Bashçaush, - thirri bimbashi, - mblidh armët.

Bashçaushi me dy ushtarë zbritën nga kuajt dhe i çarmatosën fshatarët.

- Tani prapa ktheu, - urdhëroi bimbashi, - dhe kini mëndjen se më dilni edhe një herë përpara.

Fshatarët nuk e bënë të gjatë. Morën prapë rrugën e Ersekës, ndërsa bimbashi, i kënaqur që po vinte pak rregull andej nga shkonte, u ul të pushojë nën hijen e një peme.

Sali Butka kthehej nga Erseka hipur mbi një pelë. Në të dalë të pazarit, ai takoi fshatarët e çarmatosur dhe qëndroi t'i pyesë. Dy prej tyre, Pasho e Musa Butkën, i kish kushërinj, dy të tjerët ishin nga Helmësi.

- Një bimbash i xhindosur ka zënë rrugën, po mos shko, - i tha Pashua Saliut. - Ne do vemi të kërkojmë armët.

Saliut iu errën sytë.

Kushërinjtë e tij i kishin çarmatosur dhe ata po shkonin të ankoheshin si dele të humbura.

- Kthehuni prapa, ejani me mua, - tha Saliu. I ra pelës dhe eci përpara.

Ata të katër mbetën të menduar. Të hynin në Ersekë

pa armë e të venin në qeveri për ankim, do të ishte turp i madh. Si nuk e patën menduar më parë! Të tërhequr nga shpresa se kushedi ç'bënte Saliu, i ranë pas.

Te ura e Selenicës, Saliu u gjend ballë për ballë me bimbashin. I çlodhur mirë, ky i fundit i kish hipur kalit mënjanë dhe diç këndonte në gjuhë të tij. Kur pa Salinë në pelë, me dyfekun para duarve dhe ata të katër që shpejtonin mbas tij, bimbashi qëndroi.

- Bashçaush, - thirri ai, po nuk pati kohë të japë urdhër. Saliu eci drejt tij dhe i qëndroi mu në brinjë.

- Pis arnaut, ku shkon? – thirri i çuditur bimbashi.

– Bashçaush, eja këtu shpejt. –Ai ktheu kokën të shihte pse s'po vinte bashçaushi, po një tytë pushke i ndriti te hunda.

- Mos luaj! – thirri Saliu.

- Bashçaush, mos luaj, - tha bimbashi. Koka i mbeti lart, kthyer mënjanë. Të lëvizte veç të kafshonte tytën.

- Mos luaj, bashçaush! – thirri prapë bimbashi. Duke shqyer sytë, ai po vërente Salinë që i rrinte gati me gishtin te këmbëza e pushkës. I dridhej mjekra. Pela e njërit dhe kali i tjetrit rrinin bri për bri.

- Paske qenë më i ligu i turqve, more zoti bimbash, - tha në gjuhën e tij Saliu i gëzuar. Kur mori përsipër punën që po bënte, ai veproi në inat e sipër. Sa pa takuar bimbashin, ai mendoi se u hodh pak si tepër, po mbrapa nuk kish si të kthehej.

Dhe tani që po dilte për mrekulli, i kënaqej shpirti me bimbashin që ish zbehur e i shkonte djersa rrëke. Ushtarët rrinin kaluar mbrapa. Saliu nuk u ndante sytë.

Dukej se ata nuk bëheshin dhe aq merak për fatin e bimbashit, mjafton që kishin urdhër nga vetë goja e tij të mos luanin prej vendit.

- Jepu armët fshatarëve! – urdhëroi turqisht Saliu.

- Bashçaush, jepi armët, - tha bimbashi. Pasho Butka dhe tre të tjerët, dolën që prapa Saliut dhe shkuan te bimbashi. Pushkët e tyre ishin lidhur në vithe të kuajve. Kur u sigurua se ata i morën armët, Saliu u tha t'i mbushnin e të zinin vend në bisht të urës. Ja hoqi tytën nga hunda bimbashit, i liroi rrugën e i tha shqip:

- Kur të vesh në Anadoll, bimbash efendi, thuaju të fala nga Kolonja.

Bimbashi nuk kuptoi, po as që dëshironte muhabete të tjera. Ngau kalin dhe shkoi në rrugë të tij. Gjersa dolli sipër në breg, shumë herë ktheu kokën, po Sali Butka nuk shtinte mbrapa krahëve.

Ja kështu vepronte ai ca kohë përpara.

Ndërsa tani Myftari çuditej sa i urtë e i thjeshtë ish bërë. Vetëm një gjë mendonte natë e ditë, si t'u hapte sytë njerëzve e si të shkruante sa më shumë vjersha. Kur mbërritën ata në fshat, dielli ish më të perënduar. Varrimi i Pitulit mbeti për të nesërmen.

* * *

Gjersa Bajo Topulli qëndronte në shtëpi të Sali Butkës, xhandarmëria e Ersekës, njërin sy e njërin vesh e mbajti mbyllur. Shumica e nëpunësve dhe e xhandarëve ishin shqiptarë. Dajlan Beu e dinte Komitetin me fuqi

40

të mëdha, prandaj mendoi se do të ish më mirë të mos e trazonte hë për hë. Po kur iku Bajua dhe Komiteti u shpërnda, beu pa se qe zmbrapsur nga një hije. I vetmi që mbetej, ish ai, Sali Aliçkasi nga Butka, që i duhej shtypur koka sa më parë.

Dajlani e Maliqi po përpiqeshin prej kohe ta hanin Salinë pa u përzierë vetë. Dhe rasti u trokiti shpejt në derë. Në pranverën e vitit 1906, Saliu i bëri një telegram Haxhi Shapllos në Leskovik: "Ato plaçkat e Gjirokastrës dërgomi këtu". Me të marrë këtë parullë, Bajua e Çerçiz Topulli u ngritën e shkuan në Butkë.

Fati e hoqi Dhespotin e Korçës në atë rrugë. Te Guri i Cjapit, Çerçizi takoi një bari që po nxitonte përpara.

- Nga udhembarë, o kapedan? – pyeti Çerçizi.

- Po shkoj të jap haber për Dhespotin që vjen mbrapa, - u përgjigj bariu.

Atij nuk i pëlqyen të panjohurit me armë e me atë veshje, po aq i bënte për ta. I përshëndeti me dorë në gjoks dhe vrapoi të mbaronte porosinë.

Çeçua kërkonte Dhespotin e Kosturit, që ish armik i betuar i Komitetit, po në mungesë të tij, nuk ish keq edhe dhespot Foti. Që të mos i dilte ky rast nga duart, zuri vend e priti me durim nja tri orë.

Dhespoti erdhi kaluar mbi një mushkë të zezë. Aq e bukur ish mushka, sa Çeços i mbetën sytë. Shenjtëri e tij e kish mbështjellë kapistallin pas dore dhe dukej i lodhur e i mërzitur. Mbrapa i vinin katër burra, dy kaluar në mushka dhe dy më këmbë. Ata më këmbë mbanin në krah maliherë të shkurtër grekë, kthyer me grykë poshtë, ata në mushka dukej se ishin shërbëtorë të fesë.

- Qëndro pak, o uratë, të marrësh të falat e Komitetit!
– i thirri fort Çeçua.

Mushka ngriti veshët bigë dhe nguli këmbët e para në vend. Buçiti një krismë e fortë që jehoi tej në shkëmb, pastaj një tjetër. Mushka u praps e trembur dhe urata desh u rrëzua. U mbajt një hop në lele të mushkës dhe, kur kafsha qëndroi, urata u përkund në shalë pas e përpara. Të falat nga Komiteti e mbërthyen mirë: vdiq në vend, pa pasur kohë të binte poshtë.

Për vrasjen e Dhespotit, qeveria i shtrëngoi vidhat sa mundi. Kërkonte sqarime drejtpërdrejt Porta e Lartë. Saliu e përcolli çetën e Çerçizit për në Skrapar dhe vetë u nis në Korçë, që të largonte dyshimet nga shtëpia e tij.

Në krye të një tabori, nga Korça shkoi në Kolonjë për hetime vetë Allaj Pasha. Bastisi më parë Qesarakën, rrahu e lidhi një takëm njerëz, pastaj sipas fjalës që i çoi Dajlan Beu, u drejtua për në Butkë. Kësaj here Sali Butka nuk do t'u shpëtonte dot dhëmbëve të qeverisë. Dajlan Beu e quajti pothuaj të vdekur e të varrosur, se dëshmitarët që do të provonin pjesëmarrjen e Saliut në vrasjen e Dhespotit, ai i kish gatitur me kohë.

Mirëpo Allaj Pasha nuk e gjeti Salinë në shtëpi, dhe e mori hakën duke prerë gjënë e gjallë e duke prishur zahirenë. Shtatë ditë e shtatë net, ai i ushqeu të 150 ushtarët me mish të pjekur e me hallvë kazani. Thasët e orizit e të sheqerit që kish grumbulluar Selmani në dyqan, u shkundën. Të ngratit Selman i dukej se kish ardhur fundi i botës. Vetëm mushkat mundi t'i shpëtonte. Ua lidhi këmbët me lecka, që të mos u dukeshin gjurmët, dhe i nxori nga hauri natën nëpër dëborë. Kur iku Allaj Pasha, në shtëpi s'kishte mbetur asnjë copë dërrasë për të ndezur zjarrin. Ditën e pestë, Dajlan Beu e diktoi Salinë në Korçë, lajmëroi Allaj Pashën, dhe ky i telegrafoi Korçës. Salinë e plasën brenda që atë ditë. Xhandarmëria e mbajti nëntë muaj në burg, duke u munduar të gjente ndonjë provë, po nuk ja doli dot. Tridhjetë vjet më vonë, më 1937, Saliu e kujtonte atë ngjarje, duke shkruar me tallje për fatin e tij:

"Prefekti i Korçës në atë kohë ish Fejzi Bej Alizoti, ministër dhe deputet i sotëm. Ai më shtrëngoi të tregoja se kush ish me Çerçizin, kur u vra Dhespoti. Unë mohova çdo lidhje e dijeni."

"Para se të lirohesha, më thirri Enver Beu dhe më pyeti në dija të lexoja shqip. – Di pak, - iu përgjigja. Atëherë ai hapi çekmexhenë e tryezës, nxori një kanunore të Komitetit tonë dhe ma dha ta lexoja. Unë e mora libërzën në dorë e i thashë: "Shqipja ime është vetëm për në pazar e në mulli, që të mbaj ndonjë shënim për nevojat shtëpiake. Shkronjat e shtypit as që i kam parë". Dhe zura të murmuris më... më... pa bashkuar asnjë rrokje. Ky më la të mejtohesha gjatë dhe pastaj më pyeti ç'kuptova. Por unë mblodha supet, duke dashur të them se nuk kuptova asgjë. Enver Beu ma mori nga dora kanunoren dhe më tha: "Ti e di që shqiptar jam edhe unë, një Komitet e kemi edhe ne, po pak më ndryshe se tuajin. Fol pa frikë".

Po s'qe e mundur të gënjehej Saliu e të provohej bashkëpunimi i tij me Komitetin. U detyruan ta lirojnë. E burgosën prapë. I bastisën shumë herë shtëpinë dhe e ndoqën në gjithfarë mënyrash. Prapëseprapë ai u shpëtoi kurtheve të tyre.

* * *

Dimri i vitit 1908 nuk kish të mbaruar. Qeveria në Kolonjë nuk ndihej fare. Njerëzit e Komitetit lëviznin rrallë. Jeta kish rënë në plogështi të thellë.

Viti tjetër solli fatkeqësinë e parë.

Vdiq Ballkëzja, nëna e pesë djemve. Sa pat fuqi të qëndronte në këmbë, ajo grua e urtë qe bërë copë që të kënaqte të shoqin e të nderonte miqtë. I shoqi nuk ish ndonjë burrë i rëndë në zakone, goja e tij nuk e njihte fjalën e keqe. Vetëm shakatë nganjëherë i kish të tepruara.

Një ditë kish vajtur në Butkë një fshatar prej Dangëllie dhe e gjen Salinë hipur në çati.

Punë e mbarë, o usta! – tha fshatari.

Mbarë paç, mirë se na erdhe!

Brenda është i zoti i shtëpisë?

Brenda është.

Fshatari la trastën rrëzë gardhit dhe ndenji të marrë pak frymë. Ai shikoi poshtë brigjeve rrugën që kish bërë dhe u bind se kish ecur mirë. Dielli sapo kish perënduar, tamam kohë për të shkuar mysafir.

Saliu rregulloi dy tjegullat e fundit, veshi palton dhe zbriti nga shkallët.

Nga të kemi, or mik? – e pyeti Saliu.

Ja këtyre anëve. Erdha për një punë timen. Yzmeqar je ti?

Ashtu, si urdhëron.

- Ahaa... të paska mësuar terbije Plaku. Si vete me dynjallëk, a ke ndopak rrogë të mirë?

Bereqavre, të ngrënë e të pirë dhe një palë opinga në vit.

Fshatari uli kokën dhe pa se hyzmeqari mbante këpucë sholle e jo opinga.

Do e thua, - tha fshatari, - nuk punon njeri për një copë bukë.

Vërtet ashtu është, - u përgjigj Saliu, - po më mbajnë mirë ama.

Iu afrua fshatarit mu te hunda, i shkeli syrin e i tha me zë të ulët.

Po ta ndreqësh me të zonjën e shtëpisë, gjithë të mirat i ke mbi kokë.

Fshatari u praps dhe mbeti gojëhapur.

Si thua more!!...

- Ja kështu si të them unë, - iu përgjigj Saliu, - ha bukën e përmbys kupën, - dhe i shkeli përsëri syrin.

Fshatari kish nxjerrë kutinë e po dridhte një cigare. Or e çast ngrinte sytë nga hyzmeqari dhe nuk dinte ç'rrugë t'i jepte asaj pune.

Se mos të shpëton goja e thua ndonjë fjalë brenda, - e kërcënoi me kokë Saliu.

- Jo, or, jo, për Haxhi Bektashin. Vetëm një gjë s'marr vesh unë: Qysh bën vaki të mbajë të tillë grua ai goxha burrë?

Hiç mos pyet, - u përgjigj Saliu. – Ai është vërtet goxha burrë, po, siç thoshte plaku im, ndjesë pastë, grua një, ortak dy dhe pjepër tre, pas qejfit nuk gjen kurrë. Ja kështu kalonte jeta me Salinë. Punonte, bënte shaka e këndonte. I kujtoheshin Ballkëzes marifetet e tij dhe qeshte me vete. I lehtësohej dhembja një copë herë. Në vjeshtë, kur zbriti bagëtia poshtë, Saliu e kuptoi se e shoqja i kish ditët e numëruara. Ajo mezi merrte frymë, po nuk ankohej. Atëherë Saliu u mundua me ç'pat në dorë. Kuajt e shtëpisë venin e vinin në Korçë për të prurë e për të shpurë dy doktorët, që nuk pranonin të udhëtonin bashkë. Dhe nuk la ilaçe pa blerë. Saliu pothuaj nuk dilte fare nga konaku. Priste miq si gjithnjë dhe fjalosej me djemtë. Në dhomën tjetër, e shoqja lëngonte.

Natën e parë të vjeshtës së dytë,vdekja bëri punën e saj. Të vdekurën e përcollën dhe hija që la pas, sundoi për një kohë të gjatë. Po sa zgjati vallë ajo kohë? Në krye të gjashtë muajve, Nuriu, vëllai i Ballkëzes, ja mori vetë këngës në shtëpi të Saliut, se miqësia e tyre, e lidhur me krushqi, kish hedhur rrënjë të thella dhe burrat nuk rrinë kokëvarur për jetë.

Po vdekja kish futur njërën këmbë në atë shtëpi. Tregtia e vogël në fshat i hapi oreksin Selmanit. Ai po mendonte për punë të mëdha. Ja kish ënda të hapte edhe një dyqan në Ersekë, të hapte një tjetër në Korçë e të punonte karvanët me Janinën. Fantazia pjell e shton në çanakun ku ha secili.

Veçse të hapësh dyqan të ri, duhen para të bardha e jo

llafe. Duke shitur dy okë sheqer e tri okë vajguri në ditë, nuk del të blesh opinga për vete e jo të hapësh tregti në Ersekë. Mot i keq, fukarallëk. Dhe as që dukej të merrte për mbarë. Të bridhje fshatin në darkë, shumë shtëpi nuk digjnin vajguri fare. Rrinin me dritën e flakës në vatër, ndërsa kandilin e ndiznin vetëm natën e Bajramit. Dha e dha Selmani, po më në fund e gjeti. Tri ditë me radhë ai bisedoi fshehtas me Qenanin, djalin e madh të Saliut dhe me Ganinë. Mbyllej me ta në dyqan, e fol e fol, gjersa ngrysej fare. Ditën e katërt, Qenani e Ganiu vendosën të shkonin në kurbet, në Amerikë.

Saliu kundërshtoi në mënyrë të prerë. Kur e pa se të tre bashkë nuk i thyente dot, i mori djemtë veç e veç. Thirri më parë Qenanin. Ai u përgjigj se do bënte si të vendosnin të mëdhenjtë. Mandej Saliu thirri Ganinë. Ganiu ish i mërzitur shumë. Ai tha haptas se aty në Butkë nuk i mbetej veç të dëgjonte muhabete të kota për luftëra e komitete, që s'kishin ngjarë kurrë.

Asnjeri nuk del t'i vërë pushkën Turqisë, - tha Ganiu. – Do presim sa të na mbijë bar mbi kokë.

Saliu u prek rëndë. Si shumë serbes po fliste ai djalë. Po, nejse, fajin e kish vetë. Vetë e kish mësuar të trazohej në muhabetet e të mëdhenjve.

Nga ana tjetër, Selmani bënte punën e tij. U gatiti djemve rroba e këpucë dhe pajtoi llandonin në Ersekë. Saliu nuk kundërshtoi më. E la punën në dorë të Perëndisë.

Pas dy muajsh, telegrafuan nga Selaniku se Qenani kish vdekur në rrugë. Saliu nisi Iljazin, djalin e dytë, të varroste të vëllanë e të sillte në shtëpi plaçkat e tij, po

Iljazi u kthye nga Selaniku duar bosh. Udhëtarët e varfër që vdesin në vapor e gjejnë varrin në fund të detit. Ganiu çante përpara, drejt Amerikës. Me gjithë vdekjen e të vëllait, ai nuk pranoi të kthehej kokëvarur në Butkë.

Tetëmbëdhjetë vjeç djalë e i mësuar me zakone të forta në punë nderi, Ganiu e pati shumë të vështirë në Amerikë. Si brodhi nja dy javë poshtë e lart, fati e ndihmoi. E gjetën Kitallarët nga Vithkuqi, e morën në shtëpi dhe e futën në punë. Filloi t'i ecë për mbarë. Dollarët që shihte në ëndërr xha Selmani, nuk mblidheshin me lopatë, po megjithatë diçka mblidhej. Gjellën e ziente vetë, qira nuk paguante, në dy muaj kurseu 25 dollarë. Domethënë në një vit 150, në dy vjet 300 dollarë. Të paskej qenë aty vetë xha Selmani, do bënte hatanë. Mbase do kish prerë edhe të ngrënët fare, që të shtonte sa më shumë paranë. Ganiu qeshi me vete. E duke qeshur me xha Selmanë, iu kujtua Butka dhe shtëpia, iu kujtua i ati dhe të vëllezërit, iu kujtuan dajallarët në Kozel.

Kaluan kështu nja gjashtë muaj. Tani Ganinë e njihnin shqiptarët e Bostonit, e njihnin edhe në shumë koloni të tjera. Ganiu shkruante në gazetë.

Ai përhapte lajme nga Shqipëria, bënte vjersha dhe merrte pjesë kudo që i jepnin punë për të bërë, mjafton të ish për Shqipërinë. Mihal Gramenua thoshte se, në kohën e komitllëkut, kish kaluar një herë nga Butka me Çerçizin. Ganiu trembëdhjetëvjeçar u ish ngjitur mbrapa e nuk ndahej prej tyre. Djali qante me lot të hidhur, të këpuste shpirtin. Ai pranonte çdo gjë, veç ta merrnin. Dhe e morën në çetë. Mihali shkruante se djali i Sali Butkës, ndjenjat për Shqipërinë i kish marrë bashkë me qumështin e nënës.

Tani Ganiu ish rritur e bërë burrë. Kish lënë mjekër, kish hedhur shtat. U shkruante kolonive shqiptare, i dëgjohej fjala në klub. Më dy shtator 1910, gazeta "Dielli" botoi të parën vjershë të tij:

O vëllezër shqipëtarë,
Mësimit mos iu largoni
Shqip këndoni, u jam falë,
Veten tuaj zbukuroni.

Neve ishim të dënuar
Edhe shqip libra këndonim.
Po tani, pra, të liruar,
Gjuhën tonë mos përdorim?

Thjesht e qartë. Ashtu si fliste i ati, pa e penguar mendimin.

Po ajo mbarësi nuk zgjati shumë. Aty na ndodhej edhe një fshatar nga Starja, një nga ata që kish marrë pjesë në vrasjen e Xhemalit, birit të baba Shabanit nga Qesaraka. E vranë Xhemalin, të shtyrë nga Maliq Beu, se punonte për Shqipërinë.

Ganiu iu ruajt sa mund sherrit me këtë njeri, po më në fund sherri fitoi. Një ditë ngrihet ky starjelliu e godet me pëllëmbë, në mes të klubit, mikun më të ngushtë të Ganiut. Atëherë Ganiu gjaknxehtë nuk e mendoi punën gjatë, po dolli nga klubi dhe hyri në një dyqan ku shiteshin armë.

Djalosh, ju jeni në ndonjë turbullirë? – pyeti dyqanxhiu.

Më duhet një kobure e mirë, - shqiptoi me zor Ganiu.

- Kjo ju mbaron çdo lloj pune, - tha i zoti i mallit, duke i vënë në dorë një "Smith" me tytë të gjatë.

Pas pesë minutash, Ganiu u kthye në klub dhe e qëlloi hasmin në kokë. Policia dolli në rrugë. U frynin bilbilave qoshe më qoshe. Agjentë të fshehtë kontrollonin dyqanet me radhë. Ganiu e pa se me të rendur nuk do arrinte asgjëkund, mori një taksi të zbuluar, u shtri prapa në kolltuk dhe hapi një gazetë. Kaloi ashtu gjysmën e qytetit, pastaj hyri tek një berber, që të hiqte mjekrën e zezë. Kur hyri polici në lokal, pa brenda vetëm dy njerëz. Një djalë bukurosh që kish humbur në leximin e lajmeve të fundit dhe berberin, që i bënte dallgë shkume në mjekër. Polici kërkoi ndjesë dhe kaloi në dyqanin tjetër.

Kitallarët nga Vithkuqi e mbajtën Ganinë dy muaj fshehur në pensionin e tyre. Kur u siguruan se ndjekjet e policisë pushuan, e përcollën tren më tren, gjersa i hipi vaporit dhe e la atë vend që e kërcënonte me burg të rëndë. Ganiu bëri dy muaj të tjera në rrugë dhe, kur nuk e prisnin fare, doli në Butkë.

Të gjithë u çuditën e u gëzuan. Vetëm me të atin nuk i eci mbarë. Kur hyri Ganiu në dhomë të përshëndetej, ai e priti më këmbë, i dha dorën po nuk e përqafoi. Në këto e sipër, plasi në oborr një zhurmë e madhe. Gratë e fëmijët thërrisnin në kupë të qiellit, nja dy tenxhere u rrokullisën nëpër kalldrëm, qeni zuri të lehte me tërbim. Saliu dolli zbathur në hajat dhe nxori kokën jashtë. Dy gra e një turmë fëmijë qenë grumbulluar rreth një pule e po mundoheshin ta ngrinin më këmbë.

Ra shqipja në pula, - tha e shoqja e Myftarit.

Plasja ju raftë! – u tha Saliu.

Gratë e lanë pulën dhe mbetën më këmbë të turpëruara, pa ditur ç'të bënin, të iknin a të rrinin. Saliu u pendua dhe u tha me të qeshur:

Mos i ruani pulat nga shqipja e zezë, le t'i hajë e i bëfshin mirë, nga turku i ruani.

Pastaj u kthye tek i biri, e pyeti si shkoi rrugës, e pyeti për miqtë në Amerikë dhe e qortoi rëndë për atë vrasjen që kish bërë.

- Nderi i shokut duhet ruajtur, - thoshte Plaku, - po jo të vrasë shqiptari shqiptarin në dhé të huaj. Mjaft që po hamë këtu turinjtë e njëri tjetrit, po vete na fut në hasmëri edhe në Amerikë.

Më në fund ajo ngjarje u harrua. Ganiu punonte në dyqan. Çdo javë u shkruante shokëve në Amerikë dhe u thoshte se së shpejti do vinin ditët e bardha, se Kolonja po përgatitej e se vendi i priste që të ktheheshin. Dhe me këtë punë ai gjeti karar në jetë, po mirë thonë se dreqi ngre krye tamam kur njerëzit flenë.

Ca kohë më parë, Ibrahim Butka qe shpërngulur e vendosur në Korçë për një punë hasmërie. Dajlan Beu, që nuk linte brimë pa gjuajtur, ra në ujdi me Ibrahimin që ky t'ua shiste qinamllinjve korijen e Butkës. Në të vërtetë,

51

Qinami do ta blinte korijen për Dajlan Benë. Meqë në të ish pjesëtar edhe Saliu vetë, Dajlani shpresonte se aty do të lindte medoemos ndonjë ngatërresë. Kur i thanë Saliut se Ibrahimi kish dërguar fjalë për shitjen e korijes, as që e bëri të gjatë. Ai pranoi të marrë Baba Xhemalin si plak, që të ndanin pjesën e Ibrahimit ditën e diel. Mirëpo Beu nuk i dërgoi njerëzit e tij të dielën, po tri ditë më parë dhe ata shkuan drejt e në korie të caktonin kufijtë, pa Baba Xhemalin e pa u kthyer fare tek Saliu.

Dajlan Beu i zgjodhi mirë njerëzit që i duheshin për atë punë. Sul Qinamin, reçi të kazasë së Korçës në Kolonjë, e njihnin fshatrat rrëzë Gramozit si njeri që mund të varte edhe të anë po t'ia donte puna. Pas Sulës vinte Caco Psari, Pas Sulës vinte Caco Psari, nga një derë e mirë e Kolonjës dhe tre qinamllinjtë: Ademi, Maksuti dhe Seferi i Lamçes.

Selmani lëronte në arë, kur i thanë se Sul Qinami e Caco Psari kishin shkuar në korije. Ai la parmendën dhe vajti me një frymë të lajmëronte të vëllanë. E gjeti Salinë në gjumë dhe e zgjoi me rrëmbim.

- Ngreu se na muarën korien, - tha Selmani. – Ka dërguar njerëz Dajlan Beu.

- Po ç'ke, mor i uruar, - u përgjigj Saliu. - Pse ore, në krahë do ta ngrerë korien Dajlan Beu?

Saliu u kthye nga ana tjetër dhe mbuloi kokën që të mos i prishej gjumi, ndërsa Selmanit iu prish gjaku. Megjithatë, u kthye në arë dhe vazhdoi të lëronte. Pushkën e kish varur në një pemë, ku rrinte shtrirë qeni i shtëpisë.

Të dërguarit e Dajlan Beut, mbasi e ndanë, e shënjuan

pjesën e korijes, bënë të ktheheshin për në Qinam, jo nga ana e përroit nga kishin ardhur, po drejtpërdrejt arës, ku po ngiste qetë Selmani. Qeni i ndjeu dhe nisi të lehte, mandej u derdh drejt tyre. Krisën dy të shtëna pushke dhe qeni u plandos për tokë.

Selmani e humbi mendjen. T'i vrasësh qenin fshatarit, i bën një çnderim të madh, do të thotë të hysh në gjak me shtëpinë e tij. Nuk thonë kot, vate për dhjamë qeni. Ndaloi qetë, mori pushkën, zuri vend pas një ledhi dhe hapi zjarr mbi ata, pa i dalluar mirë. Hijet e lajthive i dukeshin si njerëz.

Ganiu dëgjoi të shtënat, mbylli dyqanin dhe shkoi me nxitim në korie, pa marrë armë me vete. Vetëm kamën kish në brez, një kamë me dy presa, futur në këllëf argjendi.

Ganiu hyri në korie nga ana tjetër. Ai u gjend pranë Sulës që ish mbështetur pas një pishe e po qëllonte Selmanin. Pak më tej, po atë bënin edhe katër të tjerët, që qenë shtrirë barkas sipër në breg.

Ganiut iu duk ajo punë si shaka e nuk besonte dot se po vrisnin njëri tjetrin, për lisat e korijes.

"Dreq o dreq", tha me mëndje ai. "Duke shtirë më kot, plumbi mund të zërë njeri dhe Atëherë vaj hallit ç'do të bëhet". Ai eci nja dy hapa përpara dhe pa mirë kokën e thinjur të Sulës, që ish ngjitur pas pushkës e po shënonte prapë drejt Selmanit.

Mos, o Sulë, - thirri Ganiu. – Mosni, se jemi vëllezër. Ç'bëni ashtu, apo ju ka ikur mëndja e kokës?

Sulës iu drodh zëmra nga gëzimi. Kur e pa atë djalë të njomë, që rendte drejt tij me duart bosh, tha me vete se

53

fati do t'ia zbardhte faqen edhe këtë herë. Të paktën nja dy nga butkallinjtë po i qëronte sot. Ai ktheu pushkën dhe e zbrazi, po këmbëza dha një tingull të thatë. Hapi sytë e u çudit. Pastaj u kujtua se nuk e kish mbushur dhe ktheu shulin.

Ganiu ndodhej vetëm pesë hapa larg tij dhe e pa se ai kërkonte kokë njeriu. Me një të kërcyer u gjend mbi Sulën e ia kapi pushkën për gryke, kur desh ta ngrinte për të dytën herë. Rreziku i dha krahë. Pushka e Sulës u shkreh, po plumbi zuri lart në degë. Tani e kish radhën Ganiu. Ai do matej me kundërshtarin dorë për dorë, trup për trup.

Sula u hoq praptas e u ngrit më këmbë. Ganiu e priti të ngrihej. Ai mendoi se Sula ndofta u gabua që shtiu me armë. Po Sula hodhi dorën në kobure dhe atëherë Ganiu e mbërtheu për mesi, duke i zënë edhe të dy krahët.

O Gani, e vranë xhaxhanë! - thirri çobani nga ana tjetër e korijes. Fryma e thartë e Sulës i bëri afsh në fytyrë. Ai ktheu kokën të shikonte në ish e vërtetë se xhaxhanë ia vrau ai që po mbante në duar dhe pa me tmerr dhëmbët e zverdhur të Sulës, që rrihte t'ia ngulte në qafë. Atëherë ai u bind se njeri nga të dy duhej të lante hesapet. Me një lëvizje të shpejtë, hoqi kamën nga brezi e ja nguli Sulës në mesin e shpatullave. Kama hyri në mish gjer në dorezë, sikur të përshkonte një lëndë të squllët dhe Sula rënkoi rëndë.

Caco Psari, që gjendej disa metra më tej dhe i kish parë të gjitha sa ngjanë, u turr për ndihmë me pushkë në dorë. Ganiu ktheu kundër tij trupin e Sulës, që i kish mbetur varur në duar e, duke dredhuar sa në njërën anë, në anën tjetër, arriti të futet pas një pishe. Aty e lëshoi trupin e Sulës, që po i zinte frymën dhe kapi maliherin e flakur nga i vdekuri pak më parë. Cacua e pa grykën e pushkës, u praps e desh të kthehej, po ish vonë. Ganiu i ra në gropë të zverkut dhe ai u këput e u ngjesh me fytyrë për tokë, sikur ta kish shkurtuar njeri nga këmbët.

Tre të tjerët u turrën me vrap lart nëpër korie. Ganiu u qep pas tyre. Ai shtinte duke rendur, si njeriu i xhindosur që nuk sheh më nga sytë dhe prapëseprapë e plagosi njërin. Pak më tej ata dredhuan pas mullirit të vjetër dhe humbën nga sytë.

Si i erdhi rrotull mullirit, Ganiu qëndroi. Dielli doli nga retë dhe mbushi me dritë drurët e lajthive. Ai u shtri barkas dhe piu ujë në vijën e mullirit, pastaj zhyti kokën në pellg që të freskohej.

Duke u kthyer te vendi i bagëtisë, ku duhej të ish xhaxhai i vrarë, Ganiut iu prenë gjunjët nga një lodhje që i erdhi njëherësh. Iu përtëritën në mëndje ngjarjet e pak minutave të shkuara. I erdhi të përzier e iu veshën sytë. Qëndroi të mbahej pas degëve të një druri dhe djersa i ftohu trupin.

Nga ana e tejme e përroit u dëgjuan zëra burrash. Ganiu mbajti vesh. Dikush përmendte emrin e tij. Pastaj një zë, që iu duk si i të atit, bërtiti me inat. "Heshtni, pushoni!" Ganiu hodhi pushkën në krah dhe hoqi këmbët me mundim poshtë përroit.

Xhaxhanë e vrarë e kishin ngritur në krah katër vetë. Përpara ecte Myftari me çobanin dhe mbrapa vinin dy nipërit e Pitulit. Mezi ecnin se nuk i nxinte rruga e ngushtë. Saliu ish ngritur në majë të këmbëve dhe mundohej të shikonte në pyllin e dendur të korijes. Kur i dolli i biri përpara, ai u kthye të ndiqte të vdekurin, pa i folur.

Ganiu eci kokulur pas të atit gjer afër shtëpisë. Kish dalë t'i priste gjithë mëhalla. Saliu dolli përpara të vdekurit dhe u bëri grave shenjë të mos ndjehen. Njerëzia pëshpëritnin nën zë dhe gratë, që shpejtonin gjithandej të bënin përgatitjet, qanin mbytur nëpër shkallë. Sali Butka, nuk lejoi kurrsesi që të dëgjohej në Kolonjë se po bëhej vaj në shtëpinë e butkallinjve.

KRYENGRITJE

Xhemijeti nga Stambolli
Si gogol pa brekë dolli,
Prapësitë gjith'i ndolli
Pa dështoi e nuku polli.

                                    S. BUTKA

Si një gjak i ri vërshuan xhonturqit në damarët e kalbur të perandorisë. Ata shpallën disa reforma dhe bënë disa ndryshime të tjera, që bota të thoshte se historia nisi së mbari. Po, pa kaluar shumë kohë, ata u bënë fare të paduruar. Pjella dolli më e keqe se korbi vetë. Në vend u lejuan shkollat shqipe, po xhonturqit vunë si kusht që të mësohej alfabeti arabisht. Atëherë krerët e lëvizjes patriotike në Korçë organizuan një protestë të tillë që gazetat e asaj kohe e quajtën si një nga më të mëdhatë në gjithë historinë e perandorisë otomane.

Kronikat thonë se, të shtunën paradite, më 14 shkurt 1910, Korça e gjithë dhe fëmijët e shkollave, me

57

bandën e qytetit në krye, dolli të presë kolonjarët. Aty nga ora 10, rruga e Qarrit u mbulua me guna të zeza dhe zbardhi nga qylafët. 2 500 kolonjarë hynë në qytet, në rreshta për katër, duke kënduar. Në krye të kolonës ecte Sali Butka. Pasdite arritën edhe 500 kolonjarë të tjerë. Vendi paskej pasur shumë burra, grumbullimi i forcës ish i pashembullt.

Dymbëdhjetëmijë vetë u mblodhën të nesërmen te vendi që u quajt "Bregu i Lirisë". U mbajtën fjalime të zjarrta, që e bënë njerëzinë të qajë e të brohorasë nga gëzimi. U fol për të drejtat, për gjuhën shqipe, po këto secili i kuptonte sipas mendjes së tij. Një gjë ndjehej mirë nga të gjithë: shqiptarët dolën sheshit dhe folën me zë të lartë.

Pastaj, siç është zakoni, mitingu zgjodhi një komision, i cili adoptoi një protestë. Protesta iu dërgua parlamentit në Stamboll dhe deputetëve shqiptarë në veçanti. Çështja bëri bujë të madhe. Shqiptarëve iu dha e drejta të shkruajnë me alfabetin e tyre.

Sali Butka, si anëtar i komisionit të mitingut, nënshkroi protestën e madhe dhe me atë rast vuri në qarkullim disa nga vjershat e tij që i kish në majë të gjuhës.

Po shohim nëpër gazetat
Mbledhurë ca deputenj,
që s'u shikohen të metat,
se u bënë të mëdhenj!

Është fort për t'u çuditur

58

Me deputetët shqiptarë,
se qënkan krejt të shitur,
mëmëdheut i bëjnë varrë.

Ishte fjala për katërmbëdhjetë deputetët shqiptarë
në parlamentin turk, që, të shtyrë nga qeveria kërkuan
përdorimin e alfabetit arab, në kundërshtim me deputetët
e tjerë si edhe me gjithë atdhetarët shqiptarë brenda e
jashtë, të cilët protestuan energjikisht kundër përdorimit
të gërmave arabe në gjuhën shqipe.

Në formë dialogësh, të quajtura fjalë-këmbim, ai
diskutonte haptas çështjet e ditës e sidomos përçarjet që
sillnin në popull klerikët fetarë:

Të pyes, kështu e tutje:
Kishën kemi a xhaminë?
Për të falur a për lutje,
Ku ta gjejmë perëndinë?

Ja, një pyetje e tillë mundonte kokën e njeriut të
varfër, që nuk dinte të shihte se si do t'i vente halli fesë së
tij tani që Turqia po merrte rrokullimën.

Kleri ortodoks, nga ana e tij, nuk linte gur pa kthyer
nga ana tjetër:

"Kush s'përpiqet për Greqinë,
S'ka besuar perëndinë.
Krishti është ndë Athinë,
Të gjithë bota e dinë."

59

Pastaj përgjigjej shqiptari, me fjalën e së vërtetës, që fshinte dredhitë e klerit të mallkuar:

Or grekoman i pabesë,
Që s'ke njerëzie pjesë,
Zgjebarak q'i ndih Moresë,
Pse përzjen punët e fesë?

Është më drejt të themi,
Turkun pejgamber s'e kemi,
Edhe krishti arab ishte,
Dhe s'foli fare greqishte.

Po e keqja më e madhe vinte nga Turqia që tani së fundi polli "Kahremanët e Hyrjetit"[6] e që nuk kish në mënd të shkulej nga Shqipëria.

Hoxhallarët, shehlerët, deputetët, memurët e kadilerët, turqit e rinj e turqit e vjetër, i kishin zënë frymën njerëzisë.

Egërsirat e Azisë,
Dudumët e shkatëryer,
Pinë gjakn' e varfërisë
S'na lanë eshtër pa thyer.

Po tani ja thyem dhëmbët,
Edhe nuk i mbajnë këmbët;
Nuk e duam, nuk na duhet,
Sikur perëndi të quhet.

---

6 Vjershë satirike e Sali Butkës – "Heronjtë e Lirisë" (turqisht)

Më sa dëshëroj për djallë,
Turkut aqë ja kam mallë.

Po Turqia dinte të kafshonte edhe më. Ajo vuri shtrëngime te reja. Spiunët mbanin vesh ngado të ktheheshe. Komiteti i Manastirit filloi të lëvizë përsëri. Sali Butka u bind edhe një herë se me vjersha e mitingje, fati i Shqipërisë do të zvarritej gjatë. Vetëm tehu i jataganit i lante hesapet. Dhe ai burrë 60 vjeç nuk priti të mendohej dy herë.

* * *

Në rrëzë të Qafës së Qarrit gjendet një mulli i vjetër. Aty rruga merr përpjetë, dridhet e rrotullohet si gjarpër, pak më lart mblidhet kulaç, pastaj hapet faqes së malit dhe del në qafë.

Aty doli Sali Butka vetë i pestë, po nuk qëndroi. Ai nxitoi hapin dhe e la xhadenë. Në të majtë të saj ngrihet një shkëmb. Prej andej, xhadeja kontrollohet mirë, në të ngjitur e në të zbritur.

Rrëzë shkëmbit rrinin më këmbë dy barinj të vegjël. Njëri ish mbështetur me të dy duart në shkopin e tij, tjetri po peshonte një gur në dorën e djathtë. Ai u hoq praptas, mori vrull dhe e hodhi gurin në përrua, pastaj mbështeti duart në gjunjë dhe përkuli trupin që të shihte a do binte në shenjë.

Bariu më i madh, e ngacmoi shokun me shkopin në

brinjë e i bëri shenjë me kokë nga njerëzit e armatosur që nxitonin në drejtim të tyre. Dy djemtë morën trastat dhe vunë përpara tufën e shqerrave, po nuk arritën të largohen.

- Punë e mbarë o kapedanë! – u tha Sali Butka.

- Mbarë paçi! – u përgjigj më i madhi prej tyre. Djemtë shikuan njëri tjetrin. Njerëzit e armatosur nuk kishin punë me gjënë e tyre. Më i vogli, që ish nja dymbëdhjetë vjeç, kopsiti pallton dhe hyri në mes të Saliut e vëllait të madh.

- Nga vini kështu, o xhaxha, - tha djali.

Sali Butka qeshi.

- Po ti qënke trim për kokën e trimit, mor djalë i xhaxhait, - i tha Saliu. – Si të quajnë ty? – pyeti ai djalin tjetër.

- Shefit Pepellashi.

- O burrë o Shefit! – tha Saliu. – Mblidhni shqerrat dhe nisuni lart nga korija, se ne këtu kemi pak punë.

Djemtë vunë përpara tufën e shqerrave dhe bënë lart nga fshati, po sipër në kodër qëndruan. U fshehën pas një guri dhe pritën të shihnin ç'do të ndodhte poshtë në shkëmb.

Djemtë panë me habi se kryetari i atij grupi zbriti poshtë dhe dolli mbi xhade, i ndjekur hap pas hapi nga një burrë i trashë, mustaqelli e mjekër gjatë. Tre të tjerët u ngjitën më lart. Udhën e hiqte më i riu prej tyre. Ai kishte një qylaf të bardhë dhe një mjekër të dendur e të zezë. Në brez mbante një kamë me dorëz të verdhë që shndriste së largu. Mesin ia pështillnin dy gjerdanë me fishekë. Aq shumë nxitonte, sa një çap e hidhte këtu e tjetrin atje.

62

Vendi që zunë të pesë burrat, tregonte açik se dikë prisnin të vinte nga xhadeja. Ata u fshehën, që të mos dukeshin, dhe herë-herë ngrinin kokën të kontrollonin xhadenë. Djemtë i dhanë karar të prisnin e të shihnin. Kaloi kështu një orë e mbase më tepër. Atje ku rruga e Korçës kthen për Vithkuq, u duk një llandon i ri i tërhequr nga dy kuaj të bardhë. Djemtë vunë re se të dy grupet që kishin zënë pritë, shkëmbyen disa shenja e u shtrinë barkas. Ndërkohë, llandoni kish bërë një copë rrugë në të përpjetë. Si ngjitën kthesën e parë, kuajt shtruan hapin. Djemtë e humbën llandonin nga sytë, po zemra u thoshte se ai do të delte prapë. Veç nuk po kuptonin pse po vonohej aq tepër në kthesë. Befas llandoni u shfaq në bërrylin e rrugës dhe atje qëndroi menjëherë. Po lehnin qentë e staneve të vllehve, sikur të kishin ndjerë erë egërsire.

Sali Butka u ngrit në brinjë dhe ndenji në përgjim. Nga llandoni dolli një civil, një dervish dhe dy xhandarë turq. Ata shikuan një copë herë me dyshim rrugën përpjetë, pastaj karrocieri zbriti poshtë dhe kapi kuajt për freri që të kthente karrocën andej nga erdhi. Civili bënte me dorë që të shpejtohej, kurse të dy xhandarët shtynin llandonin dhe nxitnin kuajt.

Sali Butka u ngjit i tëri pas pushkës dhe mbajti frymën. Kanali i shënjestrës, thepi i tytës dhe koka e civilit u bënë një. Ai shkeli këmbëzën e parë. Civilin e mbuloi llandoni që po kthehej. Saliu lëvizi bërrylat dhe priti që civili të delte prapë në shenjë. Si bëri nja dy a tri herë pas e përpara, llandoni u kthye dhe qëndroi në anë të rrugës. Civili kapi dorezën e derës së llandonit e u mat ta hapte, po një plumb i vërshëlleu te veshi dhe ai uli kokën me aq forcë, sa qylafi i zi ra për tokë. Fill mbas plumbit, ushtoi një krismë pushke, pastaj një tjetër e një tjetër. Xhandarët u hodhën nga ana e tejme e xhadesë dhe pas tyre rendi dervishi.

Civili u mbrojt një hap pas llandonit, po kuajt u trembën dhe lëvizën përpara. Atëherë ai u hodh në rrëpirë mbas xhandarëve, i përcjellë nga dy plumba të tjerë.

Sali Butka pa të vëllanë, Myftarin. Pusia u dështoi. Ata u detyruan të qëllojnë nga 500 metra larg, se Maliq Beut i ra prita në erë dhe nuk hyri brenda.

- Ngreu t'i ndjekim, - tha Myftari dhe u çua në këmbë.

Saliu i foli Ganiut, të qëndronte në vend e u hodh përpara me Myftarin. Nuk zbritën as pesë çape, kur dy plumba ngritën pluhur në këmbët e tyre, Saliu e Myftari u shtrinë. Dy plumba të tjerë vërshëllyen nëpër gurë. Xhandarët kishin zënë vend e po shtinin mirë. Saliu u shtri në një rrëke uji, futi gishtat në gojë dhe vërshëlleu. Menjëherë u përgjigj me vërshëllimë Ganiu. "Ahaha, haaa, përpara! Zëre qenin me dorë zëre!" sokëlliti Ganiu dhe vetë i dytë u var poshtë t'u merrte xhandarëve krahët nga e djathta. "O burra shpejt se ju iknë", thirri ai që kish lënë Ganiu sipër në breg. Saliu e Myftari iu turrën xhadesë.

Në fillim, Maliq Beu vajti me shpresë se ndonjë hajdut i kish prerë rrugën, pa ditur se ka të bëjë me qeverinë. Ai i urdhëroi xhandarët të qëndronin e të hapnin zjarr. Mirëpo shpejt u pa se puna mori rrugë tjetër. Ata që sulmonin, kërkonin atë vetë e jo plaçkë poste. "Ju qëndroni", u tha ai xhandarëve dhe vetë ja mbathi tatëpjetë përroit. Po xhandarët nuk kishin ndërmend të mbanin Qafën e Qarrit e u lëshuan pas tij duke kapërcyer edhe vetë Maliq Benë. Sali Butka arriti në xhade dhe shikoi poshtë. Maliq Beu rrëzohej, ngrihej e kapërcente në hava tri pash vend përnjëherë. Pas tij hapej xhybja e dervishit, i cili nuk donte të mbetej mbrapa në`asnjë mënyrë.

Poshtë nga përroi, xhandarët shtinë edhe një herë, u dëgjuan pushkë edhe në qafë. Saliu mbajti vesh. Xhandarët e postës së Helmësit dhe të karakollit të Qarrit, po i vinin në ndihmë Maliq Beut. Saliu i foli Ganiut të kthehej e të mos shkonte më poshtë, pastaj i tha Myftarit të zgjidhte kuajt nga llandoni. Kuajt kishin qëndruar aty në kthesë. U shndriste qimja nga shëndeti. Që të mos vonohej, Myftari u preu rripat me thikë dhe u ra me pëllëmbë vitheve. Të liruar nga llandoni, në fillim ata ecën me çap, pastaj Myftari u foli prapë dhe kuajt morën revan xhadenë tatëpjetë.

Erdhi aty edhe Ganiu. " I vini krahët", tha Saliu. Të katër burrat e afruan lehtë llandonin në buzë dhe e shtynë. Ai u batua një herë dhe krisi fort, pastaj u batua dy herë të tjera e u rrokullis në përrua.

Nga Qafa e Qarrit të shtënat u dendësuan. Edhe pak, e xhandarët do t'u merrnin krahët nga sipër. "Shpejt në korie", urdhëroi Saliu. Ata morën rrugën përpjetë, duke u ngjitur me këmbë e duar.

***

Më 27 prill 1912, gazeta "Liri e Shqipërisë", në Sofje, lajmëronte shqiptarët se Maliq Beu, duke shkuar të zgjidhej deputet në Kolonjë, u prit në Qafë të Qarrit.

"Një nga çetat e Kolonjës i kish zënë pusi, po ruajtësit e kullës së Qarrit duallën udhës dhe kështu njerëzit që prisnin Maliqnë zunë luftë. Maliq Beu shpëtoi. Pajtonin ja bënë copë-copë. Thonë se ka dhe shumë ushtarë të vrarë."

Në një numër më parë, po kjo gazetë shpallte se: "Sali Butka paska dalë maleve me 100 shpirt. Qëllimi i këtij mëmëdhetari është të qërojë këpucëgrisurit faqezinj, që bëhen vegla të verbra të qeverisë xhonturke."

"Gëzohemi për këtë mëmëdhetar se qëllimin që ndiqte, sot e ka në dorë dhe kemi shpresë ta mbushnjë, ashtu siç është betuar. Atëherë emri i tij do shkruhet me shkronja t'arta n'istori të përlindjes Shqipërisë dhe do të radhitet me trimat luftëtarë të Skënderbeut."

Por akoma nuk kish ardhur koha që emri i Saliut të shkruhej me shkronja të arta. Nga ana e tij ai ngriti padije publike në dy artikujt që i dërgoi gazetës "Liri e Shqipërisë" e që u botuan në prillin e viti 1912. Ai shkruante:

"Ç'është ky hyrjet i qelbur?"

"Maliq Beu i përdor si kafshë. U jep nga 50 grosh në muaj e u thotë bëni ç'të mundni, që të mbushni rrogën tuaj. Akcilin ta vrisni se ju bëj bukën haram dhe ata fatkeqër sulen të rrëmbejnë, të rrjepin e të turpërojnë njerëzinë. E duke kërkuar ç'epet, u marrën ç'u gjejnë, po të mos afrohen, i vrasin fare me urdhër të Beut."

"Maliq Beu, armik i mëmëdheut, ai rron vetëm të derdhë gjak, të kallzojë shqiptarët në qeveri, t'i burgosë e t'i vrasë."

"Ai bashkë me dajon, Dajlan Benë, muarën Cenko

Qafëzezin dhe dy të bijtë, i shpunë afër Barmashit dhe i therën, se Cenkua nuk desh t'i japë arën selishte Beut. Tani afër vranë Ramiz Lubonjën për një copë arë, vranë në mes të pazarit Kasëm Goskovën, se bënte pjesë në mendimin kombëtar, kallzuan Cenko Starjen me gjithë të vëllanë, vranë Xhemalë, të birin e Baba Shabanit."

"Vrasin, rrjepin, burgosin e s'të lënë të qahesh. Po edhe sikur të qahesh, kush do dëgjojë? Veç Zotit të madh i ardhtë keq për ne vegjëlinë."

"Punët e bejlerve kështu kanë qenë gjithë jetën. Sot për sot ata janë bërë veglat e Xhemijetit dhe bëjnë ç't'u vinjë doresh. Nuk rrinë të mendohen pak se gjithë ky gjak kërkon shpagim. Po kanë të drejtë kur qeveria u ka dhënë izë me pashë."

"Sa për mua, bejlerët do t'i vras, nuk do t'i lë të gjallë."

Dhe ca më shumë shkruante vjersha që përhapeshin me një shpejtësi të habitshme. Ato këndoheshin në Kolonjë, në Dangëlli e në Skrapar, në çdo dasmë e në çdo gëzim, ku mblidheshin pesë vetë bashkë. Urrejtja e Sali Butkes për bejlerët nuk njihte kufi, ai kërkonte të nxirrte edhe të vdekurit nga varret:

O gllanikët[7] e pabesë,
Nga perëndia pa pjesë
Asnjeri nuk u jep ndjesë,
Po mbi varre do t'u ....

***

---

7 oxhakët

Më 20 qershor, Sali Butka u nis për në Frashër. Atje do të formohej komiteti i kryengritjes. Fill mbas tij ecën Myftari. Njerëzia në Kolonjë thonë se luftën e bën Myftari e Ganiu. Ai, Plaku i Butkës, vetëm sa jep komandë. Pastaj vijnë djemtë e fisit të Pitulit, Kristua e Thomai, Dilaver Lubonja, që është në çdo luftë i pari, Nesim Lubonja, Fehmi e Mersin Prodani, Musa Boshanji, Ziko Njerza, Qazim Vinçani, Koçi Vinçani, Selman Qinami, Ibrahim Alishahu, Mehmet Helmësi dhe pas tyre shumë të tjerë.

Gjithë-gjithë 28 vetë bëhej çeta e Saliut. Kanë dalë nga Butka me natë që të mos i zërë vapa. Plaku i Butkës shkon përpara, po vete në Frashër të bëjë kryengritje. I biri, Iljazi, mban Flamurin, të tjerët vijnë me radhë.

Po ku është futur qeveria vallë?

Qeveria është mbërthyer në Ersekë. Këtej e tutje njerëzit do qeverisen vetë.

Ndërmjet Lubonjës dhe Kaliveve të Stanit të Rungajës, gjenden ca kodra të thepisura e ca gryka të ngushta. Aty Sali Butka qëndroi. Ai thirri Dilaverin dhe një copë herë biseduan kokë më kokë.

Të shkoj përpara unë me Ganinë? - pyeti Dilaveri.

Jo, do të shkojmë gjithë bashkë, - u përgjigj Saliu.

Përpara u nisën Saliu e Myftari dhe pas tyre të tjerët, dy e nga dy. Çeta mbërriti rrëzë malit të Lubonjës dhe aty u përgatit për luftë.

Dajlan Beu sundonte në Lubonjë si zot i plotfuqishëm. Ai dërgoi njerëzit e tij t'i prisnin rrugën çetës e të mos e linin të dilte e gjallë. Vetë beu nuk merrej me ato punë. Ai e pa të udhës të mbyllej mirë në kullat e Qafëzezit, të presë e të dëgjojë.

Lufta që u ndez në Lubonjë, u dëgjua edhe më larg. U dha lajmi në Korçë. Prej andej u nis fuqia e xhandarmërisë. Aq ndihma sa mund të jepte, dërgoi nga ana e tij edhe rrethkomandanti i Ersekës.

Ndërkohë Sali Butka ish pleksur mirë në luftë. Trimat e beut në malin e Lubonjës, 60 e ca vetë, i jepnin zemër njëri-tjetrit se ndihmat do të vinin së shpejti. Ata i prapsën sulmet e çetës së Saliut.

Ajo luftë vazhdoi tri orë. Saliu po mendohej. Ai ishte nisur për në Frashër dhe ja tani ose duhej të kthehej prapa ose të dredhonte, t'i binte rreth e rreth.

Një zgjidhje të tillë ai nuk e pranoi. Ishte e para herë që po shkonte me gjithë çetën në luftë. Të tërhiqej, kish frikë se i mësoheshin këmbët mbrapa dhe i lëshonte terren Dajlan Beut. Vetëm të çante përpara, tjetër rrugë s'kishte. Mirëpo, përpara plumbi grinte gjethen e maresë. Ashtu siç ish i shtrirë, ktheu kokën të shihte shokët dhe sytë e tij u ndeshën me Ganinë, që po e përgjonte. Djalit i erdhi keq për hallin që e kish zënë të atin, ndaj u ngrit dhe filloi të ngjitej lart, duke dredhuar në pyllin e dendur. Pas tij u ngrit Iljazi. Ata ecën dhjetë hapa, u shtrinë pak dhe u ngritën prapë.

Plakut i shkoi një rrëqethje në shtat. Ata djem nuk do të ktheheshin nga rruga. Ose do të vriteshin, ose do të dilnin në majë. U ngit dhe ai vetë e, pas tij, u ngritën edhe të tjerët. Pylli i vogël u drodh, trimat e beut e shtuan zjarrin.

Dilaver Lubonja e Myftar Butka dolën në brinjë të malit. Ata ishin të parët që iu afruan qafës. U zgjidh ai lëmsh që i kish mbetur Plakut në grykë. Kur nuk i merr dot anët armikut, godite në ballë. Gjer në atë ditë, tabori i Dajlan Beut nuk kish parë të tillë djem që s'i uleshin plumbit.

- Bjeruni, bjeruni, - thirri Saliu. E vetmja gjë që i mbetej të bënte, ishte të mbronte sulmin e atyre të katërve që po ngjiteshin në të dy krahët e bregut. Ai shtiu pesë fishekë të tjerë por s'mund të qëndronte më gjatë në vend pa parë me sytë e tij atë që ngjiste.

Sipër, në qafë, çeta u mblodh dhe u ul të çlodhej. Mungonin ende tre luftëtarë. Katër trima të beut kishin mbetur të vrarë.

Shumë vjet kish jetuar Plaku dhe shumë ngjarje kish parë me sy, por gëzimin e atij çasti nuk e kish provuar ndonjëherë. Veçse qenke thënë që fati t'ia nxinte aty për aty çdo gëzim.

Dy luftëtarë po sillnin në krahë Iljazin e vrarë.

-Bobo ç'na gjeti, - klithi Dilaver Lubonja dhe vuri duart në kokë. Myftari doli përpara, pushka i shpëtoi nga duart dhe ra në gjunjë para nipit të vdekur. Edhe Plaku deshi të ngrihej, por nuk kishte fuqi. Këmbët i ndjeu të ngrira , duart iu mpinë.

- Ku e ka marrë plumbi, - pyeti ai.

- Në bark, - u përgjigj Fehmi Prodani.

- Hallall Shqipërisë, - tha Plaku, pastaj u shkëput me mundim nga vendi, shkoi te Myftari dhe i hodhi dorën mbi sup.

– Gratë do ta qajnë. Çohu, se jemi për rrugë.

70

Luftëtarë të çetës patriotike të Sali Butkës, viti 1912

Bënë shpejt një vig me dy drunj të pleksur me rripa e copa litari. Plaku shkoi përpara. Pas tij u nis çeta njëshkolonë. Në Teqe të Qesarakës, Babai nuk pranonte të varroste në dhé të teqesë një komit; ai i trembej qeverisë. Atëherë Saliu tha ta lënë të vrarin atje, t'ia vënë kokën në prag të derës, që barra t'i mbetej teqesë, dhe të vazhdojnë rrugën për Frashër.

Lajmi i keq përhapet shpejt. Tajar Tetova, i rrethuar nga krerët e tjerë, doli jashtë Frashërit të presë çetën e Saliut. Ai urdhëroi të pushojnë këngët e të mos bëhen brohoritje. I thanë Plakut që po e prisnin në zi dhe kjo iu duk një ogur i keq për kryengritjen. Gjysmë ore para fshatit, ai zuri të këndonte me zërin të mekur. Iu mblodhën rreth luftëtarët e tij t'ia mbanin, e gjithë bashkë hynë

71

në fshat. Ata që prisnin, mbetën të çuditur. Sali Butka këndonte sikur po shkonte t'i merrte nusen Iljazit.

* * *

Atë darkë, si mbaroi punë me krerët e çetave, Plaku u hoq mënjanë dhe i shkroi Iljazit një këngë. Kish vënë përpara shishen e rakisë, shkruante e qante.

Qershori ditë njëzet.
E madhe gjëmë na gjet,
Duke shkuar Komitet,
Del armiku e të vret.

Se humbi mëmëdhetari
Q'ish nga shokët më i pari,
Shqipëtar bir shqipëtari
I ndritë shpirti dhe varri.

Iljaz Butka

Si plotësoi tetë strofa, ai e quajti të kryer punën ndaj të birit.

Duke kërkuar në fundin e gotës së rakisë një përgjigje mbi atë që duhej të bënte më tej, ai tha me mëndje se asgjë nuk mbetej të bënte. Sigurisht babai i Qesarakës do ta kishte varrosur si duhej Iljazin, se babai s'mund të linte te pragu i teqesë një mëmëdhetar. Jashtë derës rrinin Ganiu e Myftari, që qanin fshehur Iljazin. Në dy vjet e sipër katër të vdekur kishin dalë nga shtëpia e Sali Butkës. Ai e futi në gji fletoren e vjershave, mbylli ngadalë shishen e rakisë dhe ndenji përmbys që të mbante zëmrën dhe të ndalte rënkimet.

Të nesërmen në mëngjes u përshëndet me Tajarin e u ngrit e shkoi. Nuk i bënte zëmra të kthehej në Butkë, që të priste ngushëllimet. Tha se hë për hë do të ish më mirë të zbriste një herë me gjithë çetën në Ersekë.

Një koshadhe turke prej 200 vetë paskej dalë maleve të kërkonte çetat e komitëve. Ai hyri drejt e brenda, pa pyetur për ata 20 xhandarë që ndodheshin atje e që nuk dinin si ta merrnin atë vizitë.

Te sheshi para kafenesë, çeta këndoi këngë e hoqi një valle, pastaj Sali Butka, vetë i dytë, u ngjit te kajmekami, në konak të qeverisë.

- Kajmekam Bej, - i tha Saliu pa hyrë mirë brenda. – A e di zotrote se po bëhet Shqipëria?

- Ashtu vërtet, - u përgjigj Kajmekami.

- Hë më të lumtë, mblidhe kallaballëkun, bëje mëndjen top.

Si u eglendis një copë herë me kajmekamin dhe si ranë në një mendim që Shqipëria do të bëhej pa tjetër, Saliu u ngrit e shkoi në hotel.

Koshadhja turke nuk dihej nga kish mbetur, prandaj Dajlan Beu dërgoi njerëz në Qinam me porosi që të presin çetën e Saliut, kur të dalë nga Erseka. I thanë Saliut se po i zënë pusi në Qinam dhe po përgatiten pozicione për luftë.

- I lajmëroni njerëzit e Dajlan Beut se do shkoj andej të premten, - përgjigj ai.

Tre ditë qëndroi ai në Ersekë dhe tre ditë vazhduan përgatitjet për luftë në Qinam. Të premten në drekë, ashtu siç kish çuar fjalë, Sali Butka dolli nga Erseka. Pesëmbëdhjetë djem shkonin përpara nga ana e poshtme e xhadesë, pesëmbëdhjetë të tjerë morën krahun e sipërm. Plaku, vetë i dytë, shkoi përmes xhadesë kaluar në mushkë. Atje tek kthen rruga për Skorovot, trimat e Beut i ranë çetës së Saliut. U bë një orë luftë, pastaj ata lanë pozicionet dhe hynë nëpër shtëpitë.

- Bjeruni xhameve, - tha Saliu, - që t'u vinë mënd për tjetër herë.

Çeta u dha xhameve nja dy batare, pastaj vazhdoi rrugën e saj për Butkë.

* * *

Më 22 shtator, gazeta "Koha" që dilte në Korçë, njoftonte lexuesit e saj:

"Para ca dite, ca fshatarë, kur ktheheshin prej Korçë me tregëtira, nja tre kusarë të fëlliqur u duallë përpara dhe u ropnë gjithë ç'kishin me vete."

"Të mjerët, të dëshpëruar, venë te Sali Butka, të cilin e lajmërojnë mbi ngjarjen. Atdhetari dërgoi me vrap dhe zuri kusarët, të cilëve u dha nga një dru të shëndoshë, u mori plaçkat dhe përcolli fshatarët. Kjo gjë bëri një përshtypje fort të pëlqyer në Kolonjë."

Plaçkitësit e vegjël, që nuk ishin të pakët, Saliu i shtroi me dru, po njeri nuk vrau. Rekrutët që kërkonte të mblidhte Turqia, i shpinte nga një fshat në tjetrin, që të mos u gjendeshin gjurmët. Kur punët nuk zgjidheshin me të butë, përdorte edhe forcën. Pastaj u vu të ndjekë

74

kapedan Mersin Arapin.

Më 31 korrik të vitit 1912, gazeta "Koha" shkruante: "Sali Butka është duke ndjekur Mersin Arapin, i cili po bën kusarllëke me emrin e Saliut."

Dhe pse të plaçkiste kapedan Mersini në emër të Sali Butkës? Pse të mos e bënte kusarinë e tij, të themi, për llogari të Maliq Beut?

Vulën e këtij të dytit, i plaçkituri do ta duronte më tepër, po Mersini ashtu duhej ta kish pasur porosinë. Bejlerët e mëdhenj të Kolonjës do të loznin edhe kartën e fundit që Sali Butka të humbiste në llum e në baltë.

Mihal Kuneshka, nga Boboshtica, thoshte se do t'ia tregonte edhe varrit atë që i panë sytë, kur kapedan Mersini pushtoi fshatin. Më 22 korrik në mëngjes, Mersini, vetë i tridhjetë, ra në Boboshticë. Ishte e diel dhe njerëzia gatiteshin të shkonin në kishë. Mersini i kapi rrugës. Njëri nga hajdutët shtrëngonte dhjakun që të vazhdonte t'i binte kambanës. Ata të shtëpive të largëta, duke mos ditur gjë, niseshin për në kishë me këmbët e tyre.

Mersini i mblodhi i me burra e gra në kishën e Shënkollit dhe i rropi mirë, po i kënaqur nuk mbeti. Dhjaku i binte kambanës pa pushim. Mersini vuri përpara Papa Vasilin, Milo Konomin, Petro Macukën dhe pesë të tjerë. Për kokët e tyre ai kërkonte 5.000 lira nga gjithë fshati dhe iku duke thënë se priste përgjigje lart, nga limeret e tij.

Mihal Kuneshka u hodh gjer në Korçë të lajmëroje në qeveri, po xhandarmëria nuk kishte këmbë të bridhte maleve përpjetë.

Nëntë ditë fshati e vajtoi së gjalli Papa Vasilin me shokë.

75

Sali Butka e zuri çetën e Mersinit brenda në korije të Pepellashit dhe e çarmatosi. U ktheu fshatarëve plaçkat dhe paratë, pastaj disa prej hajdutëve iu dha një dajak aq të fortë, por Mersini mundi të shpëtonte. Gazeta "Koha" e 9 gushtit shkruante: "Hajduti është lajmëruar të kthejë paratë, se ndryshe të gjejë vrimë ku të futet."

Ca ditë më pas e pruri puna që Sali Butka të dalë sheshit e të zbresë në Korçë. "Porta e Lartë" kish shpallur faljen e kryengritësve. Çetat hynë në qytet të pritura me triumf.

Gazeta "Koha" e 19 gushtit 1912 shkruante me bujë: "Në ballë të çetës së dytë ishte kapedani dhe trimi i Shqipërisë, i dëgjuari patriot Sali Butka. Burrë thjesht shqiptar e me zëmër mëmëdhetari. Shokët e tij ishin të veshur me rroba hajdutçe dhe të armatosur me maliherka."

U bë festë. Gëzimi rrëmbente turmat e njerëzve e i hidhte nga njëri kënd i qytetit te tjetri. Pinin, këndonin e putheshin, sikur bota u krijua së pari atë ditë dhe sikur të qe shkrirë e zhdukur po atë mëngjes çdo lloj brenge që kish munduar shpirtin e tyre.

Po ajo festë nuk zgjati shumë. Të nesërmen, njerëzit panë me pikëllim se ishin mashtruar. Ata që shpallën lirinë, kërkonin armëpushim që të fitonin kohë. Dhe sapo morën pak frymë, si rregulluan përkohësisht punët e tyre që kishin marrë rrokullimën, ata hapën defterët e vjetër.

Sali Butka nuk priti. Ai s'mund të gënjente veten si gomari i përrallës, që i kish kërcyer ujku në kurriz e që thoshte nga përtimi "bëje, o Zot, ëndërr". E vetmja gjë që i mbetej ishte të kthehej në malet e tij, se liria dhe paqja e vërtetë dukej se nuk ishin paguar me çmimin e duhur.

NJË EKSPEDITË MATANË KUFIRIT

Sikur ndokush të shkelte sot kufinë e fqinjit, lajmi do të merrej vesh në gjithë botën brenda ditës. Kufijtë janë të ndarë e ruajtur mirë. Por ka qenë një kohë në viset e Ballkanit, që çetat e armatosura i kishin ngatërruar keq kufijtë.

Në luftën ballkanike, që sapo ish ndezur, ushtritë turke po treteshin si kripa në ujë. Ismail Qemali ngriti flamurin në Vlorë.

Mirëpo asnjë nga fuqitë e huaja që kish interesa në Adriatik, nuk e pranoi për muaj të tërë krijimin e shtetit shqiptar të pavarur. Për këtë, historia ka bërë fjalë gjatë e gjerë. Punët e mëdha nuk mbeten pa shkruar. Disa ngjarje që prekin lokalitete e individë të caktuar, mund të kalohen në heshtje. Kur gjëmojnë topat e rëndë, krisma e një kobureje nuk ndihet fare.

Se ç'ngjau në kufirin e Kolonjës, kur filluan të tërhiqeshin ushtritë turke, pak njerëz e dinë. Shovinizmi i egër i verboi bandat e armatosura grekomane e i nxiti të bëjnë të tilla mizori, që është më mirë të mos përmenden.

Në dhjetorin e vitit 1912, andartët filluan të pastrojnë fshatrat pranë kufirit e të përgatisin vendin për një aneksim me themel. Agjentët vorio-epirotë mblodhën rreth vetes një numër aktivistësh të thikës e të litarit dhe bënë përpara. Në fshatrat pranë kufirit dridhej foshnja në barkun e nënës. U bënë vrasje të fshehta e të hapëta, u bënë djegie e plaçkitje të shumta, por ajo që ngjau në fshatin Luadh, u kalli tmerrin njerëzve gjer brenda në Korçë.

Dëshmitarët tregojnë se, të parët që u nisën në drejtim të fshatrave të banuara nga shqiptarë, ishin kapedanët Kolë Kordhishta e Janko Janoveni. Ata dërguan nga Kotelca lajmës në Tuhol e në Luadh, që familjet shqiptare të lirojnë vendin e të mbarten për Kolonjë një orë e më parë. Pastaj u nisën me një pakicë njerëz. U nisën pak e u bënë shumë. Kur arritën në Tuhol, në çetat e tyre numëroheshin 150 pushkë.

Kolë Kordhishta kërkoi të prishë ato tetëmbëdhjetë shtëpi të shqiptarëve të Tuholit e të varë nëpër pemë meshkujt dymbëdhjetë vjeç e përpjetë. Mirëpo ndërhyri kryeplaku, papa Vasili dhe prifti i Tuholit, papa Theodhori. Ata u lutën të mos trazohen shqiptarët, se të mira e të këqija fshati i kish hequr me ta bashkë. Mersin Agai, që ish në gjendje të mirë, e priti në shtëpi Kolë Kordhishtën e i shtroi darkë. Mersin Agai me vëllezër e nipër, i ndenjën kapedanit tërë natën në gjunjë e me dorë në zemër. E shtroi të rrinte në velenxa të kuqe dhe e gostiti si s'ka më mirë.

Kështu shpëtoi Tuholi, por e pësoi Luadhi, që ish një lagje e fshatit, një gjysmë ore më tej, se nuk pati njeri të lutej për të. Andartët e rrethuan Luadhin në mëngjes, që asnjeri të mos delte jashtë, pastaj hynë shtëpi më shtëpi dhe filluan kontrollin. Njerëzit që gjetën i vunë përpara. U grumbulluan me të mëdhenj e me të vegjël, dyzetegjashtë shpirt. I ndanë veç burrat e veç gratë e i mbyllën në dy plevica. Pastaj filloi plaçkitja.

Andartët plaçkitnin çdo gjë që u zinte dora e që mund të ngarkohej në kafshë. Kapedanët pinin e dëfrenin. Në fillim morën një nuse e një vajzë. Gratë në plevicë vunë një kuje që çau qiellin me drithërimë, po kjo u ndezi gjakun kapedanëve edhe më shumë. Ata urdhëruan të rrihen gratë me kamxhik. Në plevicën e grave u vendos qetësia.

Andartët e thjeshtë qenë ndaluar të merrnin gra në plevicë. Ata kishin të drejtë vetëm për plaçkitje. E ndërsa kërkonin plaçkë, gjetën të fshehur, atë më të bukurën vajzë, Pembenë, të bijën e Novruz Shemes, që nuk e kish shoqen në tërë krahinën e Kosturit.

Një andart, që ish qorr nga njëri sy, po kërkonte në kashtën e plevicës furriqet e pulave. Ai shkeli mbi vajzën e fshehur e i vuri këmbën në bark. Atëherë vajza u ngrit dhe qorri u hodh përpjetë.

Te dera e plevicës ai qëndroi. E ku i kish parë syri i vëngër një nur si ai që po dilte nga kashta!

Vajza shkundi flokët dhe fërkoi barkun me dorë. Qorri iu afrua ta ndihmojë. Ai e pyeti se ku qe vrarë dhe i vuri dorën në sup, po vajza e shtyu me bërryl dhe e shau.

Atëherë ai iu hodh sipër ta shtrinte në kashtë, po nuk ish punë që bëhej. Vajza u mund me andartin dhe arriti ta vërë poshtë, pastaj i hyri me një bisht beli e i theu brinjët së rrahuri.

Shamataja u dëgjua jashtë dhe dy andartë të tjerë u turrën në plevicë. Për një çikë u mblodhën pesë vetë, pastaj shtatë. Thonë se burrat në plevicën tjetër çanë gardhin, po andartët që ruanin, i shtynë brenda me bajonetë. Vetëm një kushëri i vajzës u iku nëpër duar. E qëlluan po nuk e vranë. Ai hyri në plevicën ku qe fshehur vajza dhe aty pa atë që i ndillte zemra. Pa kushërirën të shtrirë në kashtë që rrinte e kapitur, me krahët anash mbërthyer nga dy andartë. E pa të zbuluar për turp e të gjakosur. Ai e përfshiu për gryke andartin që iu ndodh më afër, duke ulëritur ashtu si s'mund të ulërijë njeriu. Njerëzit besojnë se ai e mbyti andartin, se i shqeu gurmazin, aq fort e kish shtrënguar. Ashtu vdiq ai, i grirë nga thikat, po duart nga gryka e hasmit nuk i shqiti.

Por çdo ditë ka një mbarim. Që të mos mbetej dëshmitar i gjallë i asaj që ngjau, e që punës t'i vihej kapaku, kapedanët dolën jashtë, të dehur siç qenë, dhe dhanë urdhër të fillonte therja.

Në të dy plevicat bashkë bëheshin dyzetegjashtë vetë. Prej tyre shpëtuan vetëm dy burra, Cime Dajlani e Nevruz Shemja. Shpëtuan gjallë Pembeja dhe ajo nusja që mbahej brënda se ato andartët i muarën me vete. Të tjerët u vranë me kobure e u therën me bajonetë.

Cime Dajlani e Nevruz Shemja u hoqën zvarrë në dëborë. Ata arritën në Zagaraj dhe aty Cimja ra pa frymë.

Veç plagëve të tjera, atij i kishin çarë njërin sy me bajonetë. Arritja e tyre në Zagaraj, shpalli gjëmën në gjithë Kolonjën. Si do t'i bëhej ballë grekut? Qysh do durohej ajo kasaphanë? Kujt do t'i binin pas Luadhit, Kolja me Jankon bashkë?

Lajmi arriti në Butkë në darkë. Tmerr, o tmerr! Para asaj që po bënte greku, turku ish ta pije në kupë. Turku të vriste një nga një. Greku i hynte popullit radhë. Sali Butka vishej e qante. Ai u xhindos. Iu duk se u prish çdo ligj që mbante botën më këmbë.

Njëzetedy pushkë u mblodhën në shtëpi të Saliut në pak minuta. Përgatitjet u bënë duke rendur në të gjitha anët. Të gjitha i bëri Ganiu. Asaj nate gratë e Butkës iu ndihën burrave dhe nuk i lanë të humbisnin minutën. Ato nuk qanin, po rendnin nëpër shtëpi të sillnin armët e të mbushnin trastat me bukë, që burrat të shkonin aty ku prisnin ndihmë motrat e tyre të çnderuara dhe çiliminjtë e therur.

Nga Butka në Luadh mban katër orë e gjysmë me të ecur fshatari. Saliu e përshkoi më tre orë e sipër. Vraponte me shpresë se mund të kish mbetur ndokush për t'u ndihmuar.

Kur çeta hyri në Luadh duke e rrethuar nga të gjitha anët, filloi të zbardhte dita. Nuk ndiheshin as njerëz as bagëti. Sali Butka përparonte ngadalë. Ai shkonte anës rrugës me kujdes, si njeriu që pret t'i ndodhë ndonjë gjëmë dhe nuk i besonte hiç asaj qetësie. Ai po nuhaste një erë të rëndë, që dukej sikur vinte nga toka e mbuluar aty këtu me dëborë.

Nëntë shtëpi bëhej Luadhi. Çeta kontrolloi me radhë katër shtëpitë e para. Krejt plaçkat e tundshme mungonin, të tjerat ishin prishur e shqyer me tërbim. Po ku ishin futur njerëzit vallë? Në derën e një shtëpie u gjet koka e prerë e një gruaje me fytyrën kthyer nga rruga. Trupi shtrihej në hajat, pak metra më tej. Kjo grua, siç dukej, kish pasur një mbarim të ndryshëm nga gjithë kufomat e tjera, që u gjetën të djegura në plevicën e oborrit të shtëpisë fqinjë. Të tjera kufoma u gjetën në një plevicë tjetër. U numëruan kokët dhe dolli se ishin vrarë e pastaj djegur në zjarr dyzetekatër vetë.

Sali Butka qëndronte aty ku ish më parë dera e plevicës dhe ndiqte numërimin e kokëve. Po shihte diçka që nuk besonte se mund të shohë me sy një njeri i gjallë. I rrihnin tëmthat. Kafkat e radhitura e vështronin me gropat e zeza të syve.

Ai u largua nga plevica pa ditur ku të vejë e me kë të flasë. Qëndroi pak më tej të shohë qiellin e vrenjtur. Retë e grumbulluara pirg, i ngjanin si mijëra kokë të prera, të hedhura kapicë. Tha me vete se nuk e vlente të rronte njeriu në një botë të tillë.

Ganiu i solli një dorë fëmije të prerë. Saliu e mbështolli dorën me shami dhe futi në gji. Ai tha të mblidheshin luftëtarët te rrapi.

Një nga një, luftëtarët u mblodhën te vendi i caktuar. Rrinin në këmbë si pa dëshirë e pa ndonjë qëllim. Rrugës, kur vinin për Luadh, ishin të inatosur, ishin të dëshpëruar. Tani nuk ndjenin tjetër, veç një pikëllim të atillë që paralizon vullnetin.

Sali Butka po dridhte një cigare. Ai tha se ata që kishin vrarë gratë e u kishin prerë duart çiliminjve, duheshin gjetur kudo që të qenë. Fliste kokulur. Priti të thoshin ndonjë fjalë luftëtarët, po asnjeri nuk u bë i gjallë.

- Ai që nuk do, le të kthehet, - tha prapë Saliu. – Se kjo punë ka disa rreziqe.

Ai pushoi se nuk dinte ç'të thosh më tepër dhe ngriti kokën të ndizte cigaren. Njerëzit e shikonin në sy e nuk lëviznin. Ai e pa se po u hynte në hak duke i provokuar me fjalë. Hodhi pushkën në sup dhe shkoi përpara.

Ajo që po bënte Sali Butka i ngjante marrëzisë. Ai po kapërcente atë vijë të kufirit me Greqinë, që nuk ish shkruar në asnjë hartë, po që dihej vetiu prej kohe, si nga njëra edhe nga tjetra anë. Me një grusht njerëz ai po sulmonte një tokë të huaj pa shpresuar në ndonjë ndihmë dhe pa llogaritur forcat që do të ndeshte përpara.

Një gjysmë ore më tej, gjendej Tuholi me gjashtëdhjetetetë shtëpi, të paktën njëqind pushkë; më thellë vinin fshatra të tjerë, në të djathtë e në të majtë po ashtu. Çfarë shpresonte të bënte ai me njëzetedy vetë kundrejt një krahine të tërë?

Sipas rregullave që kërkonte lufta, atë krahinë mund ta sulmonin nja dy batalione, në mos më tepër, po Sali Butka nuk kish kohë të bënte hesape. Para tij ai shihte një tokë ku duhej të dënonte e të merrte hakë. E tek i ndjente shokët që nxitoheshin ta ndiqnin hap pas hapi, ai u bind se ata nuk do të ktheheshin pa marrë hakë.

Kolë Kordhishta ish tërhequr matanë Tuholit, po Janko Janoveni paskej marrë rrugën për Zagaraj. Sali

Butka dredhoi që t'i dalë Jankos përpara. Ai nuk ecte, po vraponte. Tani që kapedanët ishin ndarë, nuk priste sa të takohej një herë me njërin, pastaj me tjetrin. Puna filloi të ecte mbarë.

Kapedan Jankua po e priste Sali Butkën në qafën e lartë të fshatit Zagaraj. Ai filloi të shtinte, të thërriste e të shante para se çeta shqiptare të niste ngjitjen. Ai ishte dyfish më i fuqishëm në numër.

Hysen Feratllari nga Tuholi, që sot është 82 vjeç e që ruan bagëtinë në Mal të Thatë, edhe atë ditë, 50 vjet më parë, gjithashtu kulloste bagëtinë. Ai thotë se ndodhej në pllajën karshi qafës së Zagarit dhe e pa më nge luftën e kapedan Janko Janovenit dhe kapedan Saliut.

Ai pa se çeta shqiptare u ngjit në heshtje, asnjeri prej tyre nuk shtinte dhe nuk thërriste. Ngjiteshin e ngjiteshin drejt në këmbë nëpër dushk, me shajakët e zeza dhe qylafët e bardhë. Ata dukeshin si hije, të verbër e të shurdhër, që shkonin drejt grykëve të pushkëve, dhjetë pesëmbëdhjetë hapa larg njëri tjetrit, secili për hesap të tij. Por në qafë ata qëndruan, sikur aty të kishin ndjerë befas se po u shtinin nga lart. Një hop pushuan, pastaj shtinë të gjithë bashkë, një herë, dy herë,tre herë, pastaj filluan të ngjiten prapë. Zunë të nxitonin dhe arritën në qafë me një frymë.

Kapedan Jankua kishte ikur, duke rendur pas çetës së tij, por ai qëndroi para kodrave të Tuholit dhe aty kërkoi ndihmën e fshatit. Ai u kërcënua se po të mos i vinte në ndihmë, do ta linte Tuholin në dorën e dreqit dhe të Sali Butkës.

84

Po ndihmë nuk pati dhe kur çeta shqiptare mësyu kodrat, Jankua u tërhoq pa zbrazur kësaj here asnjë pushkë. Sali Butka hyri në Tuhol dhe filloi bastisjen shtëpi më shtëpi. Kërkonte andartët e fshehur që t'i gjykonte e t'i pushkatonte në mes të fshatit. Asnjë burrë s'u pa gjëkundi. Pleqtë, gratë dhe fëmijët e trëmbur, nuk dinin ku qenë burrat. U shpunë para Saliut prifti dhe kryeplaku. Ata kërkuan ndjesë për pritjen që i kishin bërë. Thanë se ca djem që u paskej marrë koka erë, desh të bënin gjoja luftë me kapedan Salinë, po ata e kishin thyer xverkun prapa diellit. Kështu thosh prifti me dashamirësi. Kryeplaku, në çdo minutë, hidhte sytë diku thellë, në pllajat matanë fshatit.

Sali Butka vendosi të ndëshkojë. Ai urdhëroi t'u vihej zjarri dy shtëpive të Mersin Tuholit që i kish bërë konak kapedan Kordhishtës dhe të digjeshin gjithashtu dy shtëpi nga lagjet e krishtere që kishin dërguar djemtë andartë. Shtëpitë e Mersinit, që ishin binatë më të mëdha të fshatit, i përpiu zjarri sikur të qenë prej letre.

Saliu e liroi priftin dhe kryeplakun. Ai mblodhi çetën te shkolla, pastaj hyri në të vetmen klasë të asaj shkolle dhe kontrolloi vendin nga dritarja me një dylbi të vogël teke. Fshati po rrethohej nga një forcë që Saliu e çmoi të paktën njëqind vetë. Gjysma e asaj force po dilte në krahun e djathtë të fshatit, që të vendosej në kodrat ku u bë përpjekja. Po pritej rruga e tërheqjes. Gjysma tjetër u hap larg e larg e zuri vend rreth fshatit.

Ganiu iu afrua Plakut. Ai i kaloi dylbinë dhe i tregoi vendet nga po rrethoheshin. Djali pa fytyrën e tij të

85

rrudhur dhe sytë e zvogëluar.

- Nga do çajmë? - pyeti ai.

- Do presim edhe ca, - u përgjegj Saliu.

Po afrohej darka. Dielli ndriçoi për pak minuta kodrat me dushqe duke u dhënë këtyre një ngjyrë të kuqërreme të fortë, pastaj hieja e malit pllakosi vendin. Në fshat nuk ndiheshin as bagëtitë, as njerëzit. Ishin groposur të gjithë. Saliu nuk e njihte vendin dhe e quajti të rrezikshme të fillonte luftën natën. Po ai ish i pakët në numër, prandaj as në dritë nuk mund të dilte. "Në të mugët", mendoi Saliu.

Tani gjysma e çetës ishte në klasë dhe gjysma tjetër me Ganinë në kodrën mbrapa shkollës. Ishin mbledhur aty pa u ndjerë dhe Saliu pa në sytë e tyre hijen e qartë të rrethimit.Në atë çast ata ishin të varur nga gjestet dhe fjalët e tij si asnjëherë. Mbase tani rrethonjësit mendonin se e kishin shtirë në kurth. Mbase po gatiteshin të bënin përpara. Ishte koha të ndaleshin ata në vend.

Saliu thirri Ganinë dhe Dervish Kozelin dhe i nxorri në të djathtë të shkollës dhe njëherësh me ta dolën në të majtë Nasi Spiro Qafëzezi me Novruz Zagarin. Ata shtinë disa pushkë në tym, aty në vend të hapët. Duhej të kishin mëndjen edhe nga dritaret e shtëpive kur të ecnin përpara. Ata shkuan secili në krah të tij duke shtirë mbi kodrat e fshatit dhe pastaj u futën poshtë në dushqe.

Në çastet e para, kodrat në hije, kërcënonjëse dhe të fshehta, pritën. Pastaj krisën dy tri pushkë dhe Saliu pa flakët e verdha të tyre. Pastaj krisën me padurim, të çrregullta e me potere, njëqind pushkë, që ndezën vendin dhe mbushën ajrin. Çatmaja sipër dritares së Saliut u shqep dhe përhapi në klasën bosh tymin e gëlqeres.

Në gjunjë, duke përgjuar me syrin e djathtë, Saliu pa se rrethimi ishte i plotë e i vendosur. Të dy grupet e Ganiut dhe të Nasit, po shtinin mbi kodrat, ndërsa asgjë nuk lëvizte rreth shkollës.

Edhe pak dhe vendi do të tërhiqej poshtë në errësirë. Do të dalloheshin hijet, po jo trupat. Dhe tani që armiku nuk dinte se ku gjendej në të vërtetë shumica e çetës, ishte koha për t'u ngritur.

Saliu mbajti vesh dhe dëgjoi të katër krismat e afërta të njerëzve të tij. Ata ishin gjallë.

- O burra, - thirri Saliu.

Çeta u lëshua poshtë bregut të shkollës dhe kur u mblodh e gjitha në përrua, Saliu tha se do të kthehshin në gjurmët e tyre, do të ngjiteshin në heshtje te kodrat ku ata thyen atë mbasdite për të dytën herë Janko Janovenin.

Nuk lehte asnjë qen, por herë pas here dëgjoheshin thirrje të shkurtra, dushqet ishin të pabesë dhe hijet e tyre nxitonin të shqetësuara që të dilnin në majë para çetës.

Aty në majë u bë një ndeshje e shkurtër, me krisma koburesh e me thika. Nuk pritej që Saliu të dilte pikërisht aty, sepse aty ishte vendi për të dalë. Saliu duhej të dredhonte gjetiu. Megjithatë, Janko Janoveni, i nxitur nga një instinkt i pashpjeguar, vrapoi aty me tridhjetë andartë disa minuta më parë dhe u ndesh papritur me çetën që s'mund të ndalej, sepse ajo kërkonte rrugën e shpëtimit.

Kur mbaroi ajo përpjekje e shkurtër dhe Saliu u ndal të merrte frymë, ai pa, dhe nuk u zinte besë syve, se çeta ishte shëndoshë e mirë, Janko Janoveni me dhjetë andartë kishte mbetur i vrarë, rruga ishte e hapët dhe fshati mbrapa i groposur.

* * *

Atë natë Saliu u kthye në fshatin Zagaraj, që të humbiste gjurmët e të shplodhej. Ai u ngrit në mëngjes dhe dolli të shikonte kohën. Si bujk e si bari, gjithnjë kish patur të bënte me motin. Ai rrinte në pragun e derës me pallton krahëve dhe ndiqte me ëndje karvanin e reve që shtyhej lart, nga malet e Gramozit. Dita do të ish e ngrohët e me lagështi.

Si hëngri mëngjezin e u përshëndet me të zotët e shtëpisë, ai u drejtua nga lëmi i fshatit dhe atje e gjeti çetën të grumbulluar.

-Tani që ja hymë kësaj valleje, nuk do të kthehemi pas vetëm se shtimë pesë pushkë, dogjëm nja dy shtëpi dhe vramë një qen, - tha Saliu. - Kemi shumë gjak për të larë, - tha prapë ai.

Fliste kokëulur, duke dredhur cigaren dhe ashtu bënte gjithnjë, sikur të fliste tjetërkush për të, ndërsa u merrte erë fjalëve të tij, që t'u provonte shijen dhe efektin.

- Hiqe vallen vetë, si të ta dojë qejfi, se pas të vimë. Nuk na ka marrë malli për plakat, - tha Novruz Zagari.

Saliu e pa atë ndër sy.

- Dhe ti or bir, - tha Saliu duke iu drejtuar pa pritur Nasi Spiro Qafëzezit, - si shumë hidhej në luftë.

Nasi me fytyrën rrumbullake, i kapur në befasi, mori

88

zjarr deri në rrënjën e flokëve.

- Ja kështu, tha Saliu. – Plumbi shpon edhe derrin. Nuk është puna të hidhemi më këmbë e të rrëfejmë gjoksin. Futu në një rrëke. Futu pas një guri. Përgjoje armikun dhe vraje. Vra edhe atë në krah. Pastaj ngreu në këmbë, se duam të vrasim e jo të vritemi.

Nasi po e shikonte Salinë duke harruar çetën, veten dhe gjithë botën. Truri i tij kish ndalur dhe ai mendonte vetëm një gjë: ai po qortohej nga Saliu dhe kjo ishte si të gjendej papritur lakuriq në mes të njerëzve.

"Ky është nuse e jo djalë", tha me vete Saliu.

- Bjere këtu atë këllëçin e kapedan Jankos, - i tha Saliu Ganiut.

Ganiu nuk habitej më me teket e papritura të Plakut, po nuk i pëlqente t'ja hiqnin këllëçin që ja kishte marrë vetë armikut. Ai filloi të zbërthente rripin ngadalë, pastaj e kuptoi përse e donte Plaku dhe qeshi, nxori këllëçin me gjithë rrip e ja dorëzoi.

- Na, merre, - i tha Plaku Nasit, - se ke luftuar si shqiptar bir shqiptari.

Nasi e mori këllëçin, që i peshoi në duar dhe iu veshën sytë nga shkëlqimi i këllëfit të verdhë. Ai desh të thoshte diçka e, si nuk mundi, i hodhi Ganiut dorën në qafë. Në shtat dukeshin të barabartë. "Të kam një lutje, o Perëndi", tha Plaku me vete. "M'i ruaj këta të dy e m'i ler gjithnjë bashkë".

Po ai s'kish kohë të merrej që në mëngjes me lutje perëndisë dhe iu duk e padrejtë që kujdesej me shpirt për ata që donte më shumë. Për të larë veten, nxori në pararojë pikërisht Nasin dhe Ganinë e u nis t'i binte fshatit Slinicë. Rrugës ndërroi mendim e u drejtua për në Janoven, që e kish më afër e që e tërhiqte më shumë. Janoveni ishte një fshat i madh dhe baza e andartëve. Për të pritur çetën e Saliut, atje ishin bërë përgatitje që një ditë më parë. Por nga ç'anë do dilte Sali Butka, kur, dhe me sa vetë mbrapa? Thoshin se çeta e tij i kalonte të treqind pushkët dhe se çdo njeri që kish qenë andart, do varej në lisin e fshatit. Thureshin ngjarje e tregoheshin trimërira që s'kishin ngjarë ndonjëherë. Në të vërtetë, çeta e Sali Butkës ish rritur pak në numër. Kur shkonte për Janoven, atë e arriti në rrugë një grup luftëtarësh nga Bozhigradi prej tetë vetësh, që i printe Mehmet Kaçani. Ky Mehmeti ishte krushk i Mersin Agait nga Tuholi dhe erdhi aty të shikonte se mos dëmtoheshin nga lufta miqtë e tij. Ai e pyeti Sali Butkën, përse e kish djegur shtëpinë e krushkut dhe ja kish lënë vajzën pa strehë? Sali Butka që dëgjonte më këmbë, nuk u përgjigj fare. Ai nxori nga gjiri shaminë ku mbante të mbështjellë dorën e prerë të fëmijës, që kish marrë në Luadh, dhe ja shpalosi para syve.

- Ja, për këtë e dogja, - i tha Saliu.

- Hiqna rrugën, se të vimë pas, - u përgjigj Mehmet Kaçani.

Ata iu drejtuan Janovenit bashkë. Nami i çetës shqiptare shkonte përpara. Ai hynte në radhët e kundërshtarit dhe prishte gjysmën e qëndresës së tij. Gjysmës tjetër i jepnin fund ata tridhjetë djem që bënin zhurmë në luftë katër herë më shumë. Bërtisnin për hakmarrje dhe për ndëshkimin e vrasësve të fshatarëve të

Luadhit. Ata po tregoheshin të pa përmbajtur. Besonin se u printe vetë fati, meqë kishin fituar në çdo luftë dhe që nga dita e vrasjes së Iljazit, asnjëri prej tyre nuk ishte gërvishtur gjëkundi. Atyre u printe Sali Butka që as mund të thyhej, as të rrethohej. Qëndresën e andartëve në mal të Janovenit ata e thyen më shumë me britma se me pushkë.

Sipër në mal andartët kishin lënë dy të vrarë dhe nja pesëmbëdhjetë pushkë. U gjend një pallto e re dhe dy trasta plot me fishekë. Luftëtarët qeshën e kënduan, pastaj çeta hyri në fshat pa gjetur tjetër pengesë.

Saliu dërgoi Ganinë dhe Novruz Zagarin t'i vinin zjarrin shtëpisë së kapedan Jankos, që u vra në Tuhol dhe të tjerët i hapi të kontrollonin për të gjetur andartë të fshehur.

Në këto e sipër, në Janoven mbërriti një çetë vullnetare prej tridhjetepesë vetësh. Në Kolonjë ishte hapur fjala, në një natë e një ditë, se Sali Butka po shtronte fshatrat matanë kufirit. Duke ecur pas gjurmëve të tij, çeta e vullnetarëve e arriti në Janoven, po nuk mundi të merrte pjesë në luftë. Atëherë disa prej tyre hynë nëpër shtëpitë, të ndihmonin në punën e kontrollit. Pak nga pak ata po mblidheshin në sheshin e fshatit, ngarkuar secili me aq plaçka, sa mund të mbante në shpinë.

Saliu po bisedonte me parësinë e fshatit e u thosh atyre, se po të lejonin çetat e andartëve të hynin prapë në Shqipëri, ai do kthehej së dyti e do t'i vinte zjarr gjithë krahinës, pa pyetur në janë a s'janë andartë. Zjarri krisi në çatinë e kapedan Jankos. Aty, para Saliut prisnin nja dhjetë burra të lidhur me duar prapa. Dyshohej të kishin qenë andartë ose të kishin marrë pjesë në luftë.

Saliu urdhëroi t'i shtrijnë barkas e t'u hiqnin vitheve nga pesëdhjetë kamxhikë të fortë secilit. Dy prej tyre nuk deshën të ulen dhe kërkuan leje të flisnin me kapedanin. Ata thanë se nuk patën shkelur kurrë në Shqipëri dhe as qenë përzier ndonjëherë me andartë, prandaj të tregohej mëshirë e t'u falej dënimi.

- Ta zëmë se nuk kini qënë vërtet, - foli Saliu, - një dru i shëndoshë prapëseprapë nuk ju bën keq, që të mos ju shkojë në mënd të shkelni kurrë-. Pastaj urdhëroi të digjnin tre shtëpi të tjera të andartëve dhe kushedi se ç'do kish bërë tjetër, sikur të mos i zinte syri disa nga ata që vinin ngarkuar me plaçka.

I pakët e i thatë siç ishte, ai rrudhej edhe më kur inatosej e dëshpërohej. Disa çaste nuk mundi të hapte gojë dhe as të bënte diçka, veç të shikonte. Aty më parë ishte mburrur e kapardisur duke thënë se shqiptari lufton për nder e liri dhe se do të ndëshkoheshin vetëm fajtorët. Tani, prifti dhe kryeplaku, si dhe ata që pritnin radhën për t'u rrahur, shikonin luftëtarët që thërrisnin dhe vinin aty me plaçkë dhe shikonin Salinë, ndërsa Saliu shikonte ata.

Saliu bëri disa hapa përpara gati duke ecur në brinjë. Nëpër dhëmbë ai u tha njerëzve të tij të ulnin plaçkën. Zëri i tij duhej të kishte një tingull të keq, se ata të parët u bindën menjëherë. Po dikush mbrapa tha diçka, pastaj kundërshtoi edhe një tjetër. I zbetë, i verbuar, sikur ngërçi t'i kish zënë tërë nyjet e trupit, Saliu vuri dorën te koburja.

-Turpëruat gjakun. Shkelët gjakun. Faqezinj. Shqiptarë. Ju shqiptarë -. Ai i pështynte fjalët, i pazoti të formulonte një mendim. Disa nuk po kuptonin se ç'kërkonte.

- Ulni plaçkat,- tha.

Ai u kthye përsëri në krye të lëmit dhe e shikoi priftin drejt në sy. Prifti u praps dhe Saliu qeshi. Tërbimi i kaloi njëherësh. U ul në parmakun e gurtë që rrethonte lëmin dhe iu përgjigj me radhë përshëndetjeve të atyre që i kishin ardhur për ndihmë nga Kolonja. Ai po sillej tani sikur të mos kish ngjarë asgjë. Dhe kur pa se e tërë plaçka ishte mbledhur aty përpara, dërgoi njërin prej fshatarëve të sillte një teneqe vajguri. Si u spërkatën plaçkat, Saliu u ngrit dhe u soll rrotull atij togu të madh me velenxa të kuqe e të bardha, me jorganë mysafirësh, veshmbathje e deri tepsi bakri dhe iu vuri zjarrin me dorën e tij.

Po pse nuk uaktheu të zotërve ato plaçka, në vend që t'i digjte?

Ai mund të tërbohej para një poshtërsie, por në çastin tjetër, ishte përsëri një gjykatës i hollë i punëve. Ai nuk donte të turpëronte ata që i erdhën për ndihmë. S'kish asnjë autoritet mbi ta dhe nuk donte t'i armiqësonte, sidomos kur ndodhej gjashtë orë larg nga Kolonja e në dhé të huaj. Ai po bënte sikur plaçkat u sollën aty me urdhër të tij dhe po digjeshin për ndëshkim. Dhe kështu as të plaçkiturit dhe as plaçkitësit nuk do të ankoheshin. Çështjen që lindi papritur ndërmjet tyre e dogji zjarri.

Zjarri kërcënues po përpinte të katër shtëpitë. Saliu grumbulloi njerëzit dhe doli nga fshati. Tani kish nën urdhër 65 burra të armatosur mirë dhe tha me vete se për nja dhjetë ditë mund të shkelte e të shtronte gjithë fshatrat e mëdha të krahinës. Kjo do t'i mësonte andartët t'i vinin gishtin kokës, kur të trazonin kufijtë

93

e Shqipërisë. Të nesërmen u sulmua Kolë Kordhishta në mal të Alevicës. Ai kish dalë atje t'i priste rrugën Sali Butkës, po nuk u mbajt dot më shumë se gjysmë ore. Nga mali i Alevicës çeta zbriti poshtë në Kalevisht, ku e pritën me bukë e kripë. Në Kalevisht Saliu as dogji as vrau. Atje ai mblodhi një këshillë lufte me disa nga më pleqtë e çetës dhe vendosën se qysh të vepronin. Thanë të pushkatohej pa gjyq çdo andart që do zihej me armë në dorë e të digjej shtëpia e tij. Pastaj vendosën të ndalojnë marrjen e plaçkës e të dënojnë ata që do shkelnin këtë vendim dhe caktuan rrugën që mbetej për të ndjekur. Revoltimi për masakrën që bënë andartët në Luadh i shtynte ata në një aventurë hakmarrje. Në të vërtetë kjo do të ndizte gjakrat akoma më keq në të ardhmen.

Bashkë me tre nga njerëzit e tij, Saliu u drejtua nga kisha e fshatit. Donte të shikonte nga maja e kambanores fshatrat që mbeteshin për t'u shkelur. Sa dolën në fushë para kishës, një plumb e fshiku Salinë lehtas në krahë dhe një krismë ushtoi tej e tej fshatit. Një plumb tjetër i vërshëlleu mbi kokë. Saliu u hodh pas murit të shtëpisë pranë dhe po ashtu bënë tre të tjerët. Dikush shtinte nga kambanorja e kishës. Një grup luftëtarësh të çetës vrapuan në ndihmë. Saliu bëri shenjë me dorë që të dilnin nga krahët e të rrethonin kishën dhe kjo u krye në pak minuta.

Nja shtatë a tetë pushkë i dhanë njëherësh batare kambanores dhe frëngjia, pas së cilës qëndronin njerëzit e fshehur, u mbulua me tym. Nuk pati përgjigje. Njeri nga luftëtarët u thirri greqisht atyre në kambanore të dorëzoheshin. U bë një pushim i shkurtër, pastaj në oborrin e kishës doli një meso burrë, pa armë, pa kapele e pa këpucë. Ai shikoi rrotull me frikë dhe bëri disa hapa përpara duke u lëkundur. Kur mbërriti te qoshja e shtëpisë, e mori në dorëzim Saliu, kurse tre shokët e tij hynë në kishë e u ngjitën lart në kambanore.

Robi paskej qenë efektiv i çetës së andartëve që komandohej nga një farë Miho Gjikopullos. Në Luadh kish qenë, po betohej për gjithë shenjtorët se nuk dinte gjë për vrasje e therje. Sipër në kambanore ish futur nga budallallëku i tij. Ashtu thosh ai. Dhe thosh se dje qenkej bërë muhabeti i Saliut në çetën e andartëve. I nxehur pak nga vera, ai paskej thënë se Sali Butka ishte një copë fshatar si gjithë të tjerët, "palo arvanitis", se po ta gjente ballë për ballë, ai ja ..... - Këtë po tregonte andarti dhe pështyma i thahej në gojë. Mundohej të tregohej i sinqertë e i penduar. I binte kokës lehtas me grusht dhe qeshte e tallej me marrëzitë që kish folur një ditë më parë. Mirëpo, vazhdonte ai, kapedan Mihua e kish lënë bashkë me një kushërinë e tij në kambanore që të kish fatin të gjendej ballë për ballë me Sali Butkën. Ai betohej se për këtë që i bëri, do t'ja merrte hakën dyfish kapedan Mihos.

Dervish Kozeli që ndodhej pranë Saliut e që na e tregoi këtë ngjarje me një qartësi të pabesuar për moshën e tij, thotë se kapedan Saliut i dridhej veshi i majtë tek dëgjonte andartin të qeshë e të flasë.

- Prapëseprapë ti nuk u talle, po qëllove vërtet, - tha më në fund Saliu. Gjithë çeta ish mbledhur atje të dëgjonte gjyqin e andartit. Saliut filloi t'i dridhej zëri,

95

gjë që ish shenjë shumë e keqe.

- Dhe në Luadh paske qenë, - foli Saliu. – Të të lëshoj, kushedi vete prapë. Mjaft fole e mjaft bëre. Hape gojën për të fundit herë.

Ai nxori koburen, ngriti çarkun dhe ja drejtoi të dënuarit në fytyrë. Robi shqeu sytë nga tmerri dhe hapi gojën, po nuk pati kohë të bërtasë. Plaku e shkrehu koburen dy herë.

Sipër nga kambanorja fluturoi trupi i andartit tjetër. Luftëtarët që e hodhën, u përkulën të shikonin ku ra.

- Është i vdekur, - tha njëri prej tyre. – E ka marrë plumbi në kokë.

Saliu mblodhi njerëzit dhe dolli nga fshati duke marrë drejtimin e Slinicës. Banorët e Slinicës, urtësia i këshilloi ta presin Salinë me bukë e kripë, dhe ai qëndroi aty vetëm për të pirë një kafe. Ai u ngrit të vazhdonte rrugën akoma më tej, kur arriti një lajm fare i papritur: ushtria greke që vinte nga prej Bilishti, kish pushtuar Korçën dhe po i drejtohej Qafës së Qarrit. Taborët turke, mbetur rrugëve pa ushqim e pa komandë, tërhiqeshin në panik e rrëmujë drejt Vlorës. Vendin po e zinte greku.

PËR NJË COPË STREHË
E NJË PËLLËMBË TOKË

Ballë për ballë duhet luftuar,
Plumb'i armikut drejt po të vjen,
Se nga kurrizi del në kraharuar'
Nga do të ikësh, vdekja të gjen.

S. BUTKA

Saliu gjendej akoma matanë kufirit, kur trupat greke dolën në Qafën e Qarrit. Ai udhëtoi gjithë natën dhe të nesërmen, afër drekës, arriti në Butkë. Mushka, gomarë të ngarkuar, njerëz më këmbë, tufa bagëtish, shkonin drejt Ersekës me sa mundnin. Grekët nuk u ndalën në Qafë, ata vazhduan marshimin drejt Kolonjës.

Çfarë po ngjiste në të vërtetë? Gjersa ushtritë turke po tërhiqeshin dhe pavarësia e vendit ishte shpallur, përse ngutej greku të zinte këmbën e tyre? Saliu kërkoi lidhje me qeverinë e Vlorës dhe prej andej mori përgjigje se trupat greke vinin të pushtonin Korçën e Gjirokastrën, prandaj të kundërshtoheshin me armë.

Atëherë plaku nuk humbi më kohë. Brenda dy ditëve, ai formoi tri çeta me dyqind vullnetarë dhe zuri një front të rregullt nga Luarasi gjer në Skorovot. Batalionet greke u ndalën. Në dy përpjekje që u zhvilluan ndërmjet tyre dhe Saliut, grekët u thyen. Ata nuk guxuan të shkonin përpara, pa marrë përforcime të tjera. Kështu gjendja mbeti pezull. Në front shkëmbeheshin më të rrallë disa batare sa për të mbajtur gjallë erën e luftës.

Plaku i Butkës e kishte ndalur grekun. Nuk dihej kush e thirri i pari "Plaku i Butkës", por ishte në ato ditë që iu përhap ky emër. E kishin thirrur deri atëherë Sali Aliçkasi, Sali Butka, Kapedan Saliu dhe tani njëherësh që të gjithë u kujtuan se emri i tij ishte "Plaku i Butkës".

Xhavit Pasha, komandant i ushtrive turke, kish ngritur kuartierin në Borovë dhe po bëhej copë të shpëtonte taborët e tij të mbetura rrugëve. Kur dëgjoi se po bëhej luftë në Kolonjë, ai tha se Allahu i madh nuk paskej hequr dorë akoma prej tij. Bënte luftë Sali Butka. Greku u ndal. Xhavit Pasha mori frymë.

E që të sigurohej se Sali Butka do vazhdonte ta mbrojë edhe më tej, ai dërgoi në Luaras dy kalorës ta ftojë në Borovë për bisedime.

- Nder i madh po na bëhet, - tha Saliu. Ai iu përgjigj mesazhit të kalorësve me një temena të gjatë, pastaj hipi në mushkë dhe kalorësit pandehën se do të nisej bashkë me ta.

- Po ku të vete unë? – tha Saliu. – Xhavit Pasha, që atij iu shtoftë ymri e iu rritshin gradat, pret të shohë

Spiro Bellkameni, Myftar Butka (ulur), Mihal Bellkameni,
Kristo Pituli dhe Gani Butka (më këmbë)

ndonjë burrë 12 pëllëmbë të gjatë, mustaqelli e me
jatagan gjer te këmbët. E ku jam unë për mejdan? I thoni
Xhavit Pashës se nuk kam rroba për të dalë dhe se më
çalon mushka nga këmba e djathtë.

99

Ata që e dëgjuan nuk u çuditën fare, se ia njihnin humorin.

- Po shkoj më mirë për Skorovot, - tha pastaj. – Po të dojë Xhavit Pasha, le të urdhërojë aty, se kështu e kemi grekun afër dhe ja marrim erën më mirë.

Kur ai arriti në Skorovot, nga Mileci grekët filluan të shtien më dendur. Dolli ta priste Ganiu, që komandonte çetën e atjeshme. Pa hyrë në shtëpi, Ganiu kërkoi leje që të sulmonte.

- Po, po, - u përgjigj Saliu. – Të rinjtë duan të vrapojnë. Veç pleqtë nuk i ndjekin dot.

Ai u ul në shilte dhe ngrohu duart në zjarr. I pëlqente të ngrohej. Pranë zjarrit ndjehej gjithnjë më mirë dhe fillonte shakatë.

- Xhavit Pasha, - vazhdoi Plaku dhe bëri një temena me dorë, - këtë kërkon, që ju të sulmoni. Ju bën selam dhe ju porosit që ta dëboni grekun matanë Qarrit, sa të mbledhë ai ato pak plaçka e të dalë gjëkundi buzë detit. Jo, mor zoti komandant, hë për hë nuk do sulmoni.

Riza Kodheli e Shefki Starja, hynë në dhomë pas Ganiut. Plaku filloi të zgjidhte këpucët. Ai tha se më parë duheshin shtuar çetat në 400 vetë, pastaj të bënin një sulm të përgjithshëm, që të dëbohej fare greku nga Kolonja. Mirëpo Ganiu dhe shokët e tij ngulën këmbë. Ata thanë se, po të merrej Mileci, kjo do t'i jepte kurajë të madhe gjithë kazasë dhe kështu vullnetarë të tjerë do vraponin në çetat. Plaku hezitonte. Ai kish frikë se po të dështonte sulmi e të vriteshin së koti ca nga djemtë, njerëzit do të humbitnin besimin dhe greku do të bëhej akoma më grindavec.

- Do t'i biem në të mugët nga Qafa e Pleshtit, - ngulte këmbë Ganiu. Ai qe mërzitur duke bërë sehir grekun përkundrejt. Si e pa që Plaku rrinte me dysh, mori zemër.

- Më mjaftojnë dhjetë veta, - vazhdoi ai. – Do t'u biem në befasi e do t'i bëjmë çorbë.

Ai ish ndezur në fytyrë. Hapte krahët dhe shtyhej përpara, duke dashur të tregojë se qysh do t'i zinte grekët, e tek fliste, shikonte shokët që ta ndihmonin.

- Dhe frap, i zumë, - thoshte Ganiu, sikur po i mblidhte grekët në grusht. Plaku e dëgjonte buzagaz. I biri po bëhej i zoti i gojës e përpiqej t'i mbushte mendjen me gjeste të tepërta, që nuk i kish pasur zakon më parë. Plaku qeshte me vete e thoshte se do të rridhte akoma shumë ujë, gjersa i biri të mësonte qysh ta hutonte të atin me fjalë. E shikonte Ganinë e i dukej në atë çast se nuk kish gjë më të madhe në botë se dhembshuria që ndjente për atë djalë. Shikonte gjoksin e tij të gjerë e i bëhej sikur dëgjonte të rrahurat e asaj zëmre të njomë që edhe më katërsh po ta ndaje, nga secila copë do të delte një zëmër trimi.

- Mu në shesh të kokës do t'u bijem, - u hodh e tha Rizai.

- Pa çka, - tha Plaku. – Në qoftë çupë e mbani me shëndet, në qoftë djalë e kemi bashkë.

Aty më të perënduar të diellit, Ganiu vetë i dhjetë, ish ngjitur në Qafë të Pleshtit dhe priste shenjën. Plaku nga Skorovoti hapi zjarr. Çdo vullnetar dogji dhjetë fishekë, u bënë ca lëvizje poshtë e lart dhe u dëgjuan kërcënime e sharje kundër armikut.

Ushtarët grekë u gatitën për luftë. Ata nuk e kuptuan përse bëhej gjithë ajo shamatë në Skorovot. Atëherë Ganiu u ra në shpinë. Duke thirrur: "o burra! o shokë!" e duke kapërcyer nëpër gardhe, ai i zuri në befasi të plotë. Vetëm ikja kish të bënte. Ata u kthyen tatëpjetë në rrëmujë dhe Ganiu nuk i pengoi të iknin. Ai shtoi qitjet dhe thirrjet e u sul brenda në Milec, që ta merrte fshatin me sulmin e parë. Në të njëjtën kohë u sul dhe Saliu nga Skorovoti.

Mileci u mor pa derdhur një pikë gjaku, hajdutçe, ashtu si duhet të sulmojë ai që i ka njerëzit e vet të pakët dhe një armik të madh përballë.

Ganiu hipi në çati të shtëpisë së Isuf Gjatës, që ish më e larta në fshat dhe nguli flamurin që mbante nën këmishë, një flamur një pashë e gjysmë. Fshatarët dolën nga vrimat ku ishin fshehur. Shkonin poshtë e lart dhe gjithnjë sillnin kryet nga çatia e Isuf Gjatës. Të nesërmen në mëngjes, para asaj shtëpie u grumbullua gjithë fshati. Shqipja e zezë kish mbërthyer krahët në bezen e kuqe, që flakërinte në sfondin e dëborës dhe hakërrohej me gjoks nga perëndimi. Ai shpend i paparë për madhësitë e tij, i dalë nga thellësitë e kohëve, ushtronte në mendjet e tyre një magji të vërtetë dhe secili i duhej të bënte diçka për t'u qetësuar. Burrat nxirrnin pushkët nga strehët e plevicave, merrnin bukë për dy ditë dhe shkonin te Sali Butka.

Nga dhjetori i vitit 1912, gjer në mars 1913, me gjithë përforcimet që sollën, grekët nuk përparuan as një hap më tutje. Nën presionin e çetave të Saliut, ata linin herë një kodër e herë një përrua.

Guximi dhe trimëria e Sali Butkës, që përballonte

me një grusht njerëzish batalionet e rregullta të ushtrisë greke, që i pengonte të pushtonin Kolonjën e që u kish prerë rrugën e Janinës, jehoi larg. Më 8 mars 1913, gazeta "Liri e Shqipërisë" në Sofie, shkruante: "Sali Butka ka xhveshur pallën dhe po bën luftëra të rrepta. Ai luftoi me grekët nga ana e Naselishtit dhe i vrau. Nga an' e Korçës po tregon trimërinë e tij si shqiptarët e moçëm në kohë të Skënderbeut". Një emigrant shkruante nga Bostoni në numrin e 20 të gazetës "Koha": "Ushtarët vinin gjer në Kolonjë , po më tej ish mbjellë urof. Trimëria e Sali Butkës i shoi e i farosi. Ushtarët, që ktheheshin prej Kolonje, dukeshin shumë të trëmbur. 'O Sali Butkas! O Sali Butkas!'"- goja e tyre s'thoshte gjë tjetër".

O Sali Butkas! Oficerët e Greqisë flisnin për të në kafenetë e Korçës me habi e admirim. Ai që kish luftuar kundër tij, kish të tregonte shumë gjëra.

Po Sali Butka nuk mburrej dhe dinte ta vlerësonte armikun:

Oficerët e Greqisë
Nukë janë për t'u sharë
Po me djemtë e Shqipërisë
S'u vete dyfeku mbarë

Më 6 mars ra Janina. Të dehur nga ai lajm i pabesuar, grekët hodhën disa rezerva mbi Korçë e Gjirokastër. Më 7 mars, Sali Butka mori urdhër nga qeveria e Vlorës të tërhiqej. Plaku mbajti me vete një numër të vogël njerëzish dhe të tjerët i shpërndau me premtimin se do

103

takoheshin së shpejti. Ai i hipi mushkës dhe shkoi prapa familjes së tij. Gratë kthenin kokën të shikonin flakët që dilnin nga shtëpia në Butkë. Ai po shkonte duke lënë vendin dhe njerëzit në dorën e një armiku, që shumë herë ish treguar i pamëshirshëm.

* * *

Në Vlorë Saliut i bënë një pritje të mirë. Ai nuk ish ndonjë funksionar i qeverisë dhe as komandant ushtrie. Ish një patriot i thjeshtë. I vetmi zanat i tij qe lufta për çlirimin e Shqipërisë dhe e vetmja dëshirë e fundit, bashkimi i kombit shqiptar. Ismail Qemali e njihte dhe e çmonte autoritetin e Plakut mbi Korçën e Kolonjën. Ai u kujdesua vetë për të. I lidhi një rrogë prej 700 grosh dhe e la të çlodhet atë natë.

Të nesërmen e thirrën ministrat Luigj Gurakuqi dhe Pandeli Cale. Ata i shpjeguan gjendjen: një copë tokë e rrethuar anembanë, kufizuar sa s'kishte ku vente më nga greku, nga turku e nga deti. Ja, kaq gjë ish katandisur shteti shqiptar. Qeveria bënte ligje, po ato mezi pranoheshin nja 15 kilometra rreth e rrotull. Te ura e Mifolit, mu në prag të derës, dergjeshin në batak taborët e prapambetura të Turqisë. Ato mbulonin fushën e Myzeqesë, hapeshin anës Vjosës si kope të uritura dhe s'kishin fuqi të ngriheshin nga vendi. Mirëpo, pak më parë, ish dukur në mes të tyre i plotfuqishmi i Stambollit, Beqir Grebeneja, një xhonturk i tërbuar, që kish luajtur një rol të madh në rrëzimin e Sulltanit. Tani, Beqiri po zgjidhte nga taborët trupat më të mira, po i organizonte në reparte të veçanta sulmi dhe kërkonte që t'i hapej rruga nëpër Vlorë, se ndryshe do ta hapte vetë. Ky kish qëllim që, duke kaluar nëpër Vlorë, të rrëzonte Ismail Qemalin, sepse ai s'e shihte dot me sy këtë qeveri. Kundër Beqirit ishin dërguar ato trupa që kish në dispozicion qeveria. Rreziku ishte i madh. Këto i thanë ministrat dhe qëndruan të dëgjojnë. Sali Butka nuk i la të presin shumë. Ai kërkoi dy ditë leje sa të rregullonte familjen që kish sjellë nga Kolonja dhe tha se ish gati për t'i prerë rrugën Beqir Grebenesë në vendin që do të caktohej.

Kështu Plaku mori një detyrë të re. Po e urdhëronte qeveria e tij. Sado e pafuqishme të ish ajo qeveri, nuk do ta braktiste sa të kish gjak e frymë. Por a do mund t'i bënte ballë turkut atje në mes të fushës? Kufirin e ndante Vjosa. Lumi kishte fare pak ujë. Dhe sa njerëz do t'i jepnin për të luftuar? Po kundër grekut kush do shkonte, në qoftë se i tekej të vinte deri në Vlorë? Mendja i thoshte se davaja ishte e humbur. Shqipërinë po e mbysnin në djep. As që po e linin të ngrihej më këmbë.

Me këto mendime po lodhej Plaku duke u kthyer në shtëpi, kur vuri re se njerëzit po bënin mënjanë, hapnin rrugën dhe rrinin në pritje. Po kalonte Isa Boletini. Ai burrë e paskej hapin të lehtë, po hijen të rëndë shumë. Gjithë ai shtat i derdhur, e ai nur prej luftëtari! Mbrapa i vinin nja dhjetë djem të armatosur, si ata që rriten vetëm në fushat e Kosovës plakë.

Dikush i tha Isait se Sali Butka ndodhej përpara tij. Ai qëndroi. Kish qëndruar edhe Saliu. Zëmra po i rrihte fort.

Ai eci drejt Isait dhe të dy burrat u puthën. Që ta pushtonte, Isai u përkul. Saliu humbi në krahët e tij. Pastaj ai e ftoi Plakun për vizitë. Dy orë më vonë, ai dolli nga shtëpia e Isait dhe shkoi te Bajram Curri. Me më pak salltanet, në punë burrërie ky i dyti nuk binte më poshtë. Plakut iu përtëritën fuqitë.

Ato ditë u fol në Vlorë se të tre burrat kishin lidhur besën. Do bëhej luftë për Shqipërinë, sa të ishin ata gjallë. Qyteti filloi të lëvrinte prapë.

Pas dy ditësh, Plaku u nis të zinte vendin e tij. Mori në dorëzim 150 shpirt, bashkë me sektorin e frontit që i takonte, e i dha karar të luftojë e të lërë kockat, se më mbrapa nuk kish ku të shkonte.

Ajri ish i rëndë aty në breg të Vjosës. Nën hijet e pemëve bënte aq vapë, sa edhe në vend të hapët. Veç të fusje kokën në lumë.

Nga bregu tjetër, venin e vinin turqit me feste të kuqe. Të zhveshur e të parruar, me ca sy që shndrisnin së largu nga mundimet e uria, ata zbrisnin në lumë për ujë dhe herë-herë këmbenin ndonjë fjalë me arnautët e bregut të përtejmë. Nuk dukej gjëkundi shenjë armiqësie dhe as të shkonte në mënd për luftë. Veç Plaku i njihte mirë. I kish provuar në kurriz pabesitë e tyre. I hoqi njerëzit, 50 gjer 150 metra larg bregut, sipas vendit, dhe u tha të shtrihen. Ai e pa vetë çdo gropë e çdo kaçube, caktoi mbrojtjen e urës, të vendeve të cekëta të lumit dhe kuvendoi me komandantët e grupeve. Nuk ndjehej mirë. Duhej të qëndronte aty i gozhduar, të bënte llogore e të hapte hendeqe. Kjo e mërziste shumë.

Ndryshe kish qenë puna në Kolonjë. Atje e ktheje gunën nga të frynte veriu. Nuk të pëlqente kjo grykë, hidheshe e dilje në majë. Po aty te ura e Mifolit, s'kishte tjetër, veç të digjje gjithë fishekët dhe të fundit për vete. Shteg për të dalë nuk kish ku gjeje.

Erdhi nata e parë. Plaku urdhëroi të fillonin nga puna për hendeqet, pastaj shëtiti poshtë e lart për shumë orë me radhë. Në orën 12 të gjithë ranë të flinin, të lodhur e të këputur. Edhe roja sikur dremiste. Jo, ai rrinte kokulur që të shihte më mirë. Në kampin e taborëve turq zjarret ishin shuar me kohë, prapëseprapë në bregun e tejmë të lumit diku dëgjoheshin zëra.

Plaku kish shtruar rrobat e tij nën një shelg. U shtri dhe priti që ta zinte gjumi. Rrotull vinin ca mushkonja që pickonin fort e që gumëzhinin pa pushim. Ai mbuloi fytyrën me shami. Bretkosat në Vjosë kuaknin sikur po shkonin në luftë.

Gjatë 21 netëve që pasuan, asnjëherë nuk fjeti si ja donte zëmra. Dhe më në fund mundimi i shkoi kot. Beqir Grebeneja ra në marrëveshje me qeverinë e Vlorës dhe kjo e liroi Salinë të kthehej në punë të tij.

Ishte ajo kohë, kur fuqitë e mëdha bënin pazarllëk me kufijtë e Shqipërisë dhe me vetë ekzistencën e saj. Pritej zhvillimi i ngjarjeve dhe Saliu mbeti në Vlorë tre muaj. Prej andej ai shkoi në Staravecckë të Skraparit, një orë larg kufirit me Greqinë, dhe atje priti natë e ditë shtatë muaj të tjerë.

NASI SPIRO QAFËZEZI

Korriku njëzet e pesë,
Ostrovicë luft' u ndezë.
U vra Nasi, pastë ndjesë,
Me ushtarët e Moresë.

S. BUTKA

Kaluan dy muaj. Në majën e rrapit, para shtëpisë, Plaku kish ngritur një flamur. Ditën rrinte në hije të rrapit, në mbrëmje shkruante vjersha. Një herë shkroi një vjershë për bilbilin, por nuk tha dot më tepër se pesë fjalë: në rreshtin e katërt, mëndja e tij u kthye prapë te bashkëfjalimi i vjetër:

E po ti, bilbil, ç'pësove?
A mos ta prishën folenë?
Pse zakonë e harrove?
Apo qan për mëmëdhenë?

Kalonin ditët e javët pa ndonjë lajm nga Vlora dhe ai ngrysej gjithnjë më shumë. Një ditë thirri Ganinë dhe kuvendoi me të gjatë. Të nesërmen Ganiu u nis për Vlorë e u kthye pas shtatë ditëve. Qeveria e Vlorës e lejoi Ganinë që të vishte uniformën e ushtrisë greke, të kalonte vijën e mbrojtjes e të hidhej gjer në Kolonjë, që të shihte se ç'bënte populli andej. Plaku mblodhi njerëzit që i kishin mbetur e u tha të shkonin me Ganinë.

Shkuan me të i vëllai i vogël, Muharremi, Nasi Spiro Qafëzezi, Riza Kodheli dhe tre luftëtarë të tjerë. Dymbëdhjetë ditë i ranë rrotull Kolonjës, duke udhëtuar vetëm natën. Morën informata mbi trupat greke, e u dhanë guxim njerëzve, duke u thënë se armiku së shpejti do thyhej e u kthyen shëndoshë e mirë, pa lënë gjurmë dyshimi.

Plaku i dëgjoi me vëmendje ato që i treguan djemtë dhe së fundi u shkul së qeshuri me historinë që kish ndodhur në fshatin Kozel.

Andartët kishin hyrë në shtëpi të Nuri Kozelit që të bastisnin e të gjenin ndonjë plaçkë për të qenë dhe desh u përpoqën me shokët e Ganiut. Skuadra e Ganiut dolli nga deriçka e prapme dhe u largua me shpejtësi nga fshati. Andartët as që dyshuan fare. Njëri prej tyre i vuri syrin gjymit të rakisë që ish blerë atë vit e që shndriste në krye të dhomës. Andarti e mbërtheu gjymin për gryke, por një djalë i vogël e kapi nga fundi dhe nuk po ja lëshonte. Hiq njëri e hiq tjetri. Andarti fitonte gjithnjë tokë, ai po shkonte drejt derës, duke tërhequr osh gjymin dhe djalin bashkë.

- Lesoje djalka se ta vrava, - thoshte andarti.

- Po ç'e do gjymin, mor të vraftë Abaz Aliu, - ndërhyri

nënë e Nuriut.

- Te gjymi futur Sali Butka, - u përgjigj andarti me sy të çakërritur.

- Pfu, t'u shoftë dera! Sali Butka nuk futet në gjym, mor i mallkuar. Merre e vafsh në Mollë të kuqe me gjithë sojin tënd, - i tha nëna e Nuriut duke zënë djalin për dore.

- Demek na paska mbrojtur nderë plaka, - tha Saliu tek po qeshte me lot. – Na daltë për hair ky gaz, s'kishim qeshur prej një moti.

Kaluan ca ditë përsëri në heshtje. Ganiu shkoi në Vlorë të raportojë mbi sa kish parë në Kolonjë. Prej andej solli disa lajme të turbullta, që e mërzitën Plakun edhe më tepër.

Më 25 korrik, në mëngjes, Plaku dolli si çdo ditë në hije të rrapit. Një fshatar nga Panariti kish ardhur që herët të pyeste për një punë mblesërie. Vajzave të rritura u kalon shpejt mosha e martesës, puna e tyre s'mund të priste ditën e paqes. Të dy burrat qanin hallet pranë e pranë dhe ndiznin cigare njëra pas tjetrës.

Në atë çast u dha Ganiu, që vinte nga fshati duke rendur. Në Qafën e Martës ish dhënë berihaj. Paskej dalë atë mëngjes një patrullë greke në stanin e Lace Backës dhe në përpjekjen që ish bërë, kish mbetur i plagosur për vdekje Lacja vetë.

Plaku dërgoi njerëz në Backë e në Helmës që të jepte kushtrimin. Djemtë u kthyen nga mesi i rrugës dhe thanë se burrat e katër copë fshatrave ishin mbledhur e po prisnin Plakun në Teqe të Backës.

Atëherë ai i hipi mushkës. Pas e ndiqte me çap të

shpejtë Myftari, Ganiu e Muharremi, i nipi Hysen Nikolica, Riza Kodheli dhe dy djem nga stani i Pitulit. Kur arritën ata në teqe, po i prisnin 120 burra nga Staravecka, Helmësi, Backa e Panariti.

Pleqtë u hoqën veç e kuvenduan. Mund të ndodhte që greku të varej poshtë, prandaj i duhej prerë rruga. Kështu vendosën pleqtë. Pastaj thanë se Lace Backa ish patriot e burrë i nderuar, që nuk u vra për vete të tij, po për të mbrojtur gjithë krahinën. Gjaku i tij duhej larë. Si muarën këtë vendim të dytë, njëri nga pleqtë tha se duhej një kryetar.

- Për këto punë, ja tek është kryetari, - ja priti një tjetër, duke treguar me çibuk Salinë.

- Atëherë, o burra! – thanë pleqtë, - se na zuri dreka e vate koha.

Filloi e përpjeta e Qafë Martës. Plaku me tre shokë të moshës së tij, ecnin kaluar në mushka, po djemve prapa, pas një ore rrugë, u doli shkuma e djersës mbi palltot prej shajaku.

Si arritën në Qafë, Plaku u ul pas një guri të dridhte një cigare dhe thirri Ganinë. Ai kish mbetur mbrapa. U dëgjuan zëra nëpër rreshtat. "Erqani harpi[8] të vijë përpara".

Duke këmbyer shaka me ata që i kishin ngjitur këtë emër, Ganiu shkoi te Plaku. Ai kaloi në dylbi majat e Qafë Martës. Masa e gjerë e gjelbër, e padepërtueshme, që ndërronte ngjyrë në diell i mori sytë. Nuk po dallonte asgjë. Plaku ish ndehur i tëri dhe dukej se shikonte e ndiqte diçka me mëndje. Ganiu u vu të shihte prapë

_____
8 Shefi i shtabit (turqisht)

dhe kësaj here në lentat e dylbisë u ngjit batalioni grek, që dilte rrëzë staneve mbi Vithkuq dhe hynte në pyll. Ata dukeshin të lirshëm, si në shëtitje, po në të vërtetë ecnin plot kujdes në vendin ku shkelnin. Pylli e gëlltiti rreshtin e gjatë të ushtarëve. Ganiu u kthye nga i ati. Plaku kish zënë vend poshtë Qafës, në krahun e djathtë. Prej andej ai kontrollonte luadhin përpara. Ish një luadh i blertë, jo më shumë se dyqind metra i gjatë, që dukej si një vend i caktuar enkas për çlodhje e takime. Pastaj fillonte pylli i dendur me ah.

Ganiu tha se duhej të hapnin shokët në një formë vije me krahët të kthyera mbrapa gjer sipër në majë, që të mos binin të rrethuar, po forcat më të shumta, nja 60 vetë, duhej t'i vendosnin në buzë të luadhit.

- E po mirë, - tha Plaku. Ai shihte ballin e të birit tërë rrudha dhe sytë e tij të zgjuar e të gatshëm. Plaku qe i sigurt se dita ish e tyre dhe, për të parën herë, lufta iu duk si një gjah që sillte gëzimet e veta.

Vullnetarët zunë vend e nuk u ndien më. Plaku futi kokën në hijen e gurit që kish përpara, dhe mbajti frymën të përgjojë. Në pyll dëgjoheshin fjalë e thirrje të shkëputura. Batalioni përparonte. Tek tuk kërciste ndonjë degë e thyer. Ushtarët armiq hapnin rrugën përmes drurëve.

Plaku u mbështet në bërryla dhe u mundua të shihte në thellësi të pyllit. Një tufë harabela fluturuan mbi lëndinë, erdhën rrotull duke ndjekur njëri tjetrin, pastaj u ulën në barin e njomë. Plaku nxori nga brezi një shami të kuqe dhe zgjati trupin, sikur do hidhej përpara. Nga vendi i tij Ganiu ndiqte lëvizjet e Plakut dhe e kuptoi se çasti u afrua. Ai ktheu kryet nga pylli. Një rrëqethje i shkoi në shpinë, pastaj shpina zuri t'i kruhej.

Ata dolën e u grumbulluan në buzë të luadhit dhe shikonin me dyshim përpara. Në krye ishte një kapiten. I shndrisnin armët e i kuqërronte mjekra. Jaka e këmishës i dilte nga xhaketa e zbërthyer, ndërsa kapelën e kish hedhur prapa kokës. Ai thithi bishtin e cigares, pastaj u bëri me dorë ushtarëve të hapeshin anash.

Nga pylli dolën ushtarë të tjerë. Po grumbullohej i tërë batalioni. Kapiteni e pa veten të fortë. Ai u tregoi ndihmësve të tij kalimin në qafë e dukej se u thoshte diçka mbi rreziqet që mund t'i prisnin atje, pastaj nxori koburen dhe thirri me zë të lartë: "Embros pedhja".

Zemra e Ganiut rrihte tokën. Ktheu kryet me shqetësim nga Plaku dhe pa se ai kish ngritur lart dorën me shaminë e kuqe, ndërsa rrinte mbështetur në njërin bërryl, i ngjitur pas gurit si mace. Ja kish qepur sytë të birit, si t'i thosh : "Hë pra ! o komandant njëzetvjeçar. Trego tani në di ta drejtosh luftën vetë. Jepi, bir. Nderohu faqe botës. Mua më ke këtu akoma".

Plaku uli e ngriti shaminë e kuqe tri herë.

- Zjarr – thirri Ganiu.

Ushtoi njëherësh një batare nga 80 ose 100 pushkë. Ata ushtarë që shpëtuan, u hodhën prapa të lebetitur. U dëgjuan disa urdhra dhe sharje greqisht, po asnjë ushtar nuk dolli në lëndinë. Kaluan kështu nja dy minuta, pastaj batalioni grek, që e mori veten nga goditja e parë, hapi zjarr. Ata të Qafë Martës u përgjigjën me të shtira të rregullta.

Në pozicionin e Ganiut arriti Nasi Spiro Qafëzezi. Kur u nis Plaku për në Qafë Martë, ai ndodhej poshtë, në limerin e kuajve. Qe shtrirë mbi gunë në hije të një lisi, kish vënë kapelën mbi sy e po këndonte. Një djalë i vogël, kish ardhur duke rendur që të merrte tufën e shelegëve dhe ai i tregoi Nasit se gjithë burrat ishin nisur për në qafë. Si e qysh, djali nuk dinte më tepër. Në konak, gratë i thanë Nasit se Plaku e kish caktuar atë që të rrinte në shtëpi. Ai erdhi një copë herë rrotull.

- Do hidhem gjer në Backë, të shoh se ç'bëhet dhe u ktheva në çast, - u tha ai grave.

Mirëpo ai as që shkoi fare në Backë, se trembej mos e kthente njeri. I ra pllajës së malit dhe arriti në qafë kur lufta qe ndezur.

- Nga na mbive kështu, or shejtan, - i tha Ganiu.

-Ju vaftë mbarë! Si vini, si shkoni? – u përgjigj Nasi. – Ama burra jini, ikët e më latë të mbaj kuajt për bishti.

Ganiu qeshi me të dhe ashtu siç ish i shtrirë i hodhi një dorë në qafë. Plumbat vërshëllenin gjithnjë më dendur. Nasi bëri një vend dy metra më të majtë të Ganiut dhe u shtrua në luftë. Dogji dhjetë fishekë, pastaj u hstri barkas sa të ftohej gryka e pushkës. Me faqen për tokë dhe fytyrën e kthyer nga Ganiu, ai dukej sikur kish vënë veshin të dëgjonte.

Në moshën 21 vjeç ai ndodhej në kurbet, në Sen-Luiz të Amerikës, bashkë me një xhaxhanë e tij. Nasi ish me origjinë vllahu, po fisi i tij nuk shkonte mirë me grekun. I heshtur e i bindur nga natyra, punonte ditën dhe në darkë shkonte në klub, ku i ndizej gjaku teksa dëgjonte fjalimet e shqiptarëve që s'kishin të sosur. Kur dëgjonte emrin e Skënderbeut, i rrëqethej mishi e i ndizej gjaku.

Nga Vithkuqi shkruanin e tregonin se greku po bënte mundime të mëdha, po edhe më shumë bënin disa grekomanë. Një farë Vaskë Gjika shfaqej kudo, sikur të ish ngritur lugat nga varri e nuk linte njeri pa kallëzuar. Dhe një ditë Nasi kërkoi t'i paguhej rroga. Do të shkonte në Shqipëri, se ashtu e kish një punë. Sa të mbaronte e do kthehej prapë. Më kot u mundua xhaxhai ta mbante ose t'i nxirrte ndonjë fjalë. Nasi ish jetim dhe xhaxhai nuk e shtrëngonte dot aq shumë. Bashkë me shokun nga Vithkuqi, Nasi çau e ndau, po më në fund arritën në fshat dhe aty ndenjën të fshehur pesë ditë. Kur erdhi e shtuna, ata dolën në rrugën e Korçës dhe atje pritën Vaskën. Nga dreka, Vaska u shfaq në krye të rrugës hipur mbi mushkë. Shkonte ngadalë, duke u përkundur lehtë, si një njeri që i ka punët në vijë. Nasi dolli në mes të xhadesë me kobure në dorë dhe e urdhëroi të zbriste.

Vaska zbriti, mezi qëndronte më këmbë. Shikoi rreth e rrotull e, si nuk pa gjëkundi ndonjë shpresë për ndihmë, tha duke buzëqeshur:

- Pse më pretë udhën, more djema, ç'ju kam bërë i varfëri unë?

- Pse i mundon shqiptarët e ndershëm ti, bir i bushtrës? – tha Nasi dhe si nuk mori përgjigje, e qëlloi në bark. Vaska vuri duart në ijë, u palos më dysh dhe ra për tokë, Atëherë Nasi iu afrua dhe e qëlloi në kokë me dy plumba të tjerë.

Djali nga Vithkuqi u kthye në shtëpi, ndërsa Nasi u

116

bashkua të nesërmen me çetën e Sali Butkës. Prej andej lajmëroi të motrën në fshatin Skorovot se gjendej në Shqipëri shëndoshë e mirë. Në luftërat e para ai u tregua i rrëmbyer, në shumë raste e shpëtoi vetëm fati i mirë. Pastaj me Plakun, e ca më shumë me Ganinë, mësoi të vrasë e të mos vritet.

Në vitin 1912, kur andartët grekë hynë në Butkë, Plaku e la Nasin në fshat se donte ta ruante nga lufta. Andartët ia kishin dëgjuar emrin. Ata filluan ta kërkojnë erë më erë. Atëherë Nasi e pa se duhej të gjente ndonjë vrimë ku të fuste kokën. Ai e la gjënë e gjallë në dorë të tyre dhe u fsheh në një kasolle stani të kushërinjve të tij. Mirëpo e diktoi prifti i Bezhanit dhe i bindi të zot e stanit që, për më siguri, ta shpinin në fshat. Prifti u betua mbi të birin dhe shpirtin e shenjtë se do ta ruante komitin si djalin e vetëm, se kështu ai i bënte një shërbim Perëndisë. Nasi u ngrit e vajti në shtëpi të uratës, vari armët në mur dhe u ul të hajë darkë. Atëherë urata futi brenda ata që prisnin në konakun tjetër dhe katër andartë iu hodhën Nasit përsipër. E lidhën me tel sa ja bënë duart gjak e u tallën me të nja dy orë, pastaj e nisën për në Korçë. Dy muaj që ndenji në birucat e asfalisë, e munduan dhe e poshtëruan në njëmijë mënyra. Oficerit të burgut i vinte plasja. Ç'kërkonte ai vllah me lëvizjen kombëtare të Shqipërisë? "Këtu", thoshte oficeri, "ka gisht djalli vetë". Oficeri kish ndodhur i prapë e me shumë huqe. Ai u mundua t'ia merrte shpirtin për së gjalli, po komiti nuk u shtrua. U bë lëkurë. Qeshte kur i vinte për të qarë, por edhe duronte.

Dhe një ditë Nasi vendosi të arratisej ose të vdiste, se ajo jetë nuk durohej më. Ai doli zbathur në oborr, gjoja si për t'u larë në çezmë. Në kohën kur ndërroheshin rojet, kapërceu derën e oborrit dhe u zhduk. S'ka bërë vaki të arratiset i burgosur në të tillë mënyrë. Rojet dhanë alarmin e dolën me vrap, po nuk mundën ta ndiqnin, se atë e kish marrë era. Tej Korçës, i burgosuri zbriti përsëri në tokë, udhëtoi zbathur në dëborë, i veshur me një pallto të shkurtër dhe afër mëngjesit arriti tek e motra në Skorovot. I vunë këmbët në ujë të ngrohët e në kripë, i bënë çaj të nxehtë e i dhanë raki, po nuk qe e mundur t'i hapej gryka, aq fort kish ngrirë. Të nesërmen ai u bashkua prapë me çetën e Plakut. Luftëtarit që i pruri haberin se Nasi po vinte gjallë, Sali Butka i fali një kobure dhe tre mexhite të bardha.

Tani Nasi po përgjonte me veshin ngjitur në tokë. Ai ngriti kokën të shohë Ganinë dhe sytë e tyre u poqën, qeshën, pastaj secili ktheu fytyrën nga armiku. Po Nasi nuk arriti të rrijë mbarë. Befas drita iu errësua, toka u ngrit përpjetë dhe u bë një me qiellin. Nasi u çua më gjunjë të merrte vesh se ç'po ndodhte, po bota u fundos e ra në thellësi.

Lëvizjet e tij Ganiu i pa me zëmër të ngrirë. U hodh mbi të dhe e ktheu në shpinë. Balli i djalit ishte prishur nga një plumb që e kish marrë mu në lule dhe kafka kish kërcyer përpjetë.

- O Plak, u vra Nasi! – thirri Ganiu dhe u çudit me zërin e tij. Dy plumba ngritën çika guri, vërshëllyen ters dhe shkuan qorrazi poshtë në tokë. Ai ngriti Nasin para gjunjëve që të mos e preknin plumbat. I dukej se plumbat do të shkonin rrafsh me tokën. Në duart e tij, trupi i shokut po bënte disa lëvizje dhe ai nuk arrinte ta mbante mirë. I bëhej sikur po i shkiste nga krahët. Nja tri katër plumba të tjerë ngritën pluhur dhe i morën sytë me ngjyra të kuqe, të verdha, jeshile. " Vdekja", tha Ganiu. U kujtua se mund të vritej. U shtri barkas, duke marrë pranë trupin e shokut, pastaj u kthye brinjazi dhe vuri veshin të dëgjonte.

Plaku u ngrit në gjunjë të shihte Ganinë, se nuk kuptoi mirë përse kish thirrur djali. Nga lëvizjet që pa në pozicionin e Nasit e mori vesh se nuk kish dëgjuar gabim.

- Bjeruni të gjithë bashkë! – sokëlliti Plaku. Zëri i tij oshtiu si ogur i keq. Pushka u ndez zinxhir për së gjati Qafës. Drurët e thatë të pyllit u grinë nga plumbat dhe copët e lëvozhgave kërcyen anash, si flluska të bardha.

- A ha ha haaa! Kape qenin, kape! – thirri një vullnetar nga krahu i djathtë.

Poshtë Qafës u rrokullisën gurë. U dëgjuan thirrje të tjera. Ganiu u shkëput njëherësh nga toka dhe u hodh në këmbë.

- Mbi ta, o shokë, - ulëriti ai.

Nga vija e batalionit grek u përgjigjën me thirrje. Kapiteni dolli përpara me kobure në dorë, që t'i hidhte ushtarët në kundërsulm. Plaku po e ruante. Ai e kish diktuar vendin ku fshihej kapiteni, komandanti i batalionit. Shënoi mbi të dhe e rrëzoi. Ushtarët që u ndodhën pranë kapitenit, u hodhën mbrapa. Atëherë Ganiu flaku shapkën. Nxori koburen dhe thirri prapë.

Në thirrjen e dytë të tij u ngritën 130 burra njëherësh e iu turrën pyllit.

Disa ushtarë po shtinin akoma, po kur panë se Qafa e Martës u shkul mbi ta, u ngritën të çakërdisur nëpër ahishte. Atëherë filloi ndjekja dru më dru e përrua më përrua. Dy oficerë u përpoqën të ndalnin vrapin e ushtarëve, po s'ka urdhër të dëgjohet, kur shoku i thotë shokut, të shpëtojë kush të mundet. Oficerët ja mbathën me ushtarët bashkë e gjahu nëpër drurë vazhdoi, gjersa batalioni grek kaloi faqen e pyllit e u hodh matanë.

Veç kapitenit, mbetën të vrarë 20 ushtarë e nënoficerë. Ngado të ktheheshe, pagurë e çanta, pushkë e shapka. Fitore e plotë.

Po ajo fitore nuk ja gëzoi zëmrën Plakut. Rreth tij u mblodhën njerëzit që ta ngushëllonin për Nasin.

- Më mirë të më ish vrarë njëri nga djemtë, - u përgjigj Plaku.

Nga Qafa e Martës gjer në Backë, Nasin e ngarkuan në mushkën e Plakut. Mushkën e hiqte përdore Muharremi. Ganiu shkonte anash dhe me një dorë mbante të vdekurin. Kur u vra Iljazi, Ganiu nuk derdhi lot. Kush guxonte të qante para Plakut!

Tani Plaku ish bërë për t'u mëshiruar. Ai ecte pas mushkës dhe qante me dënesë. Në çdo dy hapa pengohej nëpër gurë. Pas një copë here kërkoi një kafshë tjetër që të hipte, se nuk ish e mundur të shkonte më tej në këmbë.

Në Backë qëndruan të bëjnë një vig. Lidhën dy drunj me tel, hodhën sipër një velenxë dhe shtruan të vdekurin. Gjer në Staraveckë, ata u përcollën nga 200 burra të katër copë fshatrave.

Në darkë, Plaku u hoq në dhomën e tij e i shkroi Nasit këngën. Atë këngë ai e quajti: "Vajtim për Nasi Spiro Butkën", se Nasi me origjinë vllahu, ish djali i tij më i mirë. Pastaj dolli në dhomën e burrave. Nuk është zakon për burrat të qajnë, po më i pari qante Sali Butka vetë. Dhe vaji u ndez si gjëmë, kur hyri brenda Kici, i vëllai i Nasit. Kici kish shkuar tek kuajt, ta zëvendësonte, sa të kthehej i vëllai nga lufta. Ai e dinte se Nasi do shkonte në luftë. A mund të mbahej një këngëtor në shtëpi, kur bëhej dasmë në fshat! Plaku u ngrit dhe e përqafoi. Pastaj e uli pranë dhe pushoi së qari. Të vëllait i duhej dhënë kurajë.

- Trimat nuk vdesin në shtëpi nga ethet – tha Plaku. Me sytë e skuqur, ai shikonte turbull rreth dhomës e po mundohej të gjente diçka tjetër për të thënë.

- Buka e trimave është baruti, - u hodh e tha një tjetër. Plaku uli kokën. Fjalët tingëllonin bosh.

Në dhomën tjetër, vajtimi i grave vazhdoi gjer afër të gdhirit. Në mëngjes, Plaku thirri priftin dhe dyqanxhiun e fshatit. Bleu për të vdekurin rroba e këpucë të reja dhe kërkoi që varrimi të bëhej pikë për pikë sipas zakonit të krishterë. Dhe u bë një varrim me flamurë, me kurora e me fjalime, që nuk ish parë ndonjëherë në ato anë.

121

SHKËMBI I QESARAKËS

Plumb e barut dhe hekur,
Ardhi koha për të vdekur,
Po të doni që të rrojmë,
Merrni armët të luftojmë.

S. BUTKA

Më në fund, Konferenca e Ambasadorëve në Londër caktoi kufijtë e Shqipërisë. Njëri lajm ndiqte tjetrin. Ajo që në darkë ish një punë e vendosur dhe e sigurt, në mëngjes anulohej fare. Në Vlorë morën një telegram që thoshte se Korça me krahinat e saj i mbetej Greqisë. Kjo shkaktoi një farë turbullire në qytet, që zgjati dy ditë. Kryetarët e çetave dolën nga Vlora në shenjë proteste dhe shkuan në kalanë e Kaninës. Prej andej, ata i drejtuan Qeverisë këtë memorandum:

"Të nderuar zotërinj"
"Duke pasur një besim të plotë në patriotizmën

123

e njohur dhe në veprën tuaj të shkëlqyer, pritmë gjer më sot, bashkë me ju, me durim dhe me qetësi, kishim shpresë në drejtësinë e fuqive të mëdha, ishim mbështetur te mbrojtësia e dy qeverive mike, Austrisë me Italinë, po mjerisht, si ju, si ne, mbetëm të gënjyer."

" Një nga viset tona e lëshuan në duart e të huajve, Ipeku, Jakova, Prishtina, Dibra e të tjera... u ndanë nga trupi i Mëmës sonë të dashur Shqipëri".

Ky memorandum i gjatë thoshte më poshtë se "Luani i Kolonjës", Sali Butka, po i priste në Skrapar dhe se, po të mos ngrihej menjëherë qeveria në luftë për mbrojtjen e Korçës, ata do të merrnin masa kundër saj. Nuk kemi ndonjë të dhënë që ai të kish lidhur fjalë me ta, për të kërcënuar qeverinë e Vlorës, e as që pati kohë për një gjë të tillë, po që të mbështeteshin tek ai për të çliruar së bashku Korçën, kishin të drejtë të mendonin e të flisnin kryetarët e çetave.

Të nesërmen erdhi njoftimi zyrtar se Korça i mbetej Shqipërisë, po fati i Gjirokastrës nuk dihej akoma. Kryetarët e çetave zbritën përsëri në Vlorë e u bashkuan me qeverinë. Kjo, e nxitur nga rrethanat, urdhëroi Sali Butkën të mbledhë vullnetarë e të shkojë përpara për të marrë në dorëzim krahinat që boshatiste ushtria greke.

Në pak ditë, Plaku formoi një çetë me 300 veta. Të ikurit nga greku po prisnin me shpirtin ndër dhëmbë të ktheheshin në shtëpitë e tyre dhe u desh vetëm një fjalë që të merrnin armët. Nuk qenë të pakët edhe vullnetarët nga fshatrat rrotull. Për të ndihmuar krahinat që vuanin të zitë e jetës nën thundrën e andartëve, u ngritën më këmbë edhe pleqtë e vjetër. Çështja e dëbimit të armikut ish një fjalë në gojën e të gjithëve.

Mirëpo komanda greke s'kishte aspak ndërmend t'i shtronte qeverisë së Vlorës lule e dafina në ato bregore, që i kish pushtuar me aq mundime. I shtrënguar nga fuqitë e mëdha, Venizellua pranoi të respektojë "Protokollin e Firencës" të 17 dhjetorit 1913. Më 30 dhjetor 1913, ai deklaroi se trupat greke do tërhiqeshin nga Shqipëria e Jugut, po qe se zgjidhej në dobi të tij çështja e ishujve të Egjeut. Ai donte të fitonte kohë.

Dhe gjatë kohës, që u fitua me një dinakëri fare të thjeshtë, komanda greke nuk ndenji duarkryq. Si kërpudhat pas shiut mbinë çetat e Hierollitëve,[9] që morën përsipër të mbronin bashkimin me "mëmën Greqi" ose burrë të mos mbetej më këmbë.

Por vullnetarët hierollitë ishin fare të pakë. Atëherë komanda greke shpalli mobilizimin me forcë të të gjithë ortodoksëve shqiptarë dhe, kur pa se as me këta nuk bëhej punë, oficerët dhe andartët grekë hynë në çetat e hierollitëve dhe përveshën mëngët vetë. Në ndihmë të tyre u dërguan nga Greqia banda me të burgosur të porsaliruar.

Në ditët e tërheqjes së trupave greke, filloi "pastrimi". Kudo që binte erë shqiptari, ata e përdorën drurin dhe thikën me aq këmbëngulje, sa njeriut nuk i mbetej veç të hante baltën me dhëmbë.

Atëherë Sali Butka nuk priti më gjatë dhe nuk u mor me formalitete. Dërgoi Ganinë t'i bjerë postës së parë e

---

9 Pjesëmarrës në të ashtuquajturat "Jeros-llohos" d.m.th. "kompani të shënjta" (greqisht)

të merrte Panaritin. Populli e priti krahëhapur.

Në portën e shtëpisë së Dajlan Panaritit ngriti flamurin e Shqipërisë. Nën flamur bënin roje dy vullnetarë me pushkë pranë këmbës.

Një grumbull njerëzish qëndruan aty rreth. Nuk u bënte zëmra të shqiteshin nga flamuri, po as të afroheshin më tepër nuk guxonin. Ato katër çape gjer tek dera e Dajlan Panaritit, ishin bërë për ta një tokë që s'mund të shkelej. Asaj i bënte hije flamuri.

Sotir Treska erdhi nga fshati i tij në Panarit që të takohej me Gani Butkën. Ganiu la drekën dhe doli ta presë Sotirin jashtë. Njerëzit u shtynë të hapnin vend.

- Mos u largoni, vëllezër, qasuni më pranë, - tha Ganiu. Ai u përqafua me Sotirin dhe u kthye nga fshatarët prapë.

- A e shihni? Erdhi dita e gëzuar. Valon flamuri ynë. Ne hymë këtu me lejen e qeverisë. Se është formuar qeveria shqiptare dhe kombi i gjithë do bashkohet.

U grumbulluan edhe më tepër njerëz. Ganiu nuk arrinte tani t'i shohë të gjithë.

Njerëzit dëgjonin në kulmin e habisë. Prej nga vinin ato fjalë? Si do bëhej Shqipëria dhe gjer ku do shtrihej ajo? Pyetjet u rrinin si gjemba në kokë, po ata nuk pyesnin. U vinte ndrojtje t'i prisnin fjalën atij komiti që ish krahu i djathtë i Sali Butkës e që i kish dalë nami tej e ndanë. Atëherë Ganiu e ndjeu se, me gjithë fjalët e ngrohta që tha, mendjen e tyre nuk arriti ta zotërojë. Zbriti nga pragu i derës, u fut në mes të grumbullit dhe filloi t'i përqafojë. Njerëzit po shtyheshin kush e kush t'i hidhte duart më parë.

Nga Panariti, Plaku kaloi në Trebickë. Një turmë njerëzish me flamur dolli përpara kishës, te varrezat e fshatit. Në krye u printe Nuçi Trebicka.

Pararoja e Plakut mbajti hapin. U dërgua fjalë të dilte komandanti. Sali Butka ngau mushkën, pas i vinte Ganiu. Te varrezat Plaku zbriti dhe eci më këmbë përkrah të birit. Ata hoqën qylafët nga koka dhe u drejtuan tek turma e njerëzve.

"Rroftë Shqipëria! Rrofshin çetat e lirisë!" –thirrën Toli Treska e Dhoskë Treska.

Kapelat fluturuan përpjetë. Njerëzit dolën përpara, nga fshati vraponin drejt kishës ata që nuk kishin arritur në kohë.

"Mirë se ju gjejmë vëllezër!" – tha Plaku. Kokëjashtë e pa armë në sup, ai dukej akoma më i vogël e më i thatë.

Sakaq u ngjit mbi një gur Nuçi Trebicka, ngriti lart flamurin dhe mbajti një fjalim:

- Merrni dhe ju, o të vdekur, pak nga ky gëzim që ndjejmë ne të gjithë. Gëzohuni, o shpirtra, që u bëtë zhur, ngrehuni, o eshtra, që digjeni me flakë të bekuar. Hapi i ushtarit armik nuk do t'ju prishë më qetësinë. Sot mbi rrasat tuaja të gurta valon flamuri i Skënderbeut. Kanë ardhur këtu luanët e Shqipërisë. Ne jemi me ta...

Nuçit iu veshën sytë me lot e iu pre zëri. Ganiu u hodh mbi një gur. "Rroftë liria" thirri ai plot gjoksin duke ngritur dorën lart në erë. Pastaj u kthye e u puth me Nuçin në buzë. Para tyre filluan të thërrasin fshatarët e Trebickës e të përqafohen me pararojën e Saliut.

Gazeta "Liri e Shqipërisë" e datës 22 qershor 1914,

thoshte se kur u kthyen pas ca kohe grekët në Trebickë, arrestuan shumë njerëz. Tre prej tyre, Nuçin, Tolin dhe Dhoskën, i shpunë në Vilë të Panaritit. I kish kallëzuar Papa Gjeorgji.

Komandanti i ushtrisë e pyeti Nuçin në do të mbante tjetër herë të tilla fjalime si ai që mbajti para Sali Butkës. "Po", u përgjigj Nuçi, "sa të jem gjallë. Për gjuhën dhe të drejtën time nuk do pushoj së predikuari kurrë." Me kaq mori fund gjyqi i Nuçi Trebickës. Atë e nxorën pas Vilës dhe e vranë.

Nga Trebicka Saliu u nis për Treskë, po atë ditë. Me sulme të paprera çliroi Katundin, Stratobërdhën, Selenicën, Kaltanjin dhe arriti gjer në Qesarakë. Ai hyri si pykë në zonën e pushtuar nga grekët, duke menduar se, në të njëjtën kohë, forca të tjera do ta shtynin kundërshtarin nga krahët. Komanda greke, nga ana e saj, mendoi se kish ardhur koha të lante hesapet me Sali Butkën.

Një dëshmitar i ngjarjes, Skënder Luarasi, ish 14 vjeç djalë asokohe. Ai e mban mënd mirë luftën e Qesarakës. Në kujtimet e tij ajo ka mbetur si një "luftë e bukur". Ai thotë se atë ditë shqiptarët bënë sehir më nge e u kënaqën sa më s'bëhet.

Trupat greke përparonin në të djathtë e në të majtë. Ata donin t'i bënin Sali Butkës një rrethim dhe ta asgjësonin. Kështu do shpëtonin njëherë e mirë nga "dhelpra e vjetër", sikundër tha më pas një kapter që u zu i gjallë.

Për të asgjësuar Salinë në Qesarakë, u caktua një batalion i komanduar nga një kapiten. Në krahët u hodhën disa forca të tjera që të shtynin mbrapa dy çetat e Sali Butkës. Misioni i batalionit ish të shkatërronte në Qesarakë Sali Butkën vetë.

Në darkë, batalioni zbriti në Luaras nga Qafa e Makërzës dhe filloi të mbledhë përforcime. Në fshat u bënë shtrëngime të mëdha. Çdo derë duhej të dërgonte kundër Sali Butkës një burrë. Shumë njerëz zunë shtratin, të tjerët u fshehën. Nuk donin të luftonin për flamurin e Greqisë. Mirëpo kapiteni nuk bënte shaka. Mbante në dorë një kamxhik lëkure dhe i vinin prapa nja katër a pesë ushtarë. Me ta bashkë e duke vënë edhe myftarin[10] përpara, ai vajti shtëpi më shtëpi. Ku gjente kundërshtim, i shtronte burrat në hu, sa t'i mbushej mëndja se arriti t'i bëjë qind për qind djem të bindur të mëmës Greqi. Dhe Atëherë njeriu pranonte të regjistrohej vullnetar për të shkuar të nesërmen në luftë. Myftari shkruante në defter emrin e vullnetarit të ri dhe kapiteni trokiste në një derë tjetër.

Të nesërmen, më 14 janar 1914, batalioni u nis nga Luarasi duke tërhequr pas 50 vullnetarë, që do t'u printe në luftë myftari vetë.

Sali Butka priste në teqe të Qesarakës. Ai kish nxjerrë te shkëmbi një çetë me 60 veta. Çetat e tjera, në krahët, kishin filluar të djeshmen një luftë të pakët.

Mëngjes i kthjellët e i shndritshëm. Plaku po pinte një kafe me babanë e teqesë. Me pushime të rregullta, ranë njëra pas tjetrës tri pushkë. Shenja e alarmit nga shkëmbi. Plakut iu drodh filxhani në dorë, po kafeja nuk u derdh. Ai pa dorën e tij dhe qeshi.

---

10 kryeplaku

- Rri me shëndet, ejvalla, - tha Plaku.

- Dalçi faqebardhë! – u përgjigj Babai.

Mushka priste tek dera e teqesë. Saliu hipi dhe ngau me revan të shtruar. Ai arriti tek shkëmbi.

- T'u shkulni dhëmballët. Dëgjuat apo jo?- thërriti ai. Këmbët ja shtrëngonte mushkës në bark, me njërën dorë mbante kapistallin, ndërsa krahun tjetër, me kamxhikun, e tundte lart në erë. Luftëtarët i thanë të mos bëhej merak. Ata dukeshin të qeshur e të gëzuar. Plaku kaloi më tej. E kish zakon të shihej me njerëzit e tij para luftës. I shikonte në sy, sikur i kërcënonte e rrallë herë u thoshte ndonjë fjalë. Hidhej në samarin e mushkës, sikur e shponin gjilpëra dhe ngau revan gjer në krye të shkëmbit.

- Si do t'ua bëjmë sot? – pyeti Plaku luftëtarët që ishin shtrirë në majë fare.

- Do t'ua bëjmë surratin përshesh,- u përgjigj një djalë i ri nga Tomorrica. Ai u turpërua që foli i pari, nxori thikën, u kthye barkas dhe e nguli në tokë.

Batalioni grek po përparonte në një rreth patkoi. Plaku i la të afrohen gjer te lumi. Tani ai ish i sigurt. Sa të hapte gojën ai, gjashtëdhjetë pushkë do shkreheshin njëherësh dhe rreshtat e batalionit do përpëliteshin si një gjarpër i plagosur në kokë. Ai i la të afrohen akoma. Kur nuk mundi të duroje më të rrahurat e zëmrës, u ngrit drejt në samar dhe thirri sa pati fuqi:

- Bjeruni djema! Bjeruni gjithë bashkë!

Kështu nisi dhe vazhdoi ajo "luftë e bukur". Ajo zgjati katër orë me radhë. Shkëmbi nxirrte tym. Sali Butka po tallej. Bënte pak pushim, pastaj lëshonte një grusht me plumba. Tallej dhe priste. Mirëpo kapitenit i kaloi koha. Kaloi dreka dhe ai gjendej po aty. Pesë të vrarë e nja dymbëdhjetë të plagosur. Një skuadër me ushtarë u tërhoq në Luaras pa leje. Kapiteni u xhindos. Po vinte nga Luarasi një toger për ndihmë. Togeri që komandonte togën, sillte me vete edhe skuadrën që dezertoi. Djalë gjaknxehtë kish ndodhur togeri. Ai e pyeti rreshterin se ku po shkonte dhe ai fatzi u përgjigj se shkonte në Luaras të merrte ujë, sikur kish pak ujë lumi në Qesarakë. Togeri ja priti me kamxhik surratit. Pastaj u hyri të tjerëve po me atë vrull. Ushtarët ngrinin duart të mbronin fytyrën, po ndëshkimin e pranuan në qëndrim gatitu. Fshati Luaras, pleqtë e fëmijët, qenë dëshmitarë të rreptësisë së togerit. Si mbaroi punë, ai u nis në ndihmë të batalionit. Takoi kapitenin dhe diçka biseduan me zë të ulët. Si duket kapiteni e ftoi togerin të urdhëronte drejt shkëmbit. Togeri u zbut e u bë vaj. Hodhi me të ndrojtur disa hapa nga lumi, i pasuar prej togës së tij. Aty e priti një batare. Togeri kërceu mbrapa.

Pranë kapitenit rrinte myftari i Luarasit. Si komandant i trupave të përforcimit që ish, myftari rrinte i heshtur e nuk bënte asgjë.

- Të sulmohet shkëmbi drejtpërdrejt, - i tha kapiteni myftarit.

Myftari e shikoi në sy, sikur desh t'i thotë: "meqë është ashtu, pse nuk sulmoni ju vetë?" Kapiteni po përdridhte kamxhikun në duar.

- Vendi është i fortë shumë, - u përgjigj nëpër dhëmbë myftari.

131

Kapiteni desh ta shikonte edhe një herë në sy me shpresë se myftari do thoshte ndonjë gjë tjetër, po ai kish ulur kokën. Kapitenit i hante duart kamxhiku. Myftari u tregua i qetë. Me kokën mënjanë po rrinin edhe ata 50 vetët e mobilizuar.

- Palo arvanitis, - ulëriti me tërbim kapiteni, - ju nuk doni të luftoni me Sali Butkën. – Ai tundi kamxhikun.

– Embros pedhja, - u tha ushtarëve të tij.

Ushtarët u ngritën si me përtim e u hodhën me kërcime drejt lumit. Si të kalonin atë, do t'i ngjiteshin shkëmbit. Vetëm sa të kalonin atë pak ujë e zhavorr të bardhë, pastaj i vinin kurrizin shkëmbit dhe shpëtuan.

Atë po priste Sali Butka.

- Bjeruni djema! Bjeruni të mos mbetet këmbë prej tyre. – Plaku po tundte krahun lart dhe zëmra i gufonte. Fatin e luftës e kish në dorë. Shkëmbi u drodh. Gjatë dhjetë minutave, luftëtarët dogjën fishek pas fisheku. Dikush ish ngritur më gjunjë. Djali nga Tomorrica u ngrit më këmbë e sokëlliti. Plaku desh t'i fliste e nuk po i kujtonte dot emrin. Ai pa se qysh kërcenin ushtarët armiq mbrapa dhe e harroi djalin fare.

Atëherë sulmoi Sali Butka i rrethuar.

- O burra, kush të ketë këmbë t'i ndjekë! – sokëlliti ai.

Çeta u vu të ndjekë armikun gjer në Luaras, ndërsa Plaku, vetë i dhjetë, zbriti poshtë e i mori anën shkëmbit. Një grup ushtarësh, që u hodhën të parët kur dha urdhër kapiteni, kishin kapërcyer lumin e qenë strukur në një gropë rrëzë shkëmbit. Plaku u thirri të dorëzohen, po ata nuk u ndien. Pastaj një ushtar i vjetër nxori kokën i pari, hodhi pushkën dhe ngriti duart.

Një nga një po ktheheshin luftëtarët e Saliut nga ndjekja. Dikush kish zënë robër, dikush sillte plaçkë lufte. Asnjë s'mungonte. Ja tek vinte dhe i biri, Muharremi 16 vjeçar, me dy robër përpara. Në ndjekje e sipër, ai kish rënë në një pellg më ujë. Aty i kish gjetur të dy robërit e tij. Që të tre rrinin gjer në mes në ujë. Muharremi kish ngritur pushkën e u kish thënë të dorëzoheshin. Ata u dorëzuan. "Po tani si t'ia bëj?" kish thënë më vete Muharremi.

Në fund të çetës, po ngjitej Ganiu. Kur u hodh në sulm, Plaku e pa tek zbriste tatëpjetë me koburen në dorë. Shapkën e kish futur në brez. Ganiu kërceu në zallin e lumit duke thirrur e u turr përpjetë nga Luarasi t'i zinte ushtarët me dorë. "Në pastë fat, do shpëtojë", kish thënë Plaku me mëndje. Tani Ganiu po ngjitej lart me një maliher greku hedhur në sup. Ai nxitonte të arrinte shokët. Kërcente mbi gurë. Dukej së largu se e ndjente veten të fortë e të lirë dhe më të lumturin e njerëzve.

Për shkakun e mishrave të pjekur që fali teqeja, dreka u hëngër vonë. Kishin ardhur shumë fshatarë të shihnin Plakun e Butkës, çetën dhe flamurin. Plaku do të takohej me ta, po më parë do t'i fliste çetës.

Ai doli nga teqeja i mbështetur në shkop dhe zbriti poshtë te bahçja e tyrbes, ku qe mbledhur çeta.

Ishte ditë janari dhe toka shndriste nga ujët e dëborës së shkrirë. Bënte ngrohët.

- Dëgjoni, - thirri Saliu duke ngritur defterin lart. – Plaku ju ka shkruar një vjershë për ditën e sotme, që kjo luftë të mos harrohet kurrë. Dëgjoni:

133

Rrofshi o djemt e Shqipërisë,
Pa trembur syri luftuat sot,
Për mëmën tuaj që u dha sisë
Faqe të bardhë dalçi cdo mot.

Luftë, o burra, për mëmëdhenë,
Se më nuk rrojmë në robëri.
Bini barbarit, tutje ta kthejmë,
Djemtë luftojnë për Shqipëri.

Pa u fliste në atë vjershë të gjatë për mëmëdheun e për lirinë, u thoshte se armiku nuk i qaset dot shqipes pranë, u tregonte qysh t'i mbanin armët me ato duar prej çeliku dhe djemve u ngrihej qimja e kokës përpjetë. Edhe i mençur, edhe dinak, edhe trim, ishte Plaku i tyre. Pastaj çeta u shpërnda në grupe dhe filloi mësimi i abetares. Në çetat e Plakut, mësimi i abetares gjer në germën "zh" ish i detyruar dhe s'qe punë të mos e mësoje.

Dita kaloi në hare, por e nesërmja u gdhi e zezë. Me korrier të posaçëm, Themistokli Gërmenji, Nënprefekt i Skaraparit, dërgonte urdhrin e qeverisë së Vlorës që Sali Butka të tërhiqej menjëherë. Qeveria greke po dërgonte sërish trupat e pushtimit. Zona e çliruar me aq mundim, lihej prapë në duart e armikut gjer në urdhër të dytë.

Sali Butka uli kokën, iu nënshtrua fatit. Disa batalione grekë ishin nisur nga Korça, Kolonja dhe Përmeti në drejtim të tij. Kësaj here po i bënin një rrethim të gjatë dhe të plotë. Ish vendosur që ai të likuidohej me çdo kusht.

Por batalionet nuk arritën ta mbyllnin Plakun

brenda. Në ato vende që i njihte me pëllëmbë, ai manovroi nja dy ditë dhe, pa humbur asnjë nga luftëtarët e tij, doli në Tomorricë vetëm një orë para se të mbyllej rrethimi. Batalionet greke u lidhën e u bashkuan, si krahët e një trupi që shtrihen në erë, dhe kur u bashkuan, zunë vetëm erën e Sali Butkës.

PANAIRI I POLITIKËS

Evropa më tjatër anë,
Urdhëroi e na ndanë,
"Shqipëria është", thanë,
Po të drejtat s'na i dhanë.

S. BUTKA

Komanda greke vendosi ta shtrojë vendin sipas ligjit:
"Ai që mban shpatën, nga shpata do të vdesë." Fshatrat
e çliruara nga Sali Butka u rrahën me top, u dogjën e u
shkatërruan.

Më 13 shkurt të vitit 1914, Fuqitë e Mëdha i dërguan
Greqisë një notë kolektive për ta njoftuar se do të kënaqnin
kërkesat e saj mbi ishujt e Egjeut, po qe se zbrazte Shqipërinë
e Jugës brenda një muaji. Hë për hë Venizellua[11] pranoi.

Më 1 mars 1914, Korça iu dorëzua xhandarmërisë
shqiptare me protokoll të rregullt. Më 7 mars, në portin
e Durrësit zbriti princ Vidi.

---

11 Venizellua – kryeministër i Greqisë

Ajo që bëri princi, ose që i thanë të bënte, nuk ka ndonjë rëndësi. Për Sali Butkën erdhi koha të kthehej në shtëpi të tij. Po ai nuk u kthye drejt në Butkë. Kish frikë se mos trembte të krishterët, sidomos ata që i kish mobilizuar ushtria greke.

Ai qëndroi në Luaras dhe herë-herë dukej në Ersekë. Qëndronte aty para kafenesë, ulur mbi një gur dhe kuvendonte me pleqtë. Ngrohej në diell. Nuk mbante armë.

Një ditë i thanë se Muharem Bej Moglica kish mbledhur lopët e Shtikës e të Bezhanit e po i shpinte për t'i shitur në Ersekë. Plaku e priti Muharem Beun jashtë Ersekës.

- Nuk plaçkiten fshatrat tona, Muharem bej, - tha Plaku. – Nuk u bë Shqipëria që të vjedhim e të rrëmbejmë.

Sali Butka ish pa armë, po ata djemtë e tij diku ndodheshin aty pranë. Muharem Beu i gëlltiti fjalët. Tundi kokën për të treguar se, si burrë i vjetër që ish, nuk donte të merrej me njerëz të krisur. Lopët u kthyen në Shtikë e në Bezhan.

Kështu u ftohën gjakrat dhe njerëzit e mblodhën mendjen. Sali Butka nuk dënonte njeri, nuk kërkonte hakmarrje, nuk merrte haraç. Sipas rregullit që kish vënë Komiteti i Manastirit, çetat mblidhnin haraç në fshatra. Shumë thonë, po asnjeri nuk del të vërtetojë se i ka paguar Saliut tri mexhite të bardha. Fshatarët e varfër, ata që kanë njohur dhe parë Salinë, flasin ndryshe, ata thonë se ai nganjëherë e ngryste ditën pa bukë, po nuk kërkonte një gjysmë okë miell.

Si u rehatua çdo njeri në shtëpi të vet, Sali Butka u kthye

138

në fshat dhe iu vu punës nga e para. Gjatë mërgimit, për shumë muaj me radhë, qeveria e Vlorës i kish lidhur rrogë. Me paratë e kursyera dhe me ato që mori hua nga nipërit, ai ndërtoi pranë shtëpisë së djegur dy dhoma përdhese, sa të fuste kokën. Plaku besoi se mund të rehatohej.

Po ai duhej t'i fillonte të gjitha së mbari dhe herë-herë e kapte dëshpërimi. Ulej ku të ndodhej e pinte duhan. I thoshte mëndja se mundohej më kot, se pas ca kohe, ato që ndreqte me aq mundime do t'i linte njëherësh. I kujtoheshin të dy bijtë e vdekur, i vëllai, e shoqja. I kujtoheshin me radhë miqtë e shokët e vyer që ishin shpërndarë ose përcjellë në botën tjetër, dhe Atëherë ai binte në orët më të zeza.

Një ditë shkuan te ai tre fshatarë nga Skorovoti, që ankoheshin nga dhëmballët. Njëri prej tyre nuk hapte dot as gojën të përgjigjej.

- Paski ngrënë mish të vjedhur, or ju vraftë Abaz Aliu, - tha Plaku duke shikuar gojën e njërit.

Fshatarët u betuan se nuk kishin vënë mish në gojë që prej një jave. Ata luteshin për ibret t'u bënte derman dhe Plaku qeshte tek i shihte që vinin rrotull si gratë, kur i zënë dhembjet e lindjes. Për çudi, Plaku e gjeti në katua darën e tij të vjetër, e valoi në ujë dhe mori në dorë të parin, atë që ankohej më shumë. Se Plaku ish edhe dentist, edhe nallban.

Të sëmurët thoshin se kapedan Saliu e kish dorën të lehtë. Ta shkulte dhëmballën e nuk e ndjeje. Prandaj nuk vinin te doktori në Ersekë.

- Mbahu, - i tha Plaku fshatarit të parë.

139

Po nga të mbahej ai? Mbështeti këmbët fort në parmakët e shkallës dhe hapi gojën. Atëherë Plaku i futi në gojë atë darën e shtrenjtë që ish një vegël këpucari dhe ja tundi nofullën të sëmurit tri herë. Të katërtën ja dha dhëmballën në dorë.

- Kripën! – thirri Plaku.

Nuk ish nevoja të thërriste, se djali që mbante si ndihmës, po rrinte aty me tasin në dorë. Plaku mori një grusht kripë e ja mbushi gojën të sëmurit. Atij i shkonin lotët rrëke, po dukej i gëzuar.

- Shëndet, - tha Plaku. – Tjetri.

Fshatari tjetër hipi në shkallë. Sali Butka përveshi mëngën edhe më mirë, që ta shkulte në themel të keqen që kish bërë vend në gojën e atij fshatari. Tri herë e tundi krahun dhe të katërtën i uroi shëndet. Shkoi edhe një dorë kripë. Kripa në atë kohë ish një mall i çmuar.

- I treti, - thirri Plaku.

Me të tretin gjeti belanë. Tri herë nga tri e tundi krahun, po nuk mundi t'i japë goditjen e duhur. Po e hiqte të gjorin osh nëpër shkallë. Para hundës së tij, Saliu pa dy sy të mbushur me lot që luteshin për ibret, të mëdhenj, si sy kau. Ai ish një djalë i shëndoshë. E la pak të merrte frymë.

- Mbahu, - tha Saliu dhe i vuri djalit gjurin në gjoks. Ja do ta shkulte ja s'kishte derman. Deri atë ditë nuk ish gjetur dhëmb a dhëmballë që të thyente krahun e Sali Butkës.

Ata që bënin sehir, u mënjanuan. Befas djali palli, ndërsa Saliu u shkëput njëherësh prej tij e u rrokullis pesë metra më tej, u pengua dhe ra me këmbët përpjetë. Të mëdhenj e të vegjël u çanë së qeshuri. Qeshte edhe Saliu vetë. Djali dergjej në parmakun e fundit të shkallës. Nuk e lanë të rënkonte se ja mbushën gojën me një racion kripë të dyfishtë. Ata të tre shkuan, po njerëzit e shtëpisë qeshën edhe një copë herë. Vetëm e shoqja e Plakut grindej. Ajo i thoshte t'i shkulte dhëmballët te gropa e gëlqeres e jo atje në krye të shkallës, që e bënte gjithë vendin gjak.

- Kur të të vijë radha ty, - i përgjigjej Plaku, - e di unë ku të shpie të të heq dhëmballët.

Dhe kështu, pak nga pak, atë e tërhoqi rryma e jetës. Nuk ankohej më. Herë herë çuditej edhe vetë se ku e gjente fuqinë të merrej me punë boshe, të këndonte e të bënte shakara.

Ai ish martuar përsëri, se, nga gjithë gjërat, më e shëmtuar dukej një pleqëri pa njeri pranë. Njerëzit dhe puna, këto ishin mjaft që t'i jepnin gëzim. E mbi të gjitha, jetën e tij e mbushnin përkujdesjet për të birin, Ganinë. Si mjeshtri që gdhend çdo ditë veprën e shpirtit të tij, ai mundohej të zhvillonte tek i biri çdo gjë që e quante të denjë për një patriot e burrë të nderuar. Vetëm për një gjë i kishte mbetur peng Plakut. Ganiun donte ta shkollonte, se ishte i zgjuar dhe me vullnet të madh. E dërgoi në Korçë në shkollën e djemve, të cilën e kreu me lehtësi. Po shkollën e mesme nuk e vazhdoi dot se u përfshi qysh në fillim në lëvizjen kombëtare.

Atë muaj Plakut i ecën punët mbarë. Pa shumë mundime, mësoi edhe një zanat që s'e kish provuar tjetër herë. Ndërtoi në fund të oborrit një furrë të re, e mbushi me dru e i vuri zjarrin. Furra nxirrte tym për bukuri dhe nuk dha gjëkundi plasaritje. Plaku u mburr me furrën për shumë ditë. Pastaj u mor me pastrimin e kazmave, belave e sëpatave, që u vuri bishta të rinj e që shndrisnin në radhë anës murit. U ngritën gjerdhet më të fortë se më parë. Çelën pemët. Erdhi koha që burrat të mblidheshin përsëri në mbrëmje, të pinin e të këndonin si qëmoti.

* * *

Po jeta paqësore e Sali Butkës nuk e pati të gjatë.

Jorgji Kristaq Zografua, që kish qenë ministër i jashtëm i Greqisë, shpalli në Gjirokastër "Autonominë e Vorio-Epirit" dhe formoi atje një qeveri të përkohshme. Ministër lufte u emërua një kolonel i ushtrisë greke dhe ministër i jashtëm, zoti Karapanos, anëtar i njohur i parlamentit të Greqisë. Kështu Athina lante duart faqe botës. Ajo thosh se këto janë punë të vorio-epirotasve dhe nuk bëhej merak se dukej sheshit që koka e kryengritjes ishte mbështetur në Athinë.

Për të mbështetur Zografon, zbarkuan me shpejtësi në Sarandë çetat e gjiritllinjve dhe turli bandash të tjera, rekrutuar anembanë Greqisë. Si të pastronin qarkun e Gjirokastrës, këto forca do të drejtoheshin për në Korçë. Në gjurmët e tyre ecnin ngadalë batalionet e rregullta të ushtrisë.

Pak më vonë, vorio-epirotët u përpoqën të ngrenë krye brenda në Korçë. Duke u tërhequr nga qyteti, grekët lanë atje një spital me të sëmurë. Më 2 prill në mëngjes, peshkopi Gjermanos u ra kambanave të Mitropolisë dhe me këtë njoftoi drejtorin e spitalit, nëntogerin Papadhakis, se kish ardhur koha që të sëmurët të flaknin çarçafët e të merrnin pushkët. Për gjithë natën kishin kaluar fshehurazi kufirin 100 andartë të ndarë në grupe të vogla dhe afër mëngjesit u ndodhën në Korçë. "Të sëmurët" e porsa ngritur, bashkë me andartët, pushtuan varoshin dhe bashkinë. Xhandarmëria shqiptare u zmbraps. Të nesërmen hynë si mundën edhe 300 ushtarë të tjerë grekë. Pozitat e kryengritësve u zgjeruan, u pushtua kisha e Shëngjergjit, flamuri grek valonte në gjysmën e Korçës. Që të mënjanonte gjakderdhjen, Themistokli Gërmenji kërkoi të merrej vesh me të mirë. Si përgjigje, Mitropolia shpalli bashkimin me Greqinë. Atëherë Themistokliu kërkoi ndihmë.

Sali Butka dërgoi i pari çetën e tij. E kryesonte i biri, Ganiu dhe i vëllai, Myftari. Ditën e katërt arritën përforcime nga fshatrat afër. Prefektura e Korçës bëri një sulm të vendosur. Ditën e pestë ajo i dha fund kryengritjes, gjatë së cilës mbetën të vrarë 200 ushtarë grekë dhe 12 vetë nga xhandarmëria shqiptare. Robërit e zënë dhanë hollësira mbi thurjen e asaj kryengritje. Ajo duhej të shërbente si shkak për një ndërhyrje ushtarake.

Dështimi i kryengritjes e shtoi zemërimin e organizatorëve në Athinë. Ata vendosën të bëjnë një përpjekje të drejtpërdrejtë për të mos u tërhequr së paku nga Kolonja, prandaj rrahën të kthehen prapë.

Andartët dolën në afërsi të fshatrave Shalës, Leshnjë e Gjanç. Forcat e xhandarmërisë shqiptare u thyen. Atëherë kambanat e Gërmenjit dhanë shenjën e përparimit të trupave të rregullta, të cilat dolën në kufi dhe u vunë topin fshatrave të Kolonjës. Lufta trokiti në derë.

Përpjekja e parë u bë në Qafën e Badrës. Atje luftoi Qani Ypi me një çetë kolonjarësh. U vranë të gjithë. Batalionet greke, të pajisura me mitraloza e artileri, hynë në Kolonjë. Plasi zjarri. Radanji, Vrëpcka, Erseka, Psari, Leskoviku, u dogjën tërësisht. Në Qinam, Selenicë e Starje mbenë pa djegur vetëm hauret e vjetra. Në Qinam u pushkatuan pesë vetë, në Selenicë u masakruan 20, në Starje e gjetkë u çnderuan vajzat dhe gratë. Çdo orë që kalonte, sillte lajme mbi gjëmë të tjera. Kësaj here greku nuk mëshironte fare.

Sali Butka e pa se synimet e grekut nuk ishin të pakta. Të nesërmen e luftës së Badrës, ai dha kushtrimin të mblidhen çetat dhe kolonjarët u ngritën njëherësh. Po atë ditë u mblodhën 250 luftëtarë, dy ditë më pas forcat u shtuan në 350 vetë. Më mirë të shuheshin të gjithë, se sa ta linin veten në duart e bandave të Vorio-Epirit.

Dhe kështu nisi ajo luftë që e ngriti shumë lart emrin e Plakut. Ai me të bijtë zuri vijën Nikolicë, Kazan, Butkë. Të vëllanë, Myftarin dhe të nipin, Hysen Nikolicën, i la të ruajnë krahët e të mbajnë lidhje me frontin e zënë nga forcat e xhandarmërisë shqiptare. Para kësaj vije, grekët u ndalën. Dymijë ushtarë të pajisur me topa e municione të shumta qëndruan të merrnin frymë. Aty ndodhej Sali Butka. Me të kapërcyer edhe atë pengesë, udha për Korçë mbetej e hapur.

A do mund t'i bënte ballë Sali Butka një force të tillë?

Java që pasoi, mbeti e paharruar. Shkruante gazeta "Koha" e 3 majit 1914:

" I palodhuri Kapedan Sali, që në kohën e Turqisë luftoi për lirinë e Shqipërisë dhe i theu turinjtë turkut, tashti, edhe në këtë luftë, tregoi atë të madhen trimëri dhe mjeshtëri...

Në luftërat e Shtikës dhe të Butkës më 19, 20, 21 prill, ku grekërit bënë më të mëdhat yryshe që të thyenin krahun e mëngjër të ushtërisë shqiptare, Kapedan Saliu me të birin e tij, Ganinë dhe me shokët e tij, iu kundërshtua armikut kaq burrërisht dhe luftoi me aq mjeshtëri e trimëri, sa armiku e uli kokën përpara armëve të shqiptarit, i la vendet që kish zaptuar, u thye, u përnda e u çakërdis, duke lënë në fushën e luftës më tepër se 150 të vrarë.

Po në luftën e Nikolicës, më 24 prill, ku grekërit me 2000 ushtarë kishin ndezur dyfek, Kapedan Saliu, me trimat e tij, u sul mbi krahun e armikut dhe luftoi me kaq trimëri, sa armiku u mund ligsht, dhe i çakërdisur e i përndarë, u hoq gjashtë orë matanë sinorit, duke lënë më tepër se 200 të vrarë në fushën e luftës.

Këto dy luftëra, më tepër se gjithë të tjerat, e bëjnë emrin e Kapedan Saliut të shkruhet me shkronja të arta në historinë e Shqipërisë dhe të kujtohet si një nga më të parët trima luftëtarë për lirinë e mbretërisë shqiptare."

Emri i Saliut u mbajt mënd. Ai u dëgjua në spitalet e Janinës. Një shqiptar dëgjoi të flitej për të edhe në burgun e Selanikut. Qarkullonin fjalë se Sali Butkën nuk e zinte plumbi. Në luftën e Nikolicës, një cifël plumbi e goditi në syrin e majtë dhe ja prishi dritën për jetë, megjithatë ai vazhdoi të shënojë e të godasë aq mirë, sa edhe më parë.

U pa se Korça nuk merrej me kryengritje nga brenda dhe as me një sulm të vetëm nga jashtë. Përfundoi pa sukses pjesa e dytë e pazarllëqeve të përgjakshme që u bënë në Athinë. Pjesa e tretë u zhvillua dy muaj më pas dhe mori përpjesëtime më të gjëra. Ajo meriton një kapitull të veçantë.

VDEKJA E GANIUT

Malet e Gramozit qajnë
E një zi të madhe mbajnë,
Qajnë Gani kapedanë,
Dit' e zezë që u ndanë.

S. BUTKA

Kurthet që u bënë e intrigat që u thurën kundër pavarësisë së Shqipërisë në ato vite të turbullta, nuk kanë të numëruar.

Nja tre muaj më parë, Fuqitë e Mëdha vendosën t'i dhurojnë Shqipërisë një princ nga dera e lartë e Hohenzolernëve. Për të arritur gjer atje, u bënë xhambazllëqe, me të cilat qeshën hidhur shumë humoristë të Europës. Dikush tha e shkroi se e vetmja trimëri e princit ish se ai na paskej qenë nip i tezes së tij, mbretëreshës Karmen Silvia të Rumanisë.

Ndërkohë, Vidi, që ishte përcjellë në Durrës nga anije të një flote ndërkombëtare, të formuar posaçërisht,

147

iu vu punës me sa i hante krahu. Ai do të themelonte një dinasti të qëndrueshme e do t'i jepte fund rrëmujës që sundonte shpirtin e shqiptarit.

Ashtu si ish e natyrshme të ngjiste, pashallarët dhe bejlerët e mëdhenj, që kishin mbetur pa një drejtim të caktuar, iu turrën princit dhe e ngritën në krahë. Qeveria e porsaformuar u dha pashallarëve e bejlerëve ato që prisnin prej saj, por populli mbeti po aq i varfër e i munduar, sa ç'ishte edhe më parë. Pa kaluar mirë "muaji i mjaltit", plasi kryengritja e fshatarësisë në Shqipërinë e Mesme, me të cilën spekuloi me aq mjeshtëri Myftiu i Tiranës Musa Qazimi dhe shumë krerë të tjerë.

Kjo është një dramë më vete, të cilën mund ta linim mënjanë, po qe se nuk do kish të bënte drejtpërdrejt me historinë që kemi në dorë.

Në qershorin e vitit 1914, lëvizja e kryengritësve u shtri e u zgjerua. Disa nga krerët e saj, të verbuar nga urrejtja për princin e huaj, u nisën të rrëzojnë prefekturën e Korçës, pa marrë parasysh se ajo i qëndronte me pushkë në dorë rrezikut ndaj të ashtuquajturit "Vorio-Epir".

Korça u gjend e mbërthyer në darë. Nga një anë duhej të mbante frontin me trupat greke, nga ana tjetër duhej t'u bënte ballë taborëve të kryengritësve haxhiqamilistë, që dolën në Qafën e Thanës. Masa që mund të merrte në ato rrethana prefektura e Korçës, ish të nxirrte përpara të vetmen rezervë që kish në duar. Ajo thirri për gjithë natën batalionin e vullnetarëve të Kolonjës.

* * *

148

Nja dy muaj më parë, në Kolonjë ishin krijuar batalionet vullnetare që komandoheshin nga Zalo Prodani e Gani Butka. Në maj, të dy batalionet u bashkuan nën komandën e Izet Zavalanit dhe Ganiu e Zalua u bënë nënkomandantë me gradë kapiteni.

Katërqind vetë bëhej batalioni dhe ishte i armatosur vetëm me pushkë, po ata burra përbënin ajkën e Kolonjës. Ata kishin luftuar para se të hynin në batalion, kundër pushtuesve turq e grekë dhe kush mbeti luftoi edhe më pas. Batalioni i Kolonjës jetoi gjatë në mendjen e njerëzve. Batalioni e kish qendrën në Butkë e në Bezhan. Ditë për ditë bëheshin stërvitje. Çetat mësonin ecjen me hap të përbashkët, mësonin nderimin dhe truprojën, mësonin këngë. Në Butkë dhe në Bezhan ishin mbledhur burra nga e gjithë Kolonja. Nuk patën hyrë ndonjëherë në rresht, pra, edhe pak stërvitje kur bënin, u dilte djersë nga sikleti. Por ata kishin vënë kokën e shpirtin të mësonin për të mbrojtur mëmëdheun.

Me këto zakone u rrit batalioni. U lanë hasmëritë e vjetra, u krijua një familje që nuk ish njohur më parë, u bë vëlla njeriu me njeriun dhe çdokush e kish për nder t'i jepte tjetrit një dorë. Nuk bënte kurrë vaki një rrahje a grindje, nuk ngjante kurrë një dezertim e nuk sëmurej njeri nga ethet.

Pastaj erdhi dita që trupat e kryengritësve të dilnin në Qafë të Thanës dhe batalioni mblodhi plaçkat. E kërkonte Korça një orë e më parë.

Korça e dëfteu patriotizmin.

Të mëdhenj e të vegjël u shkulën të presin batalionin

e Kolonjës. Rrugët e qytetit u mbushën plot. Një pjesë e popullsisë, me klerin, fëmijët e shkollave dhe me bandën dolën në xhadenë e Kolonjës.

Në mëngjes herët, katërqind burra zbritën nga mali i Kamenicës në xhade. Komanda u lajmërua se kish dalë t'i priste i gjithë qyteti. Suvarinjtë zbritën nga kuajt, u formua grupi i korit e u ndreqën rreshtat me shpejtësi. Atje ku kthen rruga për Drenovë, flamuri i batalionit u rrethua nga turma e njerëzve. Banda ja mori marshit "Që më një të kollozhekut" dhe brohoritjet e urratë shpërthyen nga të gjitha anët. Por vullnetarët nuk e harruan disiplinën. Pa i prishur rreshtat, ata vazhduan të çajnë përpara, duke kënduar këngën e shqiponjës:

> *Me Pirron vajte kundër romakve,*
> *Me Skënderbejnë përmbi osmanllinj.*
> *Një, dy, tri, rrofsh moj Shqipëri,*
> *Urra, urra, urra, o burra përmbi ta!*

Në krye të batalionit, fill pas flamurit, ecte kapiteni Gani Butka, i veshur me uniformën e re të ushtrisë shqiptare. Uniforma e re nuk ishte dhe aq e përshtatshme për stinën e verës dhe djersa i shkonte rrëke, po ai as që e ndjente.

Ndërkohë, batalioni hyri në qytet. Kori ja mori këngës nga e para. Këndonte grupi prej dyzet vetash, duke thirrur secili për vete të tij e duke u munduar t'i vejë pas hapit të fqinjit. Në kalldrëmet e qytetit puna e mbajtjes së rreshtit paraqitej e vështirë. Me gjithë këto telashe, një marshim i tillë dhe një këngë më e bukur,

Gani Butka

as ishin parë, as ishin dëgjuar ndonjëherë në Korçë.
Brohoritjet morën një vrull të ri. Thërrisnin jo vetëm ata
që ishin në rrugë, po edhe nga penxheret e ballkonet e
shtëpive. Disa fëmijë qenë ngjitur nëpër pemë.

Ganiu u habit nga numri i madh i banorëve që paskej
Korça. Gjith gaz, i skuqur flakë nga vapa e thjeshtësia, ai
çante përpara me hap të lehtë. I dukej atë kohë se gjithë jeta
kish qenë një paradë dhe ashtu do të mbetej gjer në fund.
Pa kthyer kokën mbrapa, ai e ndjente se shokët po ecnin
për bukuri, në mënyrën më kompakte dhe ai tha se në botë
nuk gjendej forcë që mund të qëndronte para tyre.

Në xhamin e një dyqani, një oficer eci përkrah tij.

Oficeri buzëqeshte i lumtur. Një hop i vetëm dhe ai u zhduk. Ganiu u habit me ndryshimin që kish bërë në të parë. Uli kokën të shikonte edhe një herë uniformën. Nga veshja prej komiti i kishin mbetur vetëm pak gjëra: shiriti i çetës, armët dhe kama. Shiritin e çetës, Komiteti i Manastirit ia kish dhënë si shenjë mirënjohje dhe lavdërimi Sali Butkës, kurse Saliu ia dorëzoi të birit ta mbante.

Në këtë pikë ai u turbullua. Çfarë do të thoshte vallë Plaku për gjithë atë salltanet e bujë. Dhe ku ndodhej ai tani? Befas Plaku iu shfaq përpara. Mbështetur me të dy duart në shkop, ai rrinte në portën e një shtëpie përkundrejt, me syrin mbërthyer te i biri. Syrin e plagosur ia kishin lidhur me një rrip të bardhë pas kokës dhe qylafi i rrinte mënjanë. Dukej sikur qëndronte pezull mbi bastun. Që kur i filluan dhimbjet e reumatizmës, ai ngrihej në këmbë me shumë vështirësi. Dy burra në krah të tij po i thoshin diçka, po Plaku nuk e kish mendjen te ata. Dëgjonte sa për njerëzillëk duke tundur kokën, se ishte përqendruar i tëri në fytyrën e qeshur të të birit.

Ganiu pothuaj ndaloi fare dhe shoku që vinte pas u përpoq me të. Plaku i bëri një shenjë qortimi. Sakaq Ganiu e mblodhi veten, shtriu hapin dhe vazhdoi përpara

Batalioni u grumbullua te sheshi i Mitropolisë dhe aty u bë një me popullin. Plakat dhe gratë e reja hynin nëpër rreshtat e vullnetarëve. Në botë nuk kish tjetër, veç bij, motra e vëllezër. Këmbenin fjalë urimi, shtrëngonin duart.

Pas pak minutash, erdhi hipur mbi një kalë të bardhë prefekti vetë. Ai qëndroi para flamurit të batalionit, ngriti kamxhikun dhe filloi fjalimin.

- Trima luftëtarë të Kolonjës! Korça ju thërret ta shpëtoni nga rreziku i vdekjes.

Një zë nga mesi i turmës thirri: "Jemi gati, rroftë mëmëdheu!" Turma u përgjigj "hipip urra, hipip urra". Tensioni u ngrit në kulm, oratorit iu mbushën sytë me lot. Të paskej qenë armiku aty pranë, turma e tërë do ish hedhur mbi të me thika në duar.

Kur mbaroi ky manifestim i paharruar, vullnetarët u ndanë pjesërisht në hanet e qytetit dhe pjesërisht nëpër shtëpitë. Komanda e batalionit u thirr në Prefekturë, ku u bë një mbledhje e gjatë. U vendos të niseshin herët në mëngjes e të zinin sa më parë Pogradecin.

Porsa doli prej andej, Ganiu shkoi në shtëpi të Avdulla Myteveliut, ku banonte i ati. Në dhomë gjeti doktorin që po mblidhte veglat në çantë. Plaku rrinte në krevat dhe sumbulla të bardha djerse i ndritnin në fytyrë. Ai i bëri Ganiut shenjë me kokë të ulej. Prej një muaji, syri i Plakut bëhej për ditë e më keq. Dhimbja nuk i ndahej. I dukej sikur një gjilpërë e hollë i shponte me ngulm një vrimë drejt trurit. Doktori kish qëlluar një llafazan i mbaruar. Ai e mërziste Plakun edhe më shumë me këshilla boshe: "Një pjesë të punës do ta bëj unë, zoti Kapedan", thoshte doktori. "Një pjesë të madhe ja lëmë kohës dhe pjesën e tretë e bën vetë i sëmuri me durimin e tij".

Kur mbetën vetëm, Plaku u shtri në krevat dhe pas një copë here filloi ta pyesë Ganinë mbi punët e batalionit. Veç dhimbjeve në kokë e në trup, Plakun e mundonte edhe një shqetësim i madh për gjendjen.

U hap dera ngadalë dhe hyri djali i katërt, Muharemi.

153

Ai kish ardhur po atë ditë me batalionin dhe ish veshur oficer me gradë togeri. Plaku i dha dorën e i tha të ulej.

- Kështu, paski vendosur të shkoni të gjithë, - tha Plaku. – Nuk është bërë hesap se andartët mund të dalin brenda një nate në Korçë. Ku do t'i fshihni këto rroba të bukura pastaj?

Ai dëgjoi arsyetimet e Ganiut e më në fund tha:

- Ju të dy ktheheni nesër në Butkë. Mblidhni ata pak njerëz e miq që keni dhe mos luani nga kufiri. Në Pogradec le të venë të tjerët.

Ganiu e njihte mirë kokëfortësinë e Plakut. Në atë gjendje që e shihte, i vinte keq ta mërziste edhe më tepër, po mbrapa s'mund të kthehej.

- Më fal, o baba, - tha Ganiu, - unë shokët nuk i lë në rrugë, sikur ta di se do përmbyset bota.

Ai e ndjeu zënë t'i dridhet e i erdhi inat që nuk foli në mënyrë më të vendosur. Po i kundërshtonte babës që e lindi dhe komandantit që e rriti.

Plaku u ngrit përsëri në krevat. Për çudi, dukej fare i qetë.

- Bëj si të duash, - i tha Ganiut. – Tani shkoni të flini se u lodhët rrugës.

Djemtë u ngritën, mbetën një copë herë në këmbë në mes të dhomës pa ditur ç'të bënin, pastaj thanë natën e mirë dhe dolën. Në korridor, Ganiu e mbërtheu Muharemin për krahësh.

- Ti bëj ashtu si tha Plaku dhe rri këtu me të. Mos më kundërshto kot, - ja preu shkurt ai dhe zbriti shkallët me nxitim. Me që s'kishte ç'të bënte tjetër, ai shkoi të hante

154

darkë me amerikanin.

Amerikani Spenser[12] kish i ardhur në Shqipëri një vit më parë. Kurioz nga natyra ose nga profesioni, ai interesohej për çdo gjë. Ndihmë për Shqipërinë jepte pa u kursyer. Spenseri njihej me Plakun, por me Ganinë e lidhte një miqësi e veçantë. Gjysmë shqip, gjysmë anglisht, merreshin vesh për bukuri. Atyre u kish takuar të mbulohen e të flenë me të njëjtën gunë.

- Si është puna me Plakun, - pyeti Spenseri.

- Keq shumë, - u përgjigj Ganiu.

Spenseri ish njeri i fjalëve të paka. Ata hëngrën darkë në heshtje dhe pastaj shkuan të flenë.

Të nesërmen batalioni u nis herët. Ganiu nuk pati kohë të shihej me Plakun, por as që donte të kthehej në muhabetin e mbrëmjes së kaluar. U përshëndetën me Spenserin, që e përcolli deri jashtë qytetit, i hipi kalit dhe shkoi të arrinte batalionin.

Përtej Maliqit bënte një vapë e madhe. Vullnetarët mezi ecnin, por këndonin.

Thonë se tri lebër bëjnë një këngë. Që të këndojnë kolonjarët, të paktën duhen pesë vetë, po kur ja nisin këngës, dëgjohen larg e nuk mbarojnë kurrë.

Në fund të batalionit kanë qëndruar Zalo Prodani e

---

12 Harold Spenser ish një major amerikan, që kishte ardhur në Shqipëri i dërguar nga ministri amerikan i luftës. Ai ishte vënë në dispozicion të shtetit shqiptar e të gjindërmarisë shqiptare dhe bashkë me oficerët holandezë Shnellen, Vallenhofen kishte shkuar në Korçë. Në Kolonjë ishte bashkuar me çetat e Sali Butkës dhe kishte luftuar kundër pushtuesve grekë dhe andartëve në Butkë dhe në Nikolicë. Kishte marrë pjesë, bashkë me Ganinë, në shtypjen e puçit grek të 2 prillit 1914 në Korçë.

Gani Butka. Ja ka marrë këngës Muhamet Starja, ja pret Ganiu dhe ja mbajnë nja shtatë a tetë të tjerë. Kënga ngrihet lart mbi gjethet e plepave e derdhet poshtë valë-valë:

> *O ju male me dëborë*
> *Pse s'qani hallet e mia.*

Të thuash kushedi sa halle e mbulojnë të gjorin Muhamet! Me balluket mbi sy, me gjoksin zbërthyer e syrin pishë, ai ngjante më tepër me atë çapkënin që i kërkon hallet t'u provojë shijen. Damarët e grykës i ndehen si tel, i skuqet e i qesh fytyra, e ngre zërin në majë, pastaj e ul e shkrihet fare gjer në të sosur të frymës. Batalioni ka qëndruar të dëgjojë.

- Shpejt, o burra se na turpëruat! – thotë Zalo Prodani dhe nxiton përpara. Kënga pritet andej nga fundi, po ajo ngre krye prapë në mesin e kolonës.

Nga ora shtatë e darkës batalioni hyri në Pogradec. Disa fëmijë e, rrallë e tek, ndonjë plak i thyer në moshë, qëndronin anës së rrugës dhe shikonin me habi vullnetarët. Jo vetëm rrugët, po edhe shtëpitë dukeshin të shkreta. Mbrapa penxhereve me kanata të mbyllura, ndofta shumë sy përgjonin batalionin në kalim. Jeta dukej e paralizuar.

Në Pogradec sundonte nënprefekt Et'hem Starova. Ai e priti komandën e batalionit në zyrë. U zhvillua një bisedë e shkurtër, gjatë së cilës Et'hemi dredhoi shumë herë. Ai premtoi të jepte ndihmë në ushqim e në municione, por tha se njerëz me armë nuk mund të siguronte. Izet Zavalani u përgjigj se nuk donin tjetër ndihmë, se hesapet i kishin bërë vetëm me fuqitë e tyre dhe se për Shqipërinë secili jep aq sa ja ka zgjidhur perëndia. Pas kësaj bisede, komanda shkoi në hotel dhe vullnetarët u shpërndanë nëpër hane e ndërtesa të tjera.

Të nesërmen, Et'hemin nuk e gjetën as në zyrë, as në shtëpi. Ai me të afërmit e tij, qe arratisur natën. U mor vesh se në Pogradec, bashkë me Et'hemin, vepronte një agjenturë e kryengritësve që kish hedhur rrënjë edhe në fshatrat. Me propagandë e me frikësime, Et'hemi arriti të krijojë njëfarë bashkimi. Pastaj u shfaq edhe më haptas. Ai thoshte se çdo besimtar që vihet në shërbim të qeverisë së Durrësit, është armik i Islamizmës. Në pjesën e krishterë, punën e bënin dy agjentë të ardhur posaçërisht nga Greqia, që as e dinin shqipen mirë.

Duke parë këtë situatë, Izeti urdhëroi të nxirren patrulla rrugëve e të mbahen forcat në gjendje lufte. Po atë ditë, Zalo Prodani, me 50 vetë, u nis për në Trebinjë, një orë e gjysmë matanë Pogradecit. Vinin lajme se pararojat e kryengritësve qenë dukur andej një ditë më parë.

Gjendja në Pogradec e mërziti Izet Zavalanin. Të gjithë kishin vajtur me shpresë se Pogradeci do t'i priste me lule dhe do t'u jepte përkrahje të plotë. Me sa dukej në luftën vëllavrasëse që kanoste vendin, në mos tjetër, popullata do të rrinte duarkryq. Zalo Prodani arriti në Trebinjë pa gjetur ndonjë kundërshtim. Në kohë të Turqisë ai kish qenë mydyr në atë krahinë dhe vendin e njihte pëllëmbë për pëllëmbë. Informatat që mblodhi Zaloja tregonin se aty po grumbulloheshin forca të mëdha dhe këtë ai ja njoftoi Pogradecit. Në orën dy

157

mbas mesnate, Izeti urdhëroi që vullnetarët të dilnin pa bërë zhurmë e të mblidheshin në kufi të Mokrës, te vendi i quajtur "Istikamet e Sërbit". Në Pogradec u la për të mbajtur rregullin Mustafa Durguti nga Qafëzezi me 30 vetë. Zaloja ish kthyer nga Trebinja që më parë dhe po priste. Fshatrat rreth e rrotull, duke përfshirë Trebinjën, u liruan pa luftë me të hapur dita.

Komanda e batalionit mbajti një këshillë lufte. Zaloja tha se po të ishin fuqitë e kryengritësve aq sa thuhej, batalioni nuk qëndronte dot aty, se i merreshin krahët dhe nuk mbetej veç të hidhej në gjol. Fjalët e tij ishin të vërteta. Gjashtëdhjetë vjeç burrë, trim i dëgjuar e me karakter të fortë, ai nuk i shmangej luftës, po gjendja dukej haptas.

Ganiu tha se ishte më mirë t'i binin armikut.

- Le të jemi dhjetë me një, - tha ai. – Po të tërhiqemi në qafë të Plloçës, lufta prej andej do dëgjohet në Korçë e Kolonjë dhe Atëherë do kemi avaze me andartët -. Nuk qe mësuar të fliste para të mëdhenjve, por megjithatë edhe ai tha një të vërtetë tjetër.

Të luftonte në një terren të pafavorshëm, apo të tërhiqej matanë Pogradecit? Izeti as luftoi as u tërhoq dhe kështu e keqësoi gjendjen akoma më tepër. Ai vendosi të sulmojë në drejtim të Trebinjës me një pjesë të forcave dhe batalionin ta mbajë në pritje. Izeti ish një trim i krisur, po si komandant nuk u tregua në lartësinë e detyrës. Pesha e përgjegjësisë për fatin e luftës dhe jetën e atyre 400 njerëzve, ja ndrydhi iniciativën. Vendimi që mori në ato rrethana, ishte vetëvrasës.

Ganiu kërkoi që në Trebinjë të shkonte vetë. Dy të

tjerët e lejuan. Ai vajti atje ku ish shumica e batalionit dhe pyeti me zë të lartë:

- Kush del vullnetar për të shkuar në luftë?...

Nga ata që u ngritën në këmbë, zgjodhi 30 vetë dhe u nis menjëherë. Rrugës Ganiu kontrolloi vendin me dylbi. Në kodrat e Trebinjës lëvrinte një grumbull njerëzish me pushkë. Ata dukeshin të shkurtër e përtacë në ecje. Ai porositi shokët të ecnin nëpër dushqe e boriga që t'i afroheshin Trebinjës pa u dalluar dhe vetë shkoi përpara të hapte rrugën.

Kur arritën në rrëzë të kodrave, u dëgjua fare pranë kënga e kundërshtarit. Një këngë e gjatë e pa ndërprerje, që ish më tepër vajtim se këngë. Ganiut i pikoi në zëmër. Ai që këndonte sipër në breg, kish lënë punën e shtëpinë dhe qe dërguar aty të luftonte të vëllanë. Ganiu mbajti hapin dhe qëndroi i kërrusur me pushkën në dorë. Gëzimi i tij për të shkuar në luftë, kujtimi i asaj feste të paharruar që u bë në Korçë dy ditë më parë, i rëndoi shpirtin. Ai e kuptoi për të parën herë se të vrasësh armikun, duhet ta urresh atë. Ndryshe nuk i vihet syri pushkës. Dhe si mund të vrasësh një fshatar fukara, që flet e këndon në të njëjtën gjuhë?

Ai pa shokët që kishin qëndruar dhe tha se e vetmja punë që i mbetej të bënte ish të shkonte përpara. Pranë tij qëndroi një çast vullnetari Muhamet Starja. Ai shikoi Ganinë më habi, pastaj shikoi lart. Këngëtori në breg nisi një strofë të re.

- Kokën hëngëshi, më ju marrtë dreqi frymën! – tha Muhameti.

Muhamet Starja ish vëllai i atij shqiptarit që Ganiu kish vrarë në Amerikë. Gjakrat e vjetra ishin pajtuar me kohë dhe një miqësi e fortë e lidhte tani shtëpinë e Plakut, si me Starjen, edhe me qinamllinjtë.

Armiqësitë e vjetra ishin mbyllur, po aty sipër në breg do hapeshin të reja. Përsëri do vriste vëllai të vëllanë. Ashtu mendoi Ganiu. Ai i buzëqeshi Muhametit me hidhërim dhe i bëri shenjë të shkonte përpara në heshtje. Kur u afruan në majë të kodrës, kënga kish pushuar. "A ku jini bijt e kaurit", thirri njeri prej kryengritësve. Ai thirri më të kotë, pa ditur se "bijt e kaurit" ishin aty pranë, po njeri nga vullnetarët e humbi mendjen dhe shtiu me pushkë.

- Or ti, ku shtie ashtu? – i foli gjithë inat Ganiu.

Vullnetari, një djalë i ri, mbeti i habitur dhe nuk mundi të përgjigjej.

- Po të them kujt i bie ashtu, apo do të shposh malin me dyfek, - iu kërcënua Ganiu.

Ndërkohë kryengritësit i diktuan dhe plumbat filluan të vërshëllejnë nëpër gjethe. Nuk mbetej veç të nisnin sulmin.

- Përpara! – thirri Ganiu. Po nuk bënë veç pak hapa kur një plumb e goditi Muhamet Starjen në kokë. Ai ndodhej krah për krah Ganiut, u përpëlit përtokë nja dy herë, pastaj u shtri sa gjatë gjerë dhe nuk lëvizi më.

Ganiu hoqi çantën, ja vuri të vrarit nën kokë dhe i mbylli qepallat e syve.

- Kaq e patën këngët e tij, - psherëtiu ai duke ndenjur përmbys mbi të.

Me Ganinë bashkë u mblodhën sipër të vrarit tre a

katër vullnetarë të tjerë. Një grusht plumbash u derdhën në mes të tyre, po për fat nuk u prek asnjëri.

- Përpara! – thirri edhe një herë Ganiu.

Rreshti i vullnetarëve iu turr majës dhe kur u shfaq ashtu pa pritur, kundërshtari nuk u mbajt fare. Sulmi i hutoi.

Në majë të kodrës, atje ku më parë ndodhej flamuri, u gjet një njeri i vrarë. Ganiu vendosi të mos qëndrojë në kodër. Ai lajmëroi Izetin se Trebinja u mor dhe vetë i njëzetë shkoi përpara në ndjekje. Ai kujtoi se me këtë fitore të vogël do të fillonte një sulm i përgjithshëm i batalionit.

Matanë kodrave të Trebinjës shtrihej një korie e vogël me fier pa asnjë mbrojtje. Aty kryengritësit qëndruan. E panë se kishin të bënin vetëm me një grusht njerëz. Një tabor i madh që sapo mbërriti nga Prenjasi, u hodh në ndihmë të tyre. U ndez një përpjekje e ashpër. Të sigurt në forcat e tyre, kryengritësit binin e ngriheshin duke përparuar dhe thërrisnin: "kape me dorë, kape". Një shumicë prej tyre doli nga kodrat mbi liqen. Çeta e Ganiut po rrethohej e po shtypej nga të tria anët.

Ganiu e pa veten ngushtë. Nuk i bënte zëmra të luftonte e të vdiste, po as nuk donte të zihej i gjallë. U vranë dy vullnetarë të tjerë, disave po u mbaroheshin fishekët. Atëherë ai dha urdhër të tërhiqen një nga një e të mblidhen në qendër të batalionit, te Istikamet. Ish e para herë që thyhej dhe nuk i vinte turp të tërhiqej. Mjafton që shokët të dilnin gjallë. Këmbët e çonin mbrapa. Vetë i pestë, ai mbrojti tërheqjen dhe kur vullnetarët kaptuan kodrën, e la vendin pa ndonjë humbje tjetër.

* * *

Në kohën që Ganiu arriti në batalion, Zalo Prodani
ishte nisur për Trebinjë që të shihte ç'bëhej. Ai mori një
rrugë nga e majta dhe nuk e takoi çetën e Ganiut. Afër
fshatit, në një vend të hapët, u gjend ballë për ballë me
një çetë të kryengritësve.

Zalua ishte vetë i katërt. U shtri në një vijë uji që të
mbrohej, po shpejt e pa davanë të humbur. Kundërshtarët
vinin me shumicë.

Zalo Prodani ish luftëtar i kohës së jataganit, nga ata
që nuk pranonin të vdisnin në rrëkenë e ujit. Kur e pa
veten të strukur ai u turpërua. U ngrit dhe doli në shesh
ta presë vdekjen më këmbë.

Ai bëri përpara dhe qëndroi me pushkë pranë
këmbës. Qylafi i zi i rrinte lart mbi ballin e ndritur,
fustanellat e gjëra iu tundën anash. Zëmra i tha se kish
edhe pak kohë, se ata shqiptarët për kundrejt, nuk do të
qëllonin një plak që del në shesh e që nuk e ka ngritur
pushkën akoma. Ai mallkoi me vete fatin e pabesë, që ja
punoi me aq dredhi. Nuk ish e thënë të vdiste në kufi,
ish thënë të vdiste aty në Trebinjë. Po, meqë vdekja
erdhi, mirë se të vijë.

– Burri nuk lufton pas ferrave, - thirri ai. – Të dalë
sheshit më trimi nga ju.

Çeta kundërshtare kish qëndruar. U dëgjua një
bisedë e shkurtër që u bë ndërmjet tyre, pastaj dolli
përpara Haziz Alla, komandant tabori, se edhe ai kish
gjak shqiptari.

162

Hazizi mbajti pushkën pranë këmbëve që të ish i barabartë me Zalo Prodanin, pastaj e ngriti dhe e vuri në sy. Ai nuk shtiu, priti që edhe tjetri të ngrinte armën. Pastaj shtiu, po nuk goditi në shenjë.

Në mbushjen e dytë Zaloja e la Hazizin të vrarë. Atëherë çeta e tij shtiu një batare të gjatë mbi Zalon me shokë dhe i griu me plumba.

* * *

Vullnetarët u hapën në Istikame. Disa prej tyre zunë vend nëpër dushqe, përpara. Ata nuk dinin të groposeshin, siç mund të bënte një ushtar i stërvitur.

Ndërkohë, kodrat për kundrejt u mbushën me taborët e kryengritësve, që zunë vend dhe ngritën nja pesë a gjashtë flamurë. Dëgjoheshin shkoqur këngët dhe sharjet e tyre. Megjithëse në numër i kalonin të 2000 vetët, ata nuk deshën të fillonin sulmin ballas, pa arritur topat. Komandantët e taborëve po hiqnin keq që t'i bënin luftëtarët të hidheshin përpara.

Në kohë të drekës, në qendër të Istikameve plasën dy gjyle. Pas këtij sinjali, taborët u varën poshtë kodrave. Dukej sikur qe hapur dheu dhe po villte një lukuni të madhe njerëzish. Ata thërrisnin sikur t'u paskësh hyrë dreqi, ndërsa të dy topat e vjetër lëshonin gjyle njëra pas tjetrës.

Në Istikame bëheshin gjithë-gjithë nja 300 vullnetarë. Një çetë me 50 vetë, e komanduar nga Muhamet Kozeli, ish dërguar në drejtim të Kamjes, 30 vetë gjendeshin në Pogradec dhe nja 20 të tjerë kishin dalë jashtë luftimit.

163

Kundrejt një vullnetari u hodhën të paktën pesë kundërshtarë dhe, veç kësaj, sulmin e favorizonte tereni i gjerë i manovrimit.

Megjithëse luftonte në gjendje inferioriteti të dukshëm, batalioni i qëndroi sulmit me burrëri dhe e zmbrapsi. Izeti e Ganiu u jepnin zëmër të rinjve dhe ata vetë luftonin në vijën e parë. Gjer pas dreke në orën 3, sulmet u përsëritën njëri pas tjetrit, pa patur asnjë përfundim. Në fillim të dy palët bënë zjarr fare pa dëshirë. Pastaj pati të vrarë e të plagosur dhe lufta erdhi e u ndez për vdekje, ashtu si ngjan kur njerëzit nuk shohin më nga sytë.

Në orën 3, sulmet e kryengritësve u prenë. U vranë shumë nga ata që sulmonin. U vranë sidomos ata që shkonin pas flamurëve. U pa se edhe po të çfaroseshin të gjithë, batalionin nuk do ta shkulnin nga vendi. Atëherë, disa përforcime të reja që mbërritën, i hodhën në krahë të batalionit; në drejtim të kodrave, mbi liqen nga e majta, dhe në drejtim të malit Kamje, nga e djathta.

Prishja e batalionit erdhi papritur. Aty nga ora katër, çeta e Muhamet Kozelit në Kamje u thye dhe u tërhoq me rrëmujë. Njerëzit e Muhametit, si dhe ata që kishin shkuar në Trebinjë me Ganinë, kishin mbetur pa fishekë. Mungesa e fishekëve filloi të ndihej edhe në sektorë të tjerë të batalionit. Izeti u plagos. Po në këtë kohë arriti nga Pogradeci një oficer i quajtur Hajdar Dobrolishti. Ai u tha vullnetarëve se Mustafa Durguti me 30 vetë që mbetën në qytet, e braktisën detyrën dhe morën arratinë. Në Pogradec qe kthyer Et'hem Starova.

Me xhandarmërinë dhe me një shumicë njerëzish të tjerë, ai përgatitej t'i binte batalionit nga mbrapa. Nuk mbeti shpresë të vinin as fishekë as ushqime. Në radhët e vullnetarëve nuk dëgjoheshin më as këngë as shakara. Ata filluan të lëviznin nga vendi e të shikonin me shqetësim mbrapa. Vetëm një disiplinë e hekurt mund ta shpëtonte batalionin. Po të qenë mbledhur vullnetarët si grusht, e çanin rrethimin lehtas dhe organizonin një mbrojtje të dytë në Plloçë. Por Izeti aty bëri gabimin e dytë.

- Të tërhiqemi, - tha ai.

Fjala rrëshqiti nga njëri pozicion në tjetrin dhe batalioni u hodh mbrapa. Në qoftë se detyra në luftë është një mur, mbrapa të cilit rri mbështetur ushtari, ky mur shembet e bëhet thërrime, kur vjen puna që secili të përgjigjet vetëm për veten e tij. Çdo luftëtar e gjeti me mënd rrugën më të shkurtër të shpëtimit. Suvarinjtë u lëshuan në drejtim të Pogradecit për të marrë kuajt, që rrinin mbyllur në hane, ndërsa këmbësorët ja mbathën kodrave, për të dalë në qafë të Plloçës. Izeti, i plagosur, luftonte në këmbë, që të mbronte tërheqjen me ata pak vetë që i kishin mbetur rrotull. Ai i foli Ganiut. I tha të ikte përpara, të tërhiqej anës liqenit, që të mbronte xhadenë. Thyerja e batalionit ishte e plotë dhe pa shpresë.

* * *

Me Ganinë u nisën nja dhjetë vetë, po rruga që do bënte ai, shkonte gjatë. Kur arriti në buzë të liqenit, atje

165

ku fillon sot qyteti i Pogradecit, ai kish mbas tij vetëm dy vullnetarë. Të tjerët ishin shkëputur.

Ganiu u ul të merrte frymë. Nuk kish asnjë dëshirë të shpejtonte. Donte të zgjidhte me mëndje disa pyetje, përgjigjen e të cilave e kërkonte medoemos. Kur dhe ku ngjau kjo hata pa emër? Si u bë e mundur që të thyhej batalioni i Kolonjës e të vriteshin ata burra, që pak më parë ishin shokët e tij; kush do të përgjigjej për gjakun e derdhur, si do të mund t'i dilte Plakut përpara ai që u nis me aq salltanet e bujë; dhe si do t'i vente filli Korçës?

Ai nuk arrinte të kapte rrjedhjen e ngjarjeve, e aq më tepër t'i shpjegonte. Të menduarit e bënte t'i thernin kockat.

Por, më shumë se çdo gjë tjetër, atë e bënte të vuajë kujtimi i Plakut. Ai syri i tij që lotonte pa pushim e që të qepej pa mëshirë. Të thyheshe në luftë e të bëheshe lodër e tjetrit, Plaku nuk ta falte kurrë. Për sa mbante mënd Ganiu, çeta e Plakut gjithnjë kish fituar. Plaku e godiste armikun atje ku donte vetë. Fitonte. Godiste prapë në një vend tjetër dhe gjithnjë tërhiqej në kohë.

Ganiu u ngrit të pijë ujë në liqen, se etja e zuri në grykë njëherësh. Piu e piu gjatë, pastaj përveshi mëngët dhe filloi të lahej. Të dy vullnetarët ndiqnin me shqetësim lëvizjet e tij.

Liqeni shtrihej si një pjatë me vaj. As më e vogla lëvizje nuk dukej në sipërfaqe. Poshtë nën ujë, përkundeshin hijet e mbrëmjes që lëshonte bregu. Pak nga pak, drita e kuqërreme u ngjit në faqen e Malit të Thatë dhe shkëmbinjtë zbardhën mbi liqen për të fundit herë.

Befas, disa krisma pushkësh çanë ajrin. Pastaj disa

të tjera. Krismat vinin matanë Pogradecit, nga Starova. Kaluan pak minuta e pushka u ndez më të djathtë, nga Zervaska.

Po shtien mbi njerëzit tanë, - tha njëri prej vullnetarëve.

Kush shtie? – pyeti tjetri.

Et'hem Starova me rebelët.

Lufta u përhap matanë kodrave dhe për së gjati rrugës. Njerëzit e Et'hem Starovës shtinin mbi vullnetarët. Pritat i kishin ngritur me kohë dhe tani që gjahu u erdhi në shteg, i binin pa mëshirë.

- Ju shikoni se mos vjen njeri nga mbrapa, - u tha dy vullnetarëve Ganiu. – Kur të vërshëllej unë, nisuni drejt përpara.

Ai mori pushkën në dorë dhe eci me çap të shpejtë anës së rrugës. U kujtua se ndodhej aty për të mbrojtur tërheqjen e batalionit, prandaj nuk duhej të humbiste më asnjë minutë. Ishte duke kapërcyer rrugën për të dalë nga krahu tjetër, kur dy pushkë plasën nga dritaret e një shtëpie fare pranë. U mbështet pas një muri dhe ndenji në pritje. Qëlluan edhe nga një shtëpi tjetër. U shkëput nga muri e u hodh pas një peme, që t'i kish dritaret përballë. Shtinin lart mbi kokën e tij dhe kjo nuk kish asnjë kuptim.

- Hidhi armët , - thirri një zë.

- Dorëzohu, mos u prish, or djalë, - thirrën nga një anë tjetër.

U pa se shtinin për ta frikësuar, që ta zinin të gjallë. Pasoi një heshtje e shkurtër, gjatë së cilës Ganiu shikoi vendin rrotull e u bind se nga ai kurth, nuk mund të dilte. Vdekja kërkonte nënkomandantin tjetër të batalionit.

- Mua më thoni të dorëzohem, or qena! – u përgjigj ai. – Ja kështu dorëzohet Gani Butka! - ai ngriti pushkën dhe e zbrazi mbi një nga penxheret. Shtiu të pesë fishekët duke marrë shenjë, sa në një penxhere në një tjetër. Dhe çdo herë kthente kokën mbrapa se mos e goditnin andej. Punonte shpejt. Kur po nxirrte fishekët e tjerë, një plumb e mori në supin e majtë dhe pushka i ra nga dora. Krahu iu njom e iu ngroh. Po e qëllonin nga tri katër shtëpitë më të afërta. E ngriti pushkën dhe e drejtoi, por një plumb i dytë e dogji në ije. Vuri dorën në plagë dhe ra në gjunjë, pastaj e hoqi nga plaga dhe nxori koburen. Qëndronte në gjunjë pranë pemës, në vend të hapët, pa mbrojtje. Me atë fuqi që i mbetej, mori shenjë në të turbullt dhe i zbrazi të katër fishekët një nga një. Tani nuk shpëtohej më. Kish vetëm një dëshirë, të qëndronte sa më gjatë, të fitonte kohë dhe të paktën të shihte një herë me sy ata që e mbërthyen atje në vend, duke i prerë këmbë e duar.

Plumbi i tretë i erdhi nga mbrapa dhe e goditi në mes të shpatullave. Desh të kthente kokën për të parë se kush po shtinte nga ajo anë, po koka nuk iu bind. Ajo iu var mbi gjoks, dhe krahët iu prenë. Gurët e vegjël të rrugës filluan të sillen rrotull para syve të tij. Në krye ngadalë, pastaj gjithnjë e më shpejt. Vërtiteshin e vërtiteshin pa pushuar. Toka ish e fortë, po ajo e tërhiqte poshtë dhe ai deshi të shtrihej më çdo kusht. Dy herë e uli ballin gjer në tokë, sikur po i falej për të fundit herë, të tretën ra pa frymë. Ai kish vdekur në gjunjë.

* * *

Lajmi i thyerjes së batalionit u dha në Korçë të nesërmen në mëngjes. Në Kolonjë vazhduan të jepen mandata fshat më fshat e derë më derë. Veç Zalos e Ganiut, në Pogradec mbetën të vrarë 60 vullnetarë të tjerë. Nuk qenë të paka ato familje që morën nga dy mandata. Dy korriku 1914 u bë për Kolonjën dita e një gjëme të paparë. Ndërkohë, çetat që mbeteshin në Qarkun e Korçës, u hodhën me shpejtësi në front. Lufta filloi përsëri. Kur dëgjuan grekët se batalioni në Pogradec u shpartallua, se Ganiu e Zaloja mbetën të vrarë, filluan sulmin me këngë e valle.

Në Korçë hyri paniku. Prefektura po mblidhte plaçkat. Një shumicë qytetarësh morën drejtimin e Vlorës dhe Beratit, të tjerët lëvrinin rrugëve si të hutuar. Vetëm majori Spenser nuk e prishi qetësinë. Për gjithë natën ai shtypi disa qindra copë kartëvizita, në të cilat ish shkruar me germa të mëdha:

"UNË NUK DORËZOHEM"
GANI BUTKA

Për t'i njoftuar Plakut vdekjen e Ganiut, shkoi një delegacion nga parësia e Korçës me pesëmbëdhjetë veta. U printe Abdyl Ypi, Themistokli Gërmenji e Mihal Gramenoja. Ata u nisën së bashku nga Prefektura dhe u drejtuan në shtëpi të Avdullah Myteveliut. Në pragun e portës, hoqën kapelat dhe hynë kokulur.

I pari foli Themistokliu. Ai tha se luftën në Pogradec e kishin humbur, batalioni qe shpërndarë dhe Ganiu qe hedhur në Malet e Mokrës. Plaku që ish ngritur në këmbë, dëgjonte me vëmendje. Ai uli kokën, u mendua pak, pastaj tha se nuk besonte që Ganiu të kish rënë rob dhe as të kish ikur nga lufta.

- Kjo nuk ka të ngjarë, - tha Plaku. - Po, - tha ai prapë, ndërsa në dhomë sundonte heshtja, - Ganiu ka mbetur i vrarë.

Meqë asnjeri nuk e kundërshtoi, Plaku u sigurua se ashtu ish vërtet dhe Atëherë mori frymë.

- Të rrojë Shqipëria, - tha ai.

Ganiu, i rënë në fushën e luftës, mbetej përjetë biri i tij dhe asgjë nuk ja shkëpuste nga shpirti.

- Urdhëroni e rrini, - bëri me dorë Plaku. Ai priti në këmbë derisa të zinin vend miqtë, që të mos thoshte njeri se s'po e mbanin gjunjët. Muhabeti nuk ecte, fjalë ngushëllimi nuk gjendeshin.

Kur i lanë shëndenë miqtë, Plaku u kthye në shilte të tij dhe ndenji të mendohej. Njërin sy e kish të lidhur, tjetrin të ngrirë si një copë xham pa jetë. Ganiu ish më i miri i djemve, më i miri luftëtar. Fati po tregohej i pamëshirshëm, i vuri kazmën, e theri në kockë. Kur sillte ndërmend vdekjen, dhe kjo i ngjante shpesh herë, ai thoshte se pas vetes linte Ganinë. Punët e Sali Butkës do përtëriheshin, nuk do mbeteshin përgjysmë, armiku do mendohej mirë para se të shkelte në Kolonjë. Tani ai plak i sakatuar, katandisur më keq se një kërcu i prerë, gjendej fill i vetëm në krye të një radhe çiliminjsh. Si do

170

t'i bënte ballë jetës, pa dritë e pa shpresë.

"O zot merrmë", - u lut Plaku. Ai filloi të rënkonte me ndërprerje të rregullta, sikur numëronte diçka. Kish mbërthyer syrin në një lule të qilimit shtruar në dysheme dhe dëgjonte rënkimin e vet. Nuk ndjente asgjë tjetër. E duke kaluar koha, rënkimi iu dendësua, gjersa i zuri frymën. Dikush hyri ngadalë, i vuri përpara një filxhan kafe dhe i tha ca fjalë, po ai e pa njeriun në sy e nuk kuptoi. Koka i ulej gjithnjë më poshtë. Shumë herë pandehu se po i ndalej zëmra, se qielli po e mëshironte më në fund. Ai u ngrit në gjunjë.

- E çfarë tjetër më mban mua mbi tokë? Përse të hiqem zvarrë e të bëhem gazi i botës?

Kështu murmuronte me zë të ulët dhe mëndja iu errësua fare. Ai luftoi me dëshpërimin dhëmb për dhëmb dhe vuajti nga mëngjesi deri në drekë, aq sa mund të vuajë njeriu një jetë të tërë.

Aty qëndroi. Se shpirti ish ngulur thellë në atë trup të pakët dhe asnjë goditje nuk mund ta vinte poshtë.

Atij i mbetej Shqipëria. Duhej të duronte e të hiqte edhe më, që të mos thoshte armiku se fati e dërmoi Sali Butkën.

Ai hapi defterin e vjershave dhe i shkroi të birit një këngë. E pyeste me zë, se ku i kish marrë ato plumba, e drithërohej duke pritur përgjigjen e tij. Pastaj lyente majën e kalemit në buzët e thara dhe shkruante se plaga që merrej për Shqipërinë, ish shpërblim për jetë e jo plagë.

Ashtu kish shkruar për Iljazin e për Nasi Spiron; ashtu kish shkruar për gjithë shokët dhe luftëtarët e tjerë. Kur e quajti të kryer atë punë, mori bastunin dhe doli në rrugë. Me hap të qetë, u drejtua nga kafeneja.

- Ta shikoje, - thoshte Themistokliu, - të rrëqethej shtati. Kalonte rrugës fatkeqësia dhe vetëmohimi. Me hap të rregullt, që i bënte ballë pleqërisë, ai shkonte përpara si njeriu që mund të arrijë gjer në fund të botës. E shikonin njerëzit me druajtje dhe pyesnin në dinte gjë ai plak për mynxyrën që e kish pllakosur, po asnjeri nuk e ndali.

Kur hyri në kafene, i hapën rrugë e i bënë vend të ulej. Aty kish ardhur më parë majori Spenser, që merrej me shpërndarjen e kartëvizitave. Kartëvizitën me parullën e fundit të Ganiut, Spenseri ia dorëzonte çdo njeriu që takonte në rrugë. Kur pa Plakun, i shtrëngoi dorën në heshtje, pastaj nxori një kartëvizitë që e mbante veç nga të tjerat dhe iu lut ta pranonte. Në anën e prapme të kartëvizitës ishin shkruar këto radhë: "Gani Butka ka qënë miku im. Është nder i madh të jesh mik i Heroit. Për kujtim e me respekt familjes". H. SH .Spenser.[13]

Në shkrimin e botuar në gazetën "Dielli", në Amerikë, më datën 16.10.1914, Spenseri shkruan: "Ndodhesha në Trieste me shërbim, kur ministri amerikan më dërgoi në Shqipëri për të shikuar në vend dhe për të përpiluar një raport analitik mbi gjendjen dhe ngjarjet e kohëve të fundit në Shqipëri. Me të mbërritur në Shqipëri, fillova menjëherë të interesohesha dhe të informohesha mbi problemet e Shqipërisë së ngratë... Kur plasi kryengritja në Korçë, unë kisha kohë që po qëndroja aty me gjindarmarinë shqiptare dhe me oficerët holandezë,

---

13 Herbert Shervood Spencer

me të cilët morëm në dorëzim qytetin nga grekët. Me fillimin e kryengritjes së andartëve dhe të grekëve të fshehur, unë mora përsipër komandën e një grupi vullnetarësh, të cilët luftuan shumë mirë. Më në fund grekët dhe grekomanët i mundëm ligsht, kapëm dhespot Jakovin dhe disa grekomanë korçarë, të cilët i çuam të burgosur në Elbasan. Shqiptarët janë trima luftëtarë të mbaruar, por disave u mungon patriotizmi. Bëmë edhe ca luftëra të tjera me ushtrinë greke dhe i copëtuam. Në fshatin e gjeneral Gani Butkës luftuam gjashtë javë duke vrarë 40 dhe plagosur 65 grekë. Si oficer me përvojë, e kisha kuptuar menjëherë se Gani Butka ishte një gjeneral praktik i mbaruar. Kishte edhe të tjerë luftëtarë si kapedanët Sali Butka e Kajo Babjeni, por trimëria, guximi dhe patriotizmi i gjeneral Gani Butkës më bëjnë të mos e harroj kurrë. Gani Butka ishte bërë vëllam me mua d.m.th. kishim pirë gjak nga njëri-tjetri, sipas zakonit shqiptar; E shikon këtë unazë me shkabën në mes të saj që unë e mbaj në gisht? Po, ta them unë. Këtë unazë e kam dhuratë nga Ganiu, Është shenjë vëllazërie dhe unë sa të rroj, s'do ta heq kurrë nga gishti. I ndjeri Gani s'ndahej prej meje, por edhe unë vetëm tek ai kisha besim. Po fati i keq i shqiptarëve, se përveç grekëve, u ngritën kundra nesh myslimanët fanatikë. Në atë kohë morëm urdhër që të niseshim nga Korça për në Pogradec kundra kryengritësve. Këtu gjeneral Ganiu tregoi trimëri të madhe dhe kryengritësit i ndoqëm si galat. Po Ethem bej Starova vajti në çdo fshat të Gorës duke u thënë njerëzve të pamësuar të ngriheshin kundra qeverisë dhe

173

se gjindarmët kishin shkuar gjoja për t'u ndërruar fenë. Kësisoj fshatarët u ngritën me shumicë dhe na rrethuan likësht. Bëmë luftë të përgjakshme, por u mundëm. Disa prej nesh shpëtuan, ndërsa të tjerët u vranë. Heroizmi i gjeneral Gani Butkës në atë luftë nuk mund të tregohet as me gojë dhe as me pendë. Kryengritësit i kërkuan të dorëzohej, por vëllai i im u tha: "Nuk dorëzohem!" dhe pasi vrau disa prej tyre me revolverin e tij, vdiq duke qeshur, me flamurin e Shqipërisë në dorë. Gani Butka ishte petrit, ishte trim i trimave".

* * *

Pas dy ditësh, greku pushtoi Korçën dhe gjithë fshatrat, gjer tek ura e Maliqit. Në anën tjetër të urës, pesë metra më tutje, qëndronte roja i kryengritësve. Ushtarët grekë i ftuan kryengritësit të bënin një fotografi së bashku dhe ata pranuan me gëzim. Në ato kohë fotografia ish një çudi e madhe. Ajo fotografi tregon se në njërën anë të urës valonte flamuri i kaltër me vija të bardha, në anën tjetër flamuri i kuq me gjysmë hënë. Shqipja e zezë kish fluturuar lart në qiell!

ODISEA

Dëshpërim për Shqipërinë,
Zemëra ime më piku,
Po thërres në Perëndinë,
Se të drejtat shkel armiku.

S. BUTKA

Me familjen e Plakut u bashkuan në Qatrom edhe të tjerë. Tetë mushka të ngarkuara rëndë dhe nja 40 shpirt më këmbë.

Nëntë burra përcillnin karvanin: Plaku, Myftari, Muharemi, i nipi Hysen Nikolica, tre të kunetërit e tij Nuriu, Dervishi e Izet Kozeli, Sejfulla Maluka, që ish krushk i shtëpisë dhe Dilaver Lubonja, një luftëtar i vjetër.

Rruga e muhaxhirllëkut të shpinte në Vlorë. Do gjenin shpëtim apo do binin në dorë të armikut, vetëm fati kish të bënte. Plaku vuri rregulla të forta në udhëtim dhe gjatë ditës karvani nuk ndaloi asnjëherë.

Kur po kalonin fshatin Gjonomadh, i qëlluan

me gurë fëmijët që ishin fshehur mbrapa gardheve. Nga penxheret e disa shtëpive u thirrën: "Padisha çok jasha!"[14] Ata shfaqeshin në penxhere sa për të thirrur dhe zhdukeshin prapë, se Sali Butka i mundur e i dërmuar hiqej zvarrë, po nuk dihej se kur i delte shpirti.

Muharemi e Nuriu hoqën pushkët nga supi, po Plaku i pa me kohë dhe i ndaloi. Çdo gjë ecte së prapi. Deri në Gjonomadh kish bërë vend propaganda e agjentëve të Turqisë. Plaku i shikoi me radhë penxheret e atyre shtëpive, duke u ngulur mirë atë syrin tek dhe qeshi me vete. Nuk i kish ndodhur ndonjëherë ta zinin me gurë. Ai u betua t'i ndëshkonte ata burra, sa për t'i sjellë në vete, po kjo do bëhej kur t'i vinte koha.

Dhe koha erdhi nja dy vjet më pas. Në vitin 1916, Plaku u kthye në Gjonomadh si komandant i çetave vullnetare. E shëtiti fshatin kaluar në mushkë dhe burrat e atyre shtëpive i mblodhi të gjithë në lëmin e fshatit.

- Pa na thoni, or shqiptarë të dheut, a e kërkoni më padishanë? – pyeti Plaku.

Shqiptarët e dheut rrinin aty si të shastisur.

- I lidhni mirë me tel! - urdhëroi Plaku.

- Mos na merr më qafë, or kapedan, se na shtyu shejtani, - foli njëri prej tyre.

- Nuk thërritëm ne, po gratë e çiliminjtë, ejvalla, - foli një tjetër.

- O oo... ejvalla, mashalla. Bilahi, unë s'përzihem me gratë. Tani do t'u heqim një dajak të mirë, që t'u dalë padishahu për hundësh. Filloni djema.

---

14 Rroftë Sulltani (turqisht).

Atëherë filloi stërvitja e nxjerrjes së padishahut nga lëkura dhe dy të parëve u takuan nja pesëdhjetë shkopinj kurrizit e vitheve. U tund lëmi i fshatit nga të thirrurit. Disa gra në shtëpitë e afërme vunë kujën, se u hap fjala që Sali Butka po i rripte burrat së gjalli. Plakut filloi t'i dhëmbë kurrizi. Ai u lëkund, u zbut dhe gati u mallëngjye. Ju duk se po e tepronte.

- Mjafton, - tha ai dhe u ngrit nga vendi, pastaj shkoi t'u japë dorën burrave me radhë.

Çdo gjë mbaroi shpejt. Padishahu u përzu larg nga fshati, burrat u kthyen nëpër shtëpitë e tyre të lehtësuar dhe disa e morën hakën te gratë. Pastaj Plaku u pajtua me fshatin dhe shumë gjonomadhas hynë në çetat e tij që të nesërmen.

Kjo ndodhi në vitin 1916. Po dy vjet më parë, ditën e tërheqjes, Plaku kalonte nga fshati me dhëmbët shtrënguar.

Darka e zuri karvanin në lëndinat matanë Voskopojës. Burrat shkarkuan mushkat dhe gratë ndezën zjarrin të gatuanin pak gjellë për herë të parë në ato ditët e fundit. Të mëdhenj e të vegjël punonin në heshtje.

I mbështetur në bërryl e i mbështjellë me gunë, Plaku rrinte shtrirë rrëzë një guri, symbyllur. Frynte një erë e lehtë, po jo aq sa të mbërtheheshe me gunë. Plakut i shkonin përbrenda disa rrëqethje që nuk vareshin nga moti.

Kur u vra Iljazi, Plaku nuk qau po këndoi. Atë plagë e shëroi duke e lëpirë me gjuhë. Kaluan dy vjet me luftëra e mundime që as tregohen, as mbahen mënd. U vranë shokë e djem të zgjedhur, u dogj shtëpia, u prish e gjithë pasuria. U pa puna se edhe syri iu verbua. Plakut

177

iu ngushtua zëmra dhe shikoi rrotull tij. Ish mësuar t'i gjendej pranë Ganiu.

Ai u mundua të sjellë parasysh një Gani të shtrirë e të mbuluar me baltën e zezë, po s'qe e mundur. Me ata sy që lëshonin çika stralli, me atë pushkë të bekuar në dorë, Ganiu rrinte pak më tej dhe përgjonte Plakun. E sa herë që Plaku kthente kokën, Ganiu tretej në errësirë për të kaluar gjetkë. E ndjente se ish atje, dhjetë hapa më tutje, por nuk e kapte dot me shikim.

- Të qoftë dheu i lehtë, or bir! – tha Plaku.

Që të largonte nga sytë atë pamje të rreme, ai brodhi mendjen mbi Kolonjë e Korçë e i doli përpara pushtuesi grek, që po lëronte tokën me atë feçkën e tij prej derri. Mesin e Shqipërisë e pushtoi Esati. Së largu vinte era pisllëk e djersë. Në Durrës qeveriste një mbret i huaj, veriun po e shkelte serbi.

- Haj medet, o Zot, - tha Plaku, - si do vejë ky halli ynë? I ankohej qiellit të zbrazët. U ngrit ndenjur dhe nxori kutinë e duhanit.

Po nuk qe thënë të prehej atë ditë. Në Voskopojë plasi pushka. Gjysmë ore më parë kish dërguar atje Izet Kozelin dhe Muharemin të merrnin dy kafshë me qira, se gratë nuk ecnin dot më këmbë.

U ngrit bashkë me Dervishin dhe u nisën drejt fshatit. Burrat e tjerë i la të ruajnë karvanin.

Dervishi vraponte përpara. Vraponte edhe Plaku. I merrej fryma e i buçiste koka, po prapë vraponte si njëzet vjet të shkuara. Kish merak se mos i vriteshin djemtë.

Në të hyrë të fshatit, ata panë Muharemin dhe Izetin që

kishin zënë vend pas një muri të rrëzuar e po qëllonin mbi dy a tre shtëpitë e para. Nga ato shtëpi i ranë edhe Plakut. Qëllonin keq. Plumbat binin anash, 7-8 metra më tutje.

- Bjeru atyre penxhereve atje, - i tha Plaku Dervishit dhe vetë shtiu mbi një shtëpi të lartë me tre penxhere. Nëpër parvaze kishin vënë disa saksi me lule, lyer me gëlqere të bardhë. Nja dy plumba vërshëllyen fare pranë. Zjarri po drejtohej, shtinin edhe nga disa shtëpi të tjera. Pa ditur shkakun, ata u gjendën në luftë me një mëhallë të tërë.

- Muharem, - thirri Plaku, - kthehuni mbrapa.

- Si të kthehemi, - u përgjigj Muharemi. – Ata po na shtien.

- Kthehuni mbrapa po ju them! – ulëriti Plaku dhe u drejtoi pushkën. Ata u tërhoqën ultas dhe mbas pak u gjendën pranë tij. – Shkoni drejt, - urdhëroi ai.

Njëherë u tërhoqën ata të dy, pastaj Plaku me Dervishin. Kaptuan një bregore të vogël dhe u gjendën në vend të mbrojtur. Aty Plaku qëndroi të çlodhet.

- Kush ju tha të hapni luftë në fshat? – pyeti ai.

- Ne trokitëm në derë për kafshë, - u përgjigj Muharemi, dhe në vend që të na e hapnin, na qëlluan me dogra. Porta u bë tym e gjitha. Plumbi i shkoi Izetit mu tek hunda. Atëherë ne i ramë shtëpisë.

- Shyqyr që shpëtuat, - foli Plaku me ironi. – Po zutë më dyfek me dorë herë tjetër, ju mora shpirtin. Dëgjuat apo jo. – Duke folur, ai u inatos edhe më tepër, kapi pushkën për gryke që t'i binte Muharemit me kondak në kurriz, pastaj u pendua, hodhi pushkën në sup dhe shkoi përpara.

Të nesërmen karvani u nis pa gdhirë dhe në pasdreke arriti në Berat, në Qafë të Dardhës. Rrugës takuan karvanë me muhaxhirë. Greku kish pushtuar shkëmbin e Miçanit dhe shpejtonte të dilte në Qafë të Martës. Muhaxhirët shkonin të tmerruar. Ata u qanë te Sali Butka se i kish zënë greku në rrugë, i kish rrahur e nuk u kish lënë gjë pa u marrë.

Plaku dëgjonte qarjet e tyre hipur në mushkë dhe pikëllimi i rëndoi në zëmër. Pikëllimi nuk paskej fund. Po muhaxhirëve u duhej dhënë zëmër.

- Nderin! nderin! – thirri ai. – A ju kanë prekur në nder?
- Jo, jo, - thanë muhaxhirët, - në nder nuk na nganë.
- Asgjë nuk kini humbur, - foli prapë Plaku. – Shpejtoni përpara dhe dalçi faqebardhë. Të tjerat do ndreqen.

Thoshin se Beratin e kishin zënë kryengritësit. Domethënë rruga ish mbyllur, po edhe mbrapa rrugë s'kishte. Plaku vendosi ta linte karvanin atje e të nisej për në Berat vetëm.

Ai po hiqte pushkën e gjerdanin dhe i dukej vetja gjysmë i zhveshur. Dikush tjetër po kalonte rrugës. Shkonin kokulur, sikur nuk donin të tregonin fytyrën, po Dilaver Lubonja, që rrinte pranë Plakut, i njohu. Ishte Dajlan Bej Qafëzezi vetë, i përcjellë nga të bijat dhe dy shërbëtorë. Të shoqen e kish humbur në Panarit të djeshmen në darkë. Ajo kish rënë në përrua dhe mbeti e plagosur atje, se i shoqi nuk kish kohë ta priste. Dajlan Benë e ndiqte pas çupa e madhe, që mbante në duar një vazo me lule.

E ku po i çonte karafilat e bija e Beut? "Shpejt do thahen karafilat", thoshin njerëzia, "se paratë e verdha brenda në vazo nuk mbajnë ujë".

Po Dilaveri nuk kish mëndje të shikonte lulet.

Vrasësi i të vëllait nxitonte mushkën që t'i shpëtonte syrit të tij. Dajlan Beu hiqej rrugëve që të arrinte në Vlorë e të hidhej akoma më tej, sa më larg luftës.

Dilaveri mori pushkën, po Saliu i mbajti krahun.

- Dua t'i ha mishin e t'i pi gjakun, lermë! - tha Dilaveri.

- Ne nuk hamë mish qeni, - iu përgjigj Plaku. – Burrat vdesin nga plumbi. Ai s'e ka hak atë vdekje. Lëre të hiqet rrugëve e të ngordhë në sy të botës.

Dilaveri mblodhi veten dhe qëndroi. Kishte të drejtë Saliu. Ai duhej të vdiste çdo ditë nga pak. Mirëpo hieja e Ramizit të vrarë shkonte fill pas gjurmëvë të mushkës së beut. Ajo do ta ndiqte atë deri në varr.

Plaku zbriti poshtë rrugës së Beratit. I dukej vetja si çunak i porsaliruar nga shkolla. Nuk mbante armë në sup dhe nuk kish njeri për të komanduar. Zbriste me qejf dhe ish gati të udhëtonte shumë orë me radhë. Po i dilte rrezikut përpara i pambrojtur. Po ta ndalonin nuk kish shumë llafe për të bërë. Një fishek, dy, tre, mundësisht katër dhe të pestin për vete. Atëherë do ulej të çlodhej përgjithnjë.

Kur doli mbi Berat, ndjeu se i ish tharë pështyma në gojë. U ndal në anë të rrugës të hante manaferra, po ishin të pabëra. Ai shikoi urën dhe luginën poshtë. Më të majtë, atje tek zbardhëllenin Malet e Salarisë, mbetej ajo copë Shqipëri, për të cilën do të ecte, gjer sa të vinte dita e gjyqit të fundit; tej, atje ku ish Durrësi e shtrihej deti, ish një Shqipëri tjetër. Atë e qeveriste princ Vidi, që duhej mëkuar me qumësht.

Po atë luginë e atë fushë që kish përpara e që duhej ta kalonte, kush e qeveriste tani vallë?

181

Për të parën herë pas shumë muajve me radhë, iu kthye besimi i vjetër se të gjitha do të kalonin, po Shqipëria do të mbetej:

Nga përrenjtë nuk turbullohet,
Det' i madh i gjithësisë.

Atij iu kujtuan këto vargje që kish shkruar qysh në vitin 1909 e iu duk se Atëherë nuk ish thelluar në kuptimin e vërtetë të tyre. U mbush me frymë dhe duke marrë rrugën për të zbritur poshtë, tha me mëndje se nuk ish aq i dobët sa të hiqte dorë nga jeta.

Pa arritur te ura, u gjend befas para një patrulle. Dy civilë të veshur me shallvare e me qylafë të bardhë në kokë, rrinin me pushkët pranë këmbës e po e prisnin. Fjalët që kish dëgjuar se Beratin e kishin marrë rebelët, i dolën të vërteta.

Plaku rregulloi dorëzën e kobures në brez, që ta kish për mbarë dhe eci drejt tyre pa i përfillur. Ndoshta ajo sjellje e shpëtoi, se ata nuk dyshuan dhe e lanë të kalonte.

Në krye të urës i dolli përpara një patrullë tjetër. Ata i kontrolluan xhepat dhe e pyetën se nga vinte. Ai që kontrollonte, e pa dorëzën e kobures dhe në të njëjtën kohë pa atë syrin e Saliut që nuk u tund fare.

- Lëre të kalojë, - i tha shokut.

- Avash një herë, - u përgjigj tjetri dhe i hodhi dorën Plakut në qostekun e sahatit. – Lëshoje këtë, - foli ai.

Plaku shikoi rrotull tij dhe bota që shndriste nga dielli iu duk pa jetë. Erdhi ai çast që kish menduar rrugës. Dy fishekët për patrullën dhe një për vete. Atje i punonte mëndja. Nuk donte të ikte. Donte të mbetej aty në mesin e urës. U tërhoq gjysmë çapi më mbrapa, që të mos i pengonin dorën dhe tha:

- Ky sahat bën një mexhite. Unë po të jap dy. Lëre sahatin se e kam kujtim nga babai.

- Mirë pra, mirë, - tha ai që kish parë dorëzën e kobures, duke hyrë në mes të të dyve.

Plaku pagoi të dy mexhitet dhe vazhdoi rrugën. Në anën tjetër të urës qëndroi. Të dy ushtarët po e vështronin. Ndofta njëri prej tyre mendonte se ai plak mund të ish lugati vetë. I erdhi keq për ta. Uli kryet, u bëri temena me dorë, pastaj u kthye e shkoi.

Në lagjen Murat Çelepias ai mori me qira një shtëpi të madhe me tetë dhoma. Oborri rrethohej nga një mur i lartë dhe porta ish e forcuar mirë. Shtëpia zotëronte gjithë lagjen.

Plaku pagoi një fshatar që të shpinte një letër në Qafë të Dardhës te njerëzit e tij dhe doli afër urës t'i priste. Në mbrëmje karvani i familjes së Plakut kaloi urën. Pushkët ishin fshehur në dyshekët me lesh lidhur në dengje. Librat e Plakut dhe uniformat e batalionit të vullnetarëve që mbanin djemtë, ishin lidhur në dy dengje të tjera. Sipër dengjeve rrinin kaluar fëmijë e gra të lodhur nga rruga.

Dhjetë ditë e dhjetë net ndenjën mbyllur burrat në shtëpi dhe çdo ditë u bënin pozicioneve përmirësime të reja. Pas dyerve, pas penxhereve, në nja dy frëngji të mureve, kudo që kish një dalje, ish vendosur një grykë

183

pushke dhe një trastë me fishekë. Numri i fishekëve i kalonte të dymijë copët. Plaku e ktheu shtëpinë në kala. Ushqimi i freskët mungonte. Vetëm lëng fasuleje me shumë pak kokrra. Nuk guxonte njeri të shkonte për ujë. Jashtë të rrihnin e të plaçkitnin. Herë sëmurej një fëmijë e herë një tjetër. Ditën e pestë vdiq vajza gjashtë vjeçe e Myftarit. Njerëzia po zverdheshin e po kalbeshin së ndenjuri në vend. Plaku i shikonte dhe bëhej grindavec pa punë.

Në mëngjesin e ditë së dhjetë kompanitë e kryengritësve filluan të lëvrijnë. Kish ngjarë diçka që i fuste në telashe të mëdha. Plaku dërgoi dy fëmijë të pyesnin e të dëgjonin dhe nëpërmjet tyre mori vesh se forcat e Qeverisë së Vlorës po sulmonin Beratin.

Gjithë atë ditë ai ndenji të përgjojë në penxhere. Kur u err mirë, thirri burrat dhe dolli në oborr. Me hekurat që gjetën në shtëpi, ata hapën në mure nga një frëngji për shok dhe zunë vend pranë.

U gdhi mëngjesi tjetër. Krisi pushka nja 500 metra larg shtëpisë së Plakut. Forcat qeveritare përparuan menjëherë. Ata që mbroheshin, u tërhoqën në rrëmujë. Qëndronin vetëm ata të kalasë sipër, që pengonin me zjarr përparimin e trupave të qeverisë.

Por Plaku nuk kish nge të ndiqte zhvillimin e betejës. Ai shikoi nëpër frëngjinë e tij dhe pa kryengritësit që vraponin.

- Të mos shpëtojë këmbë prej tyre, - tha Plaku.

Kryengritësit kalonin aty me vrap. Nuk prisnin që t'i godiste njeri nga ajo anë. Plaku iu binte. Ata që plagoseshin ngriheshin prapë, po rrëzoheshin përsëri para frëngjisë tjetër, pa arritur të kalonin fushën e vdekjes.

Para frëngjisë së Plakut qëndroi njëri që i zbardhte paguri në brez. Ai shikoi të vrarët e të plagosurit rreth vetes dhe nuk po vendoste dot të shkonte përpara, apo të kthehej.

Si duket, shokët i bënë shenjë me dorë që të zhdukej nga ai vend, se ai u nis të hidhej përpara. Kushedi sepse, Plakut iu tek të shënojë tamam mbi pagur. Plumbi e mori tjetrin në vithe dhe ai eci çapraz, pastaj u rrokullis për tokë sikur t'ia kish prerë njeri të dy këmbët dhe sokëlliti me sa mundi: "Ja Abaz Ali!"

- Abaz Aliu nuk ndihmon rebelët, or mik, - i thirri Plaku mbrapa frëngjisë. U bë një heshtje e shkurtër.

- Ja Çukë e Tomorrit, - thirri i plagosuri, - ne nuk jemi rebelë, or vëlla.

- Qysh! – Plakut iu tha pushka në dorë.

- Hapni dyert shpejt! – ai u turr jashtë dhe aty pa se, pasi kishin kaluar trupat e kryengritësve, ata paskëshin qëlluar mbi forcat qeveritare që sulmonin. Zuri të kërcente nga një trup tek tjetri. Ndërmjet atyre që gjendeshin të shtrirë, kish shtatë të plagosur dhe tre të vrarë nga të forcave qeveritare. Plaku u bë helm e vrer.

- Ngrejini shpejt, - tha ai, - dhe sillni çarçafë.

Në oborr u shtruan dyshekë e çarçafë dhe gratë filluan të mjekonin të plagosurit e t'u bënin njëmijë shërbime. Plaku shkonte nga një i plagosur tek tjetri. I vinte të kafshonte duart nga marazi. Ajo e keqe nuk kish të ndrequr.

Në kohën që ai merrej me të plagosurit, Dervishi

185

e Muharemi veshën uniformat e batalionit dhe fshinë e pastruan gradat. Pastaj të dy togerët dolën në rrugë dhe atje u takuan me Hasan Qinamin që vinte drejt tyre. Hasani ish edhe ky një muhaxhir i fshehur, dhe nga gëzimi që shpëtuan, po vraponte të puthej e të qafohej me gjithë botën. Mirëpo një cifël plumbi e goditi Hasanin në kokë dhe disa plumba të tjerë ranë aty pranë, duke ngritur çika guri. Shtinin kryengritësit nga kalaja. Ata të tre u kthyen në shtëpi, dhe pasi i bënë Hasanit një mjekim të lehtë, dolën përsëri bashkë.

Nuk dëgjohej më asnjë pushkë. Ata ecnin krah për krah me hap të plotë dhe në një farë vendi ia morën këngës. Tek ura, panë një kompani ushtarësh që vinte drejt tyre me armë në dorë. Prenë këngën dhe qëndruan të habitur. Kompania bëri në shesh të hapët një manovër rrethimi dhe, pasi i vuri në mes, oficeri i kompanisë i urdhëroi të dorëzojnë armët. Kur pa sa shpejt e mirë vepruan, Muharemi u gëzua. Ja, ata ishin ushtarët e Qeverisë, të stërvitur e trima. Që donin t'i çarmatosnin, sigurisht do ish një keqkuptim. Mirëpo më kot u mundua Hasani e Dervishi t'i shpjegonin oficerit se ishin vëllezër e jo armiq. Oficeri nuk tundej.

- Ne do shkojmë përpara, - tha Atëherë Dervishi, - armët nuk i hedhim, hajt të vemi në Prefekturë.

Ata të tre përpara dhe kompania përreth, mbërritën në Prefekturë. Sapo kish marrë fuqinë prefekti i ri. Ai u hoqi armët dhe i futi në birucë që atë çast.

Lajmi i burgosjes së djemve i vajti Plakut menjëherë.

Veçse ai nuk kish kohë të dilte. Disa miq të shtrenjtë

ja kishin gjetur derën. Çerçiz Topulli, Mihal Gramenua dhe komandantët e tjerë të forcave qeveritare, kishin marrë vesh se Plaku ndodhej në Berat. Ata kishin shkuar ta ngushëllonin për Ganinë e të gëzoheshin së bashku për çlirimin e qytetit.

Sa fort qafoheshin burrat qëmoti!

U puthën e u qafuan të paktën nga tri herë për shoq. Kur miqtë u larguan, Plaku vajti në Prefekturë të merrte vesh për djemtë. Prefekti i bëri nderime të mëdha, po djemtë nuk ja liroi. E përcolli duke i thënë se puna do rregullohej të nesërmen, pasi çështja e vullnetarëve të vrarë gabimisht, peshonte rëndë.

Po koha nuk priti që puna të rregullohej me të mirë. Të nesërmen trupat kryengritëse u kthyen me forca të mëdha e iu afruan qytetit. Plaku shkoi tek prefekti për së dyti, po prapë ai desh ta linte punën për ditën tjetër. Plaku i thoshte se po t'i linte djemtë në birucë, do t'i zinin kundërshtarët të gjallë. Prefekti i lutej nga ana e tij t'i jepte edhe një ditë afat. Atëherë plaku u ngrit më këmbë dhe tha shkurt e me zë të ulët:

- Djemtë i dua tani, këtë çast.

Jashtë, tek dera, priste Myftari, Nuriu e Hyseni. Meqë nuk mbetej vend për bisedime, prefekti dha dëftesë të liroheshin djemtë dhe Plaku u ngrit e shkoi.

* * *

Nga Berati në Vlorë, karvani i Plakut udhëtoi bashkë me forcat qeveritare në tërheqje. Udhëtoi me shokët e vjetër, pa u ngutur e duke u çlodhur gjithsaherë që s'e ndjente veten mirë. Ditën e dyte u sëmur djali trevjeçar i Myftarit. Plaku i liroi të kunatës mushkën dhe vetë eci më këmbë.

Herë pas here ai afrohej të shikonte fëmijën e sëmurë dhe tek e shihte, sëmurej dhe vetë. I hiqte shaminë dhe përgjonte një copë herë atë fytyrë të vockël, kockë e lëkurë. Sytë e zmadhuar të foshnjës shndrisnin si sytë e një njeriu të regjur e të vuajtur. Të shikonte me ankth e shpresë. Rënkonte. Duhej të afroje veshin që të dëgjoje ankimin e tij të mekur. Plaku nuk duronte dot. I fshinte djersën e gushës me shami dhe i fliste të kunatës se gjoja ajo nuk e mbante mirë në duar. Pasi i fliste, e ndjente veten edhe më keq. Atëherë ulej në anë të rrugës dhe dridhte një cigare.

Të nesërmen foshnja vdiq në duart e së ëmës. E thirrën Plakun dhe ai pa me çudi se si e kish bërë vdekja punën e saj. Pikë për pikë ja kish thithur jetën, heshtur nën lëkurë. As shprehja e fytyrës nuk i kish ndryshuar foshnjës. Vetëm sytë. Sytë i kishin marrë një pamje të keqe.

Plakun e kapi një trishtim që s'i gjendej ana. Nuk besonte se ajo fëmijë e pamëkëmbur do t'i bënte aq përshtypje të madhe. Në Teqenë e Gllavës hapën një varr tri pëllëmbë të thellë dhe e mbuluan foshnjën të veshur siç ish. Babai i teqesë nuk kundërshtoi. Muhaxhirët s'ua kishin vaktin zakoneve.

Darka i zuri te rrapet e Damsit, në Tepelenë. Hëngrën bukë e djathë dhe ranë të flenë. Plaku përgjonte.

Ai u mundua ta harrojë fëmijën e vdekur dhe të

lehtësojë disi peshën që i rëndonte në shpirt. Dy sytë e zinj e të mëdhenj të fëmijës rrinin pezull aty përpara tij. Nuk luteshin më, dukeshin të menduar dhe sikur të qortonin për diçka. Plaku u kthye nga ana tjetër, po nuk u nda dot prej tyre. Atëherë ai mendoi se ndofta e kish tepruar zullumin. Rrallë herë ish kujtuar për gratë e për fëmijët, se nuk e linin andrallat e tjera. Dhe iu shfaqën parasysh vuajtjet dhe dhembjet e patreguara që hiqnin ata, duke shtegtuar pas tij e megjithatë nuk ankoheshin kurrë.

- Një zot e di ç'po heqin, - tha Plaku me vete. – Duhet të pushojnë. – Sytë e foshnjës i kishin bërë vend brenda në shpirt.

* * *

Në Vlorë u duk sikur hë për hë hallet mbaruan. Plaku kish të njohur atje dhe me gjithë trazirën që sundonte në qytet, mundi të rregullojë një shtëpi të bollshme.

Sa filloi të çlodhet nja dy ditë, dhembja e syrit iu kthye me forcë të re dhe reumatizma nuk e linte të qetë. E vizituan me radhë të tre doktorët e qytetit, po asnjëri nuk mundi ta ndihmojë. Ata e këshilluan që të shkonte në Itali, se duke ndenjur në Vlorë, edhe po të shpëtonte nga vdekja, do të verbohej nga të dy sytë. Kështu Plaku hipi në një vapor të vogël, që kish sjellë miell për ushtrinë, e u nis të gjejë shpëtim në dhé të huaj.

Nga Vlora në Bari vete e vjen tri herë, duke udhëtuar me det të qetë, po Plakut nuk i ndihte fati. Pa kaluar mirë Sazanin, ujët e detit u errësua dhe vapori filloi të hidhej majë më majë. Furtunë në det si ato që tregojnë. Nja dy gra nisën të falen, ca të tjera po nxirrnin zorrët, burrat ishin bërë në fytyrë të bardhë si karta.

E shikonte Plaku këtë punë dhe e gjeti veten pa fuqi të ndërhyjë. Nuk ndizte dot as cigaren, po i vinte nakati. Që të mos turpërohej në sy të botës, i mbërtheu sytë në kamaren e sallonit dhe ndenji ashtu pa këmbyer fjalë me njeri. Si e telendisi vaporin gjer në drekë, deti pa pritur u shtrua fare dhe pjesa tjetër e udhëtimit shkoi si s'ka më mirë.

Në Bari gjendeshin plot emigrantë patriotë. Ata ishin të etur për lajme nga Shqipëria dhe u treguan të gatshëm ta ndihmonin të vendosej në një klinikë. I bënë vizitën e parë, pastaj të dytën dhe në mbarim i thanë se syri duhej hequr fare. Plakut i vajti dora tek syri, e fërkoi me keqardhje dhe tha se ish më mirë ta linin syrin atje ku ishte. Doktori tha se ashtu do prishej edhe syri tjetër.

Nxjerrjen e syrit Plaku e pranoi dhe doktori u bë gati pas dy orëve, po aty dolli një vështirësi krejt e papritur. Plaku nuk donte kurrsesi ta vinin në gjumë dhe as t'ia mpinin kokën me ilaçe.

- Në doni të nxirrni synë, zoti doktor, - tha ai, - nxirreni. Më tepër se sa ka dhëmbur, nuk do dhëmbë.

Doktori qeshi. Ai i shpjegoi të sëmurit se një punë e tillë nuk kish ndodhur kurrë. U ul në karrige dhe po mundohej të gjente ndonjë argument më të fortë, që ta bindte atë të sëmurë kokëshkretë. Plaku u ul nga ana e tij dhe priti në heshtje.

Kaluan nja dhjetë minuta. Atëherë doktori u ngrit, se e pa që mund të priste aty gjer në darkë dhe e shtyu operacionin për të nesërmen.

Në mëngjes, ai erdhi i shoqëruar nga dy kolegë të tjerë. I kontrolluan zëmrën dhe e vizituan mirë e mirë. Më në fund doktori e pyeti nëse qëndronte prapë në fjalën e djeshme.

- Tamam ashtu si dje,- u përgjigj Plaku.

Me sa dukej, ai kish frikë ta vinin në gjumë, se mos bërtiste a ulërinte si ujk, a kushedi se çfarë, gjë që do ta turpëronte në sy të të huajve. Më mirë të ish zgjuar, do duronte, do bënte si të bënte. Si u këshilluan pak me njëri tjetrin, doktori i parë mblodhi supet e i tha të bëhej gati. E futën në sallën e operacionit. I mbërthyen kapakët e syrit dhe filluan ta pastrojnë e ta gërmojnë me pinca. Ja nxorën syrin si kupë, i prenë e i lidhën damarët, i futën ilaçe dhe pastaj ja lidhën. As zëri më i vogël nuk doli nga goja e të sëmurit. Pikat e djersës rrokulliseshin mbi atë fytyrë të zbehtë, që ngjante më fort me fytyrën e një të vdekuri, por ai qëndroi siç kish premtuar.

Të nesërmen, gazeta "Corriere della Puglia" botoi një lajm, ku thuhej se një shqiptar kish nxjerrë syrin pa asnjë narkozë. Gazeta thoshte se një torture të tillë askush nuk kish guxuar t'i nënshtrohej me vullnetin e tij, se ky ish rasti i një qëndrese fizike të habitshme dhe i një stoicizmi mjaft të çuditshëm për ditët tona. Lajmi mblodhi në klinikë edhe korrespondentë të tjerë. Për këtë çështje shkruan edhe shumë gazeta të tjera të Italisë.

Të nesërmen Plakun e vizituan një grup emigrantësh patriotë. Në gazetën "Koha" të 28 shtatorit 1916, Mihal Gramenua shkruante nga Amerika:

191

"Atë ditë do mos e harrojmë kurrë! Vamë gjithë atdhetarët që ta ngushëllojmë, kur na thotë duke qeshur: "Mos kini frikë, or vëllezër, se mbeta me një sy, se nuk do ta turpëroj Shqipërinë, se kundër armiqve s'ka për të shkuar ndonjë plumb kot. Jo syri, po le të shuhen gjithë ç'kam, vetëm Shqipëria le të rrojë."

Dhe Mihal Gramenua u thoshte shqiptarëve anembanë: "Cili shqiptar, vallë, nuk mburret me emrin e këtij patrioti? Cili është ai që nuk ka dëgjuar emrin e Sali Butkës? Cili, vallë, mund të jetë ai që të mohojë patriotizmin e vërtetë, vuajtjet dhe theroritë e pashëmbullta që ka bërë Sali Butka mbi alltarin e atdheut?!"

" Se është historia kombëtare, e cila nuk mund të mohojë shërbimet e paçmuara të këtij patrioti."

"Rrebeshe mbi rrebeshe ranë mbi kryet e tij, po ai mbeti i patundur, zëmërçeliku".

Pastaj Mihal Gramenua shkruante në gazetën "Koha": "Vjershëtori popullor, Sali Butka, që prej 30 vjetësh është zëmra e lëvizjes kombëtare. Për trimërinë e tij dhe të bijve të tij, tregojnë më mirë andartët vetë, të cilëve u kalli datën. Qafa e Kazanit, përrenjtë dhe hendeqet mund të flasin, se ata janë mbushur me kockat e armiqve. Si në kohën e Skënderbeut, ashtu i korrte andartët Saliu. Vetëm emri i tij i këlliste tmerrin armikut".

* * *

Me syrin që i kish mbetur e që i lotonte pa pushim, Saliu u kërrus mbi defter dhe shkroi atë që i ndjente zëmra:

Ndë kohë të pleqërisë,
Më ardhë plagë të rënda,
Për shkakun e Shqipërisë,
Që s'u bë si ma kish ënda.

Plagët e trupit nuk i vinte në hesap. Të tjera halle e mundonin shpirtin e tij. Dhe posa i dolli një qarje nga goja, u pendua. Larg qoftë dobësia. Ajo u ngjitet burrave si krimbi frutës së shëndoshë. Se në mos ata, brezi tjetër do ta mbaronte punën e filluar:

Shqipëria do të bëhet,
Po, vallë, a do ta shoh unë?
Kush të dojë do të prëhet,
Pra, është e ditur kjo punë.

Kështu shkruante, si për të kuvenduar me vete, me shpresën se Shqipëria do të bëhej një ditë.

Plakut kishte filluar t'i dridhej dora, po i kalonte të 62 vjetët. Mirëpo datat e vjershave të tij na tregojnë se ai luftoi, qau e gëzoi për Shqipërinë edhe shumë vjet të tjera.

Pothuaj përditë niseshin vaporë për në Vlorë, po Plaku nuk gjeti dot vend sado bakshish që dha. Ministria e Jashtme e Italisë kish mjaft telashe në Vlorë edhe pa Sali Butkën. Atëherë ai kërkoi biletën për në Shkodër e ja dhanë menjëherë.

Mirëpo shpëtoi nga shiu e ra në breshër. Priti në Shkodër dy muaj që të nisej me det për Vlorë, po nuk pati fat. Erdhi dita që malazezët t'u afroheshin lagjeve të

193

qytetit dhe ai u detyrua të ngarkojë plaçkat në Bunë e të dalë përsëri në Bari.

Kush e kish njohur më parë Sali Butkën, tani do të habitej me të. Nuk fliste fare. I dridhej buza e poshtme, cigaren nuk e shuante kurrë. Nga hoteli në agjenci, nga agjencia në port, pastaj prapë në hotel. Po i mbaroheshin paratë. Nuk dihej a qenë gjallë fëmijët në Vlorë. Vinin lajme se qindra emigrantë vdisnin nën ullinjtë e Vlorës nga tifua e uria dhe aq shumë vdisnin, sa s'kishte kush t'u hapte varret.

Pas dy javësh i priu e mira. I dhanë biletë. Ai hipi në vapor me frikë në zëmër. Thosh me mëndje se mund ta nisnin për në Indi, ndofta në Amerikë, a në Australi, po sigurisht jo për Vlorë.

Skela e Vlorës. Në vapor u afrua një varkë. Edhe pak metra ujë dhe pastaj toka e fortë, e palëvizshme.

Atdheu. Kurrë ndonjëherë s'i kish shkuar ndërmend sa gjë e shtrenjtë ish për të ai breg i murrmë. T'i thoshte ndokush ktheu mbrapa ose kaloje me not, ai nuk do ish menduar. Drejt e brenda me gjithë rroba. Në mos dinte not, le të mësonte atje në ujë.

Po asnjeri nuk kish ndërmend ta ndalonte, përkundrazi, e shikonin me sy të mirë, bënin shaka me të. Një ushtar italian i dha dorën të ngjitej në skelë. Të mos kishin qenë ata atje, ai do shtrihej të puthte gurët e rrugës.

Gjithë njerëzit që shikonte i dukeshin të njohur, po nuk sillte dot ndërmend se ku i kish parë. Ecte e nuk ngopej së ecuri. Ja më në fund një i njohur i vërtetë. Xha Sulua nga Starja që shkonte kokulur me një trastë në krahë. E ngrinte trastën me mundim dhe ish anuar fare, po prapë bënte përpara.

- Mirse të gjej, o xhaxha! – tha Plaku duke i prerë rrugën.

Xha Sulua nuk e njohu. Ai rrudhi sytë dhe kroi kokën me dorën e lirë.

- Jam unë Saliu, nuk më njeh?

Xha Sulua nuk u përgjigj. I hodhi dorën në qafë dhe e përqafoi, e puthi e i fërkoi krahët. Diçka po belbëzonte. Ecën bashkë e po kuvendonin. Xha Sulua dinte pak gjëra. Vetëm vdekjet e kolonjarëve numëronte. Pastaj i erdhi radha Plakut të përgjigjej. Xha Sulua pyeti ku ndodhej Italia, se nga djemtë nuk e kish marrë vesh mirë. I kishin thënë se ndodhej matanë detit poshtë, më të kaptuar, po si nuk e mbyste ujët atë vend?

Saliut i erdhi çudi. Ja, me se e vriste mendjen ai plak matuf.

Xha Sulua qëndroi, e mbajti Salinë nga bërryli dhe e pa drejt në sy.

- Nuk më thua, or bir, pyeti prapë ai, – nga cili sy shikon më mirë, - nga ai që të vunë në Itali, apo nga ai që kishe më parë.

- Më mirë shikoj nga ai që kam prej Kolonje, - u përgjigj Saliu dhe shpejtoi hapat.

Duke u marrë me xha Sulon, kish arritur tek dera e shtëpisë pa e kuptuar. I la shëndenë dhe kaptoi pragun. Në shtëpi nuk ndihej njeri fare. Ai hyri drejt e brenda dhe zëmra i thoshte se aty e priste një fatkeqësi e re. Në krye të shkallëve, djali i vogël i Myftarit po hante thërrime buke me të dy duart. Djali e pa dhe bërtiti sa mundi "erdhi babai!". Dolën nga dhomat gratë e fëmija e iu derdhën ta puthin kush e kush më parë. Ju veshën si bleta, harruan se atij nuk i pëlqenin ato marifete.

- Pa daleni, - tha Plaku. A jeni gjallë të gjithë.

- Gjallë jemi, gjallë, - u përgjigjën gratë. – Shyqyr o zot, që u ktheve!

Me lot në sy, i afroheshin të gjithë me radhë ta preknin me dorë, se nuk besonin të ish kthyer, aq shumë kishin vuajtur në mungesë të tij. Pastaj ish hapur fjala se Sali Butka kish humbur për jetë. Thoshin se e kishin vrarë në Itali, thoshin se ishte internuar. Dhe aq shumë u hutuan nga gëzimi, sa vetëm kur u ul i thanë se i vëllai, Myftari, kish vdekur nga tifoja 24 orë më parë.

Dy ditë më pas, Plaku mori fëmijët dhe shkoi në Kaninë. Atje, në kalanë e moçme, bëri edhe varrin e vëllait, Myftarit.

Italianët e ruanin. Atëherë ai tha t'i mënjanohej sherrit dhe të priste ca ditë, por në të vërtetë priti katër muaj me radhë. Katër muaj lëngoi në Kaninë natë e ditë dhe shumë herë e pa me sy gropën e varrit. Po nuk qe e thënë t'i delte shpirti. Një tjetër njeri më i shëndoshë do kish vdekur nja tri herë.

Pasdreke e zinin ethet dhe bëhej petë fare. Në darkë, porsa përmendej një çikë, kërkonte supë dhe fillonte nga shakatë. Qeshte me qyfyret e Italisë, qeshte me xha Sulon dhe me punë të tjera, që nuk ta priste mëndja fare.

Fëmija vuanin nga skamja e malaria të zitë e jetës. Ata ishin malësorë. Klima e Kaninës nuk u ecte fare. Gjatë ditës qanin të vegjlit pa punë, nganjëherë qanin

196

edhe të mëdhenjtë, po kur vinte darka dhe Baba Saliu bëhej më mirë, mblidheshin rreth tij dhe Atëherë u qeshte nuri. Hëpërhë, ai nuk kish ç't'u jepte tjetër. Bënte shaka me shpirt në dhëmbë, që të harronin vuajtjet një copë herë, me shpresë se ndonjë ditë do t'i nxirrte gjallë nga ato ullishte.

Në krye të katër muajve, Plaku lindi edhe një herë. Ethet nuk e zunë më. I stërviti këmbët me mundim dhe pa se mund të ecte përsëri. Iu kthye shija e duhanit, iu hap oreksi të hante përshesh me qumësht. Një natë, ai i hipi mushkës dhe vuri karvanin e vogël përpara që të vazhdonte shtegtimet e tij. Udhëtoi tërë natën dhe arriti në Kraps të Fierit. I la pas italianët me feste të kuqe. Prej andej u hodh me qejf në Tomorricë. Po shkelte prapë vendet e njohura.

KAMBANAT BIEN PËRSËRI

Kam një qarje më Evropën,
Pa qetuar pa pushim.
Përse të na shesin tokën?
Për vete të tyre fitim.

S. BUTKA

Në qershorin e vitit 1915, ushtritë serbe e malazeze kaluan kufirin. Ato pushtuan pothuaj gjithë Shqipërinë e Veriut. Beogradi dhe Çetina deklaruan njëherësh se po çlironin Shqipërinë nga influenca turke e austriake. Filloi shfarosja në masë e popullatës së pambrojtur. Fshatra të tëra u zhdukën fare. Disa vjet në sundimin turk, nuk mund të krahasohen me ato që bënë ushtritë "çlirimtare" serbe e malazeze në pak ditët e para.

Në Janarin e vitit 1916, regjimentet e rregullta austro-hungareze hynë në Shqipëri që të dëbojnë ushtritë kundërshtare e të pushtojnë vendin. Lufta e parë botërore kish ndehur të gjitha velat.

Serbët dhe malazezët nuk patën fuqi të mbahen gjëkundi. Treqind mijë ushtarë, të lënë në fatin e tyre, vërshuan nëpër rrugët e vendit, duke synuar të arrijnë Vlorën. Ata ecnin natë e ditë të rraskapitur nga sëmundjet, lodhja e uria; i kërcënonte rrethimi dhe asgjësimi i plotë.

Shqiptarët kanë qenë kurdoherë të mëshirshëm ndaj atij që e pllakoste fatkeqësia. Ushtritë serbe, që therën e dogjën njerëz për së gjalli, u tërhoqën në panik e shthurje, po asnjeri nuk ngriti dorën t'i godasë. Fshatari i varfër nuk kërkonte tjetër gjë prej tyre, veç të thyenin qafën një orë e më parë.

Duke ecur në rrugë pa rrugë, në kënetat dhe moçalet e Myzeqesë, në kalimin e lumenjve të fryrë, një pjesë e madhe e asaj ushtrie humbi pa nishan. Ata që mundën të shpëtojnë hipën në vaporët e aleatëve italianë në Vlorë, që as lëvizën nga vendi t'u jepnin një farë ndihme.

Po në atë kohë, flota e Italisë, në Durrës përshëndeste me qitje artilerie imbarkimin e familjes mbretërore të Karagjeorgjeviçëve. Me princin trashëgimtar të plagosur dhe karvanin e bagazheve të rënda, mbreti shpejtonte të ndahej sa më parë nga ushtritë e tij, që herë pas here i prisnin rrugën e tërheqjes.

Në gjurmët e freskëta të ushtrisë serbe, marshuan trupat e Austro-Hungarisë.

Cilët ishin vallë këta dhe a kish të tjerë pas tyre? Çfarë hesapesh kërkonin dhe sa do rrinin?

Austriakët kishin ndërmend të qëndronin shumë kohë; tani për tani, ata nuk kërkonin hesape.

Bashkë me shtabet e ushtrisë së tyre, në qytete u

vendos një numër i madh diplomatësh gjysmë ushtarakë, të zgjedhur si njohës të thellë të çështjeve shqiptare. Ata filluan nga puna pa hapur mirë valixhet. U krijua një administratë shqiptare me prefekturat, krahinat dhe gjyqet e saj. Shqipja u bë gjuhë zyrtare, në vend të turqishtes, që përdorte Esat Pasha. Administratë, rregull, qetësi.

Austriakët gjetën në vend një popull të munduar në kulm. Ata u përpoqën të hidhnin bazat e një jete normale dhe të krijonin një prapavijë pa telashe. Ministria e Punëve të Jashtme në Vjenë, vuri në veprim teknikën e saj të regjur.

Sali Butka rrinte strukur në Tomorricë. Kaluan vërshimet e mëdha. Ai zbriti dy herë në Berat dhe pa se fuqia e porsaardhur kërkonte nga çdo njeri, të mbante vendin e tij, të bindej, të shikonte punën. Përmbi të gjitha, të mos luante nga vendi.

Por ujët që nuk rrjedh qelbet. Sali Butka u takua me miqtë e tij dhe shfaqi mendimin se nuk ishte keq të bëhej diçka. Kur erdhi koha që diçka të bëhej vërtet, ai u ngrit e shkoi prapë në Tomorricë.

Aqif Pasha thirri në Elbasan një kongres me delegatë nga pjesa më e madhe e Shqipërisë. Duke pasur frikën e një shkëputje dhe vetëqeverimi të tepruar, komanda austriake nuk lejoi mbajtjen e kongresit. U bënë disa arrestime, por megjithatë, rreth Aqif Pashës u formua një lloj qeverie provizore, e cila sugjeronte emërimin e patriotëve në vendet drejtuese të administratës.

Në shtator të vitit 1916, u bë në Elbasan një mbledhje me rëndësi. Aqif Pasha bisedoi me funksionarët e Ministrisë së Jashtme austriake çështjen e formimit të çetave shqiptare. Austriakët propozuan formimin e çetave të rregullta si thelb i një ushtrie të vogël aleate. Qëllimi i parë i çetave të ishte çlirimi i qarkut të Korçës nga pushtimi grek. Aqif Pasha pranoi. Të dy palët vendosën që komanda e çetave t'i jepej Sali Butkës, krahinar në Tomorricë.

Por a do ta pranonte Sali Butka një detyrë të tillë? Aqif Pasha ngarkoi Hajdar Kolonjën të merrej vesh me Salinë.

I zoti i gojës e mendjemprehtë, Hajdari ish emëruar prefekt i Beratit. Ai po tregonte aftësi të mëdha. Disa ditë mbas mbledhjes së Elbasanit ai thirri Salinë në Berat. Koha nuk priste.

I lodhur nga dallaveret dhe intrigat, me përgjegjësinë e katër palë familjeve për t'i ushqyer, Plaku e priti ftohtë propozimin.

- Unë nuk marr pjesë në këtë komitet, - i tha ai Hajdarit, - se nuk shoh shtegun ku do na nxjerrë. Kushdo që ka ardhur këtu, na ka varur një pushkë në sup e na ka çuar të luftojmë. Po çfarë fituam gjer më sot?

Plaku e sulmoi Hajdarin që në fillim, bënte pyetje dhe nuk priste përgjigje fare, dyshonte për të gjithë. Pak kohë më parë ai vetë nxiti mbajtjen e kongresit të Elbasanit. Gjersa Austria kërkon të na përkrahë për interesat e saj, pse të mos përfitojmë për të rregulluar tonat. Nuk i shkonte ndërmend se do t'i takojë ta heqë ai vallen i pari.

Hajdari u tregua njeri i duruar. Gjatë dy orëve, ai u mundua ta bindë Plakun. Fjala e tij rridhte valë-valë, sulmet i prapsi.

Por Plaku mbahej akoma. Me nuhatjen e tij prej fshatari, ai shikonte disa rreziqe.

- Austria është fuqi e madhe, - tha ai. – Ne jemi të vegjël, të pamësuar, pa njeri të na japë dorën. Nuk e besoj t'ia shkojmë ujët nën rrogoz Austrisë. Si të mbarojë punë, ajo do na zërë kokën me derë.

Koha i dha të drejtë Plakut. Një vit e gjysmë më vonë, austriakët vranë Hajdar Kolonjën në pyll, duke e ftuar për gjah. Ai kish mësuar shumë hollësira rreth administratës austriake dhe një aleat i vogël nuk bën të dijë aq shumë. Se qysh mendonin oficerët për bashkëpunimin me shqiptarët, duket mirë edhe nga një ngjarje që tregon Hysen Zaloshnja nga Skrapari: "Sali Butka me çetat e tij ndodhej në fshatin Milovë. Dy batalione italianë, të mbështetura nga një bateri artilerie, bënë një sulm të fortë të pushtonin Milovën. Çetat i zmbrapsën italianët dy herë, po Saliu e pa se e kërcënonte rrethimi. Në darkë i dërgoi një letër komandantit të trupave austriake në Zaloshnjë, majorit Patik. Në letër shkruante: "Sot ju patë së largu luftën tonë dhe nuk na ndihmuat. Nesër unë iki, që t'u lë të merreni vesh vetë. Si do të jetë puna, po më re në dorë zotrote, do të të var me një copë tel në lisin e parë". Si dëgjoi përmbajtjen e letrës nga përkthyesi, majori thirri Hysen Zaloshnjën e i kërkoi hollësira rreth Sali Butkës. Pastaj urdhëroi të përgatiten trupa për marshim e i tha përkthyesit: "Nesër unë do t'i puth dorën Sali Butkës, që ai të luftojë e të vritet për Austrinë. Po të shpëtojë nga lufta, do ta pushkatojmë vetë ditën që do bëhet paqja."

203

Por le të kthehemi tek biseda me Hajdarin e t'i tregojmë ngjarjet në kohën e tyre. Hajdari ish i bindur se nga marrëdhëniet me austriakët do të nxirrnin përfitime të mëdha. Ai e mbajti Plakun edhe një orë tjetër me kafe e duhan, pastaj i la takim për të nesërmen.

I djersitur nga lodhja e i munduar nga dyshimet, Saliu dolli nga zyra e Hajdarit dhe shkoi tek komandanti i xhandarmërisë, Ali Koprencka. Ai e priti po me ato arsyetime.

- Pse nxitoheni kaq shumë? – e pyeti Plaku i nevrikosur.

– Kush ju ndjek nga mbrapa? Le të takohemi dhe me patriotë të tjerë, të rrahim çështjen mirë, të shohim fitimin dhe humbjet që mund të kemi. Në qoftë nevoja, le të vendosim të gjithë së bashku. Supet e mia mbajnë edhe më, por në dështoftë kjo punë, barrën nuk e ngre dot vetëm.

Pastaj shkoi tek dera e i tha sekretarit që priste jashtë:
- Lajmëro prefektin se jam shumë i lodhur. Takimin ta shtyjë për një ditë tjetër, jo nesër.

Pasdite Plaku shëtiti anës lumit, gjatë rrugës së Skraparit. E shihte veten të pazotin për të marrë një vendim. Kish arritur të 65 vjetët dhe herë-herë i dukej se cikli i jetës së tij po shkonte drejt mbylljes. Mundësia e marshimit mbi Korçë e Kolonjë sikur ja përtërinte gjakun, po gjatë atyre vjetëve, shumë vuajtje kish parë e shumë mjerime kish sjellë lufta.

Ndenji të çlodhej mbi një gur anës lumit. Filloi të ngrysej. U kthye të shohë në drejtim të qytetit. Një njeri po vinte rrugës me nxitim. Ish sekretari i tij që e njoftoi se e prisnin për darkë tek prefekti.

Më tepër se një darkë, ajo ish një konferencë lokale. Ndërmjet patriotëve të tjerë, të mbledhur atje, shquhej plaku i urtë Babë Dudë Karbunara. Pranë tij i bënë vend të ulej edhe Saliut.

U bënë përshëndetjet e zakonshme e u shtrua rakia. Herë pas here Babë Duda i drejtonte ndonjë pyetje Saliut. Nga zëri i tij kullonte ëmbëlsi, shikimin e kish të butë si prej fëmije, ai të bënte t'i afroheshe gjithnjë më pranë. Saliu tha me vete se ndërmjet njerëzve që kish njohur, pa dyshim Babë Duda ish me të vërtetë patrioti më i flaktë.

I zoti i shtëpisë ngriti dollinë për lirinë e Shqipërisë dhe si i shkundën gotat të gjithë, ai tha:

- Urdhëroni e hani me se na ndodhet. Nuk është koha të na vini re mungesat. Ne, vëllezër, duhet të gjejmë rrugën tonë e jo të shkojmë si pulat qorre.

Gjatë një çerek ore, Hajdari foli me zë të sigurt e të qartë mbi planin e qeverisë së Elbasanit, mbi propozimet e austriakëve dhe bisedimet që kishin pasur atë mëngjes me Salinë. Foli edhe Izet Zavalani, nënprefekt në Lushnjë, pastaj u ngrit Babë Duda dhe të gjithë e ndien se fjala e tij vendoste fatin e kuvendit.

- Duhet të quhemi të lumtur që na jepet rasti të rrokim armët për të shenjtin flamur, - tha Babë Duda, - për të luftuar armiqtë e Shqipërisë dhe për të shpëtuar vëllezërit tanë.

Në dhomë ndjehej vetëm frymëmarrja e Babë Dudës. Kur fliste ai, diçka i vërshëllente në gjoksin e gjerë. Hajdarit i shndrisnin sytë nga gëzimi, dalëngadalë

205

koka e Saliut u ul aq poshtë, sa s'po i piqej balli me gotën e rakisë në tavolinë.

Babë Duda fshiu gojën me pecetë e u kthye nga Saliu:

- Dhe më i lumtur nga gjithë ne, duhet të quhesh ti që po të bëhet ky nder i madh. Ta pranosh e të nisesh menjëherë. Andej do takohesh me Themistoklinë. Të bashkëpunoni për të mirën e Atdheut.

Babë Duda nuk u ndal të priste përgjigjen. Ai i hodhi duart në qafë Saliut dhe nuk e puthi në ballë, siç mund të puthin pleqtë e moçëm, po në buzë, siç puthin shokët.

Fjalët dhe gjestet e mëdha Sali Butka i shikonte pak me rezervë. Po ai vuri re për një çast sytë e zinj të Babë Dudës dhe iu duk se zëmrën e tij e lexoi si në pëllëmbë të dorës. Të ish e mundur, Babë Duda do ta merrte vetë përsipër punën që i jepej Saliut.

Po ashtu nuk do hezitonte as Izeti. Sa për Hajdarin, ai bëri në karrige një lëvizje padurimi. Të tjerët po shikonin herë Babë Dudën dhe herë Salinë. Plaku u mallëngjye. Ai i shtrëngoi dorën Babë Dudës dhe nuk foli fare.

- Qofsh i bekuar dhe dalç faqebardhë! – tha Babë Duda. Ai ngriti gotën e rakisë: - Të rrojë Shqipëria! Shëndeti i Sali Butkës.

Të lehtësuar nga ky përfundim i mirë i punëve e të entuziazmuar nga ideja e një suksesi të shpejtë, të pranishmit u shtruan të hanë darkë. E duke ngrënë, kuvenduan. Saliu parashtroi disa kondita që u pëlqyen prej të tjerëve dhe u vendos që takimi me austriakët të bëhej të nesërmen në Prefekturë.

Dymbëdhjetë orë më parë, Plaku as që e merrte

me mend këtë punë. Dhe ja tani pa pritur u gjend komandant i çetave. Për më tepër, nesër do të merrej edhe me politikë. Çfarë njerëzish të ishin vallë këta diplomatët dhe si bëhej politika? Atij i ngjante kjo një lëndë e huaj. "Me të parë e me të bërë", tha. Në orën një të natës u nda nga Hajdari me shokë. Pa rënë mirë në krevat, e zuri një gjumë i rëndë.

Në bisedimet e ditës së nesërme, nga pala shqiptare morën pjesë Hajdar Kolonja dhe Saliu, nga austriakët, Zitkovski, ish konsull i Austrisë, majori Bauman, komandant i Beratit, dhe Semere, funsionar diplomatik, i cili fliste edhe shqip. Gjithë çështjet u zgjidhën shpejt e mirë. Diplomatët paskan qenë njerëz të dashur e të thjeshtë.

Po gatishmëria e tyre për të sheshuar menjëherë çdo lloj pengese, e bëri Plakun të mendojë. Ai tha me vete se nuk duhej të prekej dhe aq nga bujaria e të huajve. E ndërsa po fliste Hajdari, iu kujtua Plakut, pa dashur ariu i lidhur me zinxhir që kish parë një herë në pazarin e Korçës. Ariu dukej madhështor e i rëndë, po kur binte daullja, kafsha e gjorë ngrihej me përtim të lëvizte këmbët, që të argëtohej kallaballëku. Ish një krahasim i trishtuar kjo puna e ariut. Plaku vështroi në sy të tre diplomatët me radhë. Ata dukeshin të sjellshëm e seriozë. "Sidoqoftë nuk do të lidhem me duart e mia", mendoi Plaku. Që të mbetej i lirë në veprime e i pavarur nga njeri, ai i tha Semerësë se kish për të parashtruar dy kondita:

1. Komandant mbi vete nuk pranoj.

2. Të na jepen armë, municione, veshmbathje, kafshë për transport dhe ushqim i rregullt.

Menjëherë e mori fjalën Zitkovski. Në emër të komandës austriake ai bëri propozime nën formën e një aktmarrëveshjeje:

1. Komandant i çetave do të jetë Sali Butka.
2. Do të marrin pjesë dy oficerë shqiptarë të emëruar nga Sali Butka vetë.
3. Armatimet, veshmbathjet,ushqimet dhe gjithë pajisjet e nevojshme, do të furnizohen nëpërmjet komandës austriake të Beratit.
4. Komanda e çetave të lajmërojë 24 orë përpara fshatrat që do shkelë dhe të godasë vetëm kur të gjejë kundërshtime.
5. Frëng, grek, italian, kushdo që të sjellë kundërshtime, do të goditet.
6. Oficerët e komandës do të dërgohen herë pas here për plotësimin e nevojave të çetave dhe po të paraqitet nevoja, një batalion i ushtrisë austriake do të vihet në dispozicion për ndihmë.

Plaku nuk diktoi asgjë të dyshimtë. Marrëveshja u redaktua e u firmua nga të dy palët. Kopjen kërkoi ta merrte vetë.

Si shkuan austriakët, Hajdari e uroi Plakun edhe një herë. Duke i lënë shëndenë, ai e njoftoi se qeveria e Elbasanit do t'i paguante çdo vullnetari një napolon në muaj. Sa për Salinë, do vazhdonin t'i paguanin të dhjetë napolonat që merrte si krahinar në Tomorricë. Se ku i gjente këto mjete qeveria e Elbasanit, Plaku nuk e pa të nevojshme të pyesë. Aleatët austriakë sapo kishin dalë.

208

* * *

Më 20 shtator, Plaku dha dorëheqjen si krahinar i Tomorricës dhe filloi formimin e çetave. Qazim Panariti e Hysen Nikolica u emëruan oficerë. Në treg të Tomorricës ra daullja dhe thirri tellalli.

Nga konaku i krahinarisë, Plaku shikonte njerëzit që mblidheshin pas tellallit. E ku ishin ata djemtë e çetës së tij, që e zinin armikun për gryke. Ku ish Nasi e Ganiu, Iljazi e Myftari e sa e sa luftëtarë të tjerë që i vinin gjoksin punës. Me kë do shkonte në luftë ai tani? Këta ishin fshatarë të thjeshtë, nuk dinin mirë ku e përse po shkonin. A do jenë të bindur dhe a do qëndrojnë në luftë? A do paguajë në rregull qeveria e Elbasanit dhe sa kohë do zgjati kjo punë? Pyetjet u grumbulluan me shumicë në kokën e Plakut. Ai shikonte nga dritarja dhe nuk i bënte zëmra të ngrihej vendit.

Tregu i Tomorricës ziente nga këngët e shakatë. Kapedan Saliu do luftonte kundër pushtuesve grekë, që t'i dëbonte nga Shqipëria. Kush merrte pjesë në atë punë, quhej njeri i nderuar.

Dhe këndonin vullnetarët këngët e reja patriotike tërë ditën e lume e, mbi të tjerat këndonin atë që sajuan vetë.

Në konakë thërret tellalli,
Thërret Sali kapedani,
Djema ju kërkon vatani
Ta shpëtoni nga Junani.

Brenda një jave, forcat u shtuan në 250 vetë. Plakut i hynë ethet e punës. Ditën kontrollonte organizimin e çetave dhe bisedonte me njerëzit, në mbrëmje bashkë me Qazimin e Hysenin, shtronte planet e marshimit. Nuk u bë ndonjë plan në letër dhe as u caktuan direktiva. Secili prej tyre e gjente me mëndje rrugën e duhur, gjer në hollësitë më të vogla.

Plaku i ndau forcat në tre çeta. Çeta e parë me 100 vetë komandohej nga Qazimi, qindëshja e dytë nga Hyseni, ndërsa Zenel Braçia nga katundi Shënpërdhenj, u caktua nënkomandant në krye të 50 vetëve. Çetat u ndanë në pesë formacione të vogla luftimi, me nga 20 vetë. Në krye të çdo formacioni u caktua një komandant me gradë nënoficeri. Duke njohur taktikën e luftimit në male dhe nevojën e manovrimeve të shpejta që lindin sidomos në mësymje, Plaku krijoi brenda çetës grupe me autonomi luftimi. Vetëm me shpejtësi, manovrim e befasi mund t'i bënte ballë armikut të stërvitur e të shumtë në numër.

Në mbarim të javës, në Tomorricë arriti Zitkovski i shoqëruar nga Hajdar Kolonja. Sipas marrëveshjes, Zitkovski solli armë dhe pajisje për 300 vetë. Saliu porositi mish të pjekur dhe e ftoi për darkë.

Erdhi koha që çetat të niseshin për qëllimin e tyre. Mjaft u sollën rreth Beratit. U vendos që ato të niseshin të nesërmen, po një grindje e papritur desh i dha fund fushatës së Saliut. Siç u mor vesh më vonë, në kohën e nënshkrimit të marrëveshjes në Berat, austriakët nuk e përmendën me qëllim njërën nga konditat e tyre. Atë konditë Zitkovski e parashtronte tani, duke menduar se,

210

sido që të bëhej, çetat nuk do ktheheshin më nga rruga. Zitkovski kërkoi që në qylafët me shkabën e zezë të luftëtarëve të shkruhej "Vetëqeverimi i Epirit". Këtë kërkesë ai e shpjegoi me shkaqet që vijojnë: Pushteti në Athinë qënkej ndarë më dysh. Mbreti Kostandin, dhëndër i Kajzerit të Gjermanisë, dëshironte që Greqia të merrte pjesë në luftë në anën e fuqive qendrore. Venizellua, Kryeministër, kërkonte të lidhej me Antantën.

Zitkovski tha se në organet e larta mendohej të përfitonin nga kjo rrethanë. Çetat e Saliut do të paraqiteshin formalisht si vorio-epirotë dhe kështu Kostandini nuk do të gjente kundërshtime në Athinë për të larguar trupat greke nga Korça. Ai përfundoi duke e siguruar Salinë se ishte fjala vetëm për një oportunitet politik dhe se kjo nuk i cenonte aspak interesat e vërteta të Shqipërisë.

Fjalën e Zitkovskit e pasoi një heshtje e rëndë. Sali Butka thithi cigaren ngadalë, sikur nuk kish tjetër punë për të bërë. Më në fund ai tha:

-A ngul këmbë komanda juaj në këtë konditë?

- Është e domosdoshme, - u përgjigj Zitkovski.

- Si jua merr mëndja, të besojnë grekët që unë u bëra vorio-epirot brenda një nate?

- Nuk është se do bëheni vërtet. Kjo është një lodër e thjeshtë.

- Po të them se greku nuk gënjehet nga këto gjëra edhe sikur të mbaj mbi krye fotografinë e Kostandinit vetë.

- Megjithatë, ajo bën pjesë në politikën tonë dhe unë nuk kam fuqi ta anuloj.

Si heshti një copë herë, Plaku ngriti kokën e i nguli

211

syrin Zitkovskit. "Ja kjo është politika", mendoi ai. "Kërkojnë nga unë të shkel gjakun e djemve e të bëhem karagjoz në pleqëri". Syri i qelqtë vështronte austriakun në ballë, tjetri rrinte mbyllur përgjysmë. Zitkovski nuk mundi të durojë. Hapi krahët anash sikur desh të thotë se asgjë nuk varej prej tij dhe ndenji kokulur.

- Po, - tha më në fund Plaku, dhe dukej sikur fliste me vete. Kjo punë nuk paska qënë për mua. Tani urdhëroni të hamë darkë dhe nesër secili të vejë në punë të tij.

Nga një kthesë e tillë, Zitkovski mbeti i habitur dhe për nja dy minuta nuk foli fare. Shumë shpejt, pa mbaruar së piri një cigare, Sali Butka hoqi dorë nga komanda dhe nuk e pati për gjë të shpërndajë vullnetarët e mbledhur me aq bujë. Zitkovski po mallkonte me vete gjakun e nxehtë të këtyre njerëzve të jugut dhe nuk po gjente dot mënyrën që ta bëjë Plakun të flasë prapë. Më në fund ai u tërhoq. E gjithë shkathtësia e tij prej diplomati nuk do ta ndihmonte asnjë pëllëmbë më tutje. U pa se duhej ta kthente fletën.

Të nesërmen, Zitkovski kërkoi një takim tjetër me Plakun. Kësaj here ai nuk parashtroi më ndonjë konditë, po tha se dëshira e palës austriake mund të merrej si sugjerim për t'u përdorur në rast oportuniteti. Zitkovskin e përkrahu Hajdari me këmbëngulje. Qazimi e Hyseni, që ndodheshin gjithashtu në takim, thanë se ish e tepërt të zgjatej.

- Mirë Atëherë, - foli plaku. – Do ta kemi parasysh kur të vijë... si i thonë fjalës....

- Oportuniteti, - u hodh Hajdari.

- Të shohëm kur të vijë oportuniteti, - tha me të

qeshur Saliu. Zitkovski e kuptoi se ai oportunitet nuk do të vinte kurrë, e megjithatë, si diplomat që ish, qeshi me zë të lartë bashkë me të tjerët.

Në mëngjesin e pesë tetorit, çetat e armatosura e të përgatitura mirë, u mblodhën në tregun e Tomorricës. Pritej një fjalim i komandantit. Por Sali Butka ish njeri i fjalëve të paka.

- Shkojmë në Korçë, të çlirojmë vëllezërit tanë nga zgjedha e andartëve gjakpirës, - tha duke tundur krahun lart.

– Kërkoj nga ju sjellje të mira, bindje ndaj komandantëve, trimëri e vetëmohim në mbushjen e detyrës. Uroj të dalim faqebardhë e të tregojmë se nuk jemi ushqyer kot nga kjo tokë. Para se të vemi të luftojmë, le të shohim njëherë a dini të këndoni. Merrjani këngës "Për Mëmëdhenë".

Atë këngë disa luftëtarë e dinin prej kohe, të tjerët sapo e kishin mësuar. Në fillim turma murmuriti si ai i dehuri që nuk gjen dot këmbët e tij, pastaj, në mbarim të strofës së parë, tregu buçiti nga 250 zëra. Plakut i shndriti syri. I hipi mushkës pa mundim dhe qëndroi ashtu kaluar, që të shohë e të dëgjojë më mirë. Entuziazmi ish ndezur, mjaftonte të mbahej gjallë. I ra mushkës me kamxhik dhe shkoi përpara.

* * *

Në mbrëmjen e po asaj dite, çetat hynë në fshatin Backë. Xake Panariti, Gane Backa e shumë të tjerë, u bashkuan me çetat. Plaku kish miq e të njohur kudo që shkelte.

Tej Backës, fillonte kufiri provizor me Greqinë. Plaku

213

dërgoi në Panarit lajmëtar me një letër për kryesinë e fshatit, që t'i njoftonte sa më poshtë:

"Çetat për çlirimin e Korçës do të vijnë së shpejti aty. Të mos bëhet asnjë kundërshtim dhe të mos trembet njeri. Qëllimi ynë është të ngremë flamurin kombëtar. Ju vetë do të zgjidhni pleqësinë si dhe gjindarmët për mbrojtjen e pleqësisë. Në rast se kini të huaj, i lajmëroni të largohen ose të dorëzohen dhe të mos shkaktojnë turbullira që na shpien në vëllavrasje.

Komandanti i Çetave Shqiptare
Sali Butka"

Poshtë firmës ishte vënë një vulë e madhe me shqipen dy krenare, në gjysmën e të cilës shkruhej emri i Saliut. E kish gdhendur atë vulë një fshatar prej Helmësit, në dru të fortë panje. E lyenin me bojë dhe tiparet e shqipes dilnin në letër për bukuri. Ajo vulë nuk përfaqësonte ndonjë administratë. Ishte thjesht Vula e Saliut. Hapi i parë në tokën e pushtuar nga armiku u bë në mëngjesin e gjashtë tetorit. Pas një përpjekje të vogël me postën e andartëve, pararojat zunë Qafën e Martës. U çlirua një pëllëmbë tokë.

Qafa e Martës është vendi i pyjeve me ah e i lëndinave. Në tetor aty ka bar të njomë e ujë të ëmbël. Kodrat vijnë njëra pas tjetrës si ca valë të gjelbra, të ngrira, që shtrihen e përthyhen si t'u dojë qejfi. Të ecurit nëpër to duket i lehtë, të hapet oreksi të hysh më thellë.

Në Panarit, çetat hynë pa gjetur tjetër pengesë. Shkonte përpara të hapë rrugën Qazim Panariti me çetën e tij. Pas vinte Saliu me Flamur. Çetat këndonin. Qazimi hyri në fshat njëshkolonë. Penxheret e shtëpive dukeshin të mbyllura e të puthitura mirë, asnjeri nuk doli t'i presë.

- Nejse, tha me mëndje Qazimi, - njerëzit do dalin si t'u ketë dalë frika më parë. Ai eci drejt kishës së fshatit. Penxheret e kishës ishin të hapura. Qazimi mendoi prapë se aty në shesh do të bëhej paqja me njerëzit e fshatit. Ajo pritje e ftohtë e turpëronte vendlindjen e tij.

Por nga penxheret e kishës u përgjigjën me gjuhë tjetër. Andartët e fshehur brenda, i dhanë Qazimit një batare në befasi që e bënë të hidhet mbrapa. Para këmbëve të tij ra i vdekur vullnetari Nebi Kuqi nga Tomorrica.

Qazimit i erdhi në ndihmë Hysen Nikolica. Iu bë kishës rrethimi dhe filloi një përpjekje e ashpër. Vullnetarët po e ngushtonin lakun hap pas hapi. Në kishë u ngrit flamuri i bardhë. Kur Saliu mbërriti aty, andartët po dilnin një nga një me duart përpjetë. Brenda në kishë gjetën 13 andartë të vrarë. Plaku u gëzua, por nuk shkoi fare tek andartët. Ai hyri në një nga shtëpitë aty pranë. Nuk donte t'i jepte punës rëndësi. Megjithatë, brenda një dite kishin bërë dy përpjekje të vogla. Po fitonin.

Andartët e zënë robër i merrte në dorëzim Xake Panariti. Njeri prej tyre deshi të përfitonte nga rrëmuja e të ikte, duke u tërhequr ultas pas një muri të rrëzuar. E diktoi një nga shokët e Xakes dhe shtiu mbi të. Plumbi e shpoi andartin tej për tej, po në të njëjtën kohë u godit dhe Xakja vetë, që mbeti i vrarë në vend. Aty për aty nuk u mor vesh se kush e vrau Xaken, prandaj shokët e tij filluan të shtien mbi andartët që prisnin radhën të dorëzonin armët. U bë rrëmujë, mbetën të vrarë 7 ushtarë dhe dhjetë andartë të tjerë.

Të nesërmen, më 7 tetor, i mblodhën çetat në varrimin e Nebi Kuçit dhe Xake Panaritit, dy dëshmorëve të vrarë. Qazim Panariti po mbante një fjalim për gjakun që u derdh për çlirimin e fshatit, kur përkundrejt doli një grup ushtarësh grekë me flamur të bardhë. Grupit i printe një oficer. Ai kërkonte marrëveshje për tërheqjen e ushtarëve të vrarë. Sa për fatin e andartëve, ai nuk bëhej merak. Oficeri ish ruajalist dhe nuk kish të bënte me trupat e Venizellos. Oficeri foli ashpër. Ai tha se ushtarët u vranë kot. Kish ngjarë një mosmarrëveshje. Ushtarët kishin urdhër të mos u kundërshtonin çetave shqiptare. Sali Butka i pranoi me kënaqësi shpjegimet e oficerit dhe shkoi vetë të marrë pjesë në varrimin e ushtarëve.

- Nuk dëshërojmë gjë tjetër, veç të lirohet sa më parë toka jonë. Gjak është derdhur mjaft nga të dy anët. Kështu i tha Saliu oficerit dhe ata u ndanë miqësisht nga njëri tjetri.

Shenjat e para tregonin se garnizonet e vogla greke, të shpërndara nëpër fshatra, do të bënin rezistencë secili sipas fuqisë së tij. Do bëhej luftë kudo që ndodheshin andartë. Plaku vendosi të qëndronte në Panarit tri ditë, të organizonte çetat më mirë e të mblidhte informata. Me vullnetarët e Backës dhe të Panaritit forcat, nën komandën e tij, arritën në 350 vetë. Nga Panariti, Plaku dërgoi në Vithkuq një letër të ngjashme me të parën.

Të nesërmen u nis vetë, duke marshuar në formacion luftimi. Kësaj here punët shkuan mbarë. Në të hyrë të Vithkuqit po priste një grumbull i madh njerëzish me flamur përpara. Qëndronin në krye prifti i fshatit dhe miqtë e Sali Butkës, Nako Kitallari e Thoma Shorja. U puthën, u përqafuan dhe kënduan së bashku. Plaku dërgoi një vullnetar të ngrinte flamurin në godinën e krahinarisë, po burrat e fshatit u treguan më të shpejtë. Një flamur i kuq dy pashë, me shkabën e zezë qëndisur anës me fije ari, u ngrit nga ata më parë. Gjatë pushtimit grek, flamuri ish ruajtur si pronë e përbashkët e fshatit.

Pas kësaj, Plaku ftoi parësinë në kuvend. U propozua dhe u pranua për krahinar Tushi Bredhi e u emëruan tetë gjindarmë. Pushteti i ri dolli rrugëve të fshatit. Gëzimi dhe hareja shkonin me ta bashkë.

Çetat u nisën nga Vithkuqi të përcjella me brohori, ashtu siç u pritën. Më 12 tetor, Sali Butka arriti në Lavdar, që ish qendër e krahinarisë së Oparit. Brohori e hare njëlloj si në Vithkuq. Darka e davete. Meqë kish shkuar mjaft përpara, Plaku vendosi të bëjë aty edhe një pushim të shkurtër, që të sigurohej mirë për hapin e mëtejshëm. Hapi i mëtejshëm ish Voskopoja.

DJEGIA E VOSKOPOJËS

Historia thotë se dikur Voskopoja ka qenë një qytet me rëndësi. Banorëve të saj u kish ecur mbarë tregtia. Tregtia hap rrugët e viseve të largëta. Prej andej erdhën në Voskopojë orendi të rralla e u grumbulluan me kohë vepra arti të çmuara. Mbahet mënd që Voskopoja të jetë djegur të paktën nja tri herë. Zjarri dhe koha e zvogëluan aq shumë këtë qytet, sa në vitin 1916, kish mbetur prej tij vetëm kujtimi. Nga qytetërimi i dikurshëm, më mirë kanë qëndruar kishat. Besnikët e urtë i ndërtonin shtëpitë e zotit më të forta se strehët ku jetonin vetë. Kisha katedrale është ndërtuar përgjysmë në tokë. Anët e brendshme të mureve të saj janë veshur me pilla argjile, gjë që tregon se arkitekti e njihte mirë teknikën e shpërndarjes së zërit. Në manastirin e Shën Prodhomit, në kishën e Shën Thanasit, në atë të Shën Kollit, kanë mbetur disa afreske të gjysmuara, të bëra nga mjeshtër të pikturës. Ata i dinin sekretet e ngjyrave.

Thonë se mjeshtrit e dëgjuar i sillnin apostafat në Voskopojë nga shumë vende të ndryshme. Pleqtë thonë prapë se në kishën e Shën Prodhomit ruhej kryqi i çmuar, se takëmet e arta të meshtarëve ishin blerë në Malin e Shenjtë, se zbukurimet prej druri të kishës së Shën Ilisë ishin të njohura tej e ndanë.

Mbi themelet e mureve të Voskopojës së vjetër, janë ngritur, shtëpi të vogla të mbuluara me pllaka të bardha e tjegulla të kuqe. Në qoshet e mureve bien në sy gurë të skalitur. Dhe aq shumë janë përzier kohërat në këtë fshat, sa nuk e kupton mirë cilës epokë i përkasin ndërtimet e bëra në të. Por le t'i lëmë kuriozitetet në duart e studiuesve. Duke ndjekur gjurmët e tregimit, hymë padashur në kopshtin e huaj.

Në një mbrëmje korriku të vitit 1960, unë dhe një miku im, qëndronim në bregun e Shëndëllisë e nuk na bënin këmbët të zbrisnim. Në fund të bregut ngrehin kurrizin disa kodrina fare të vogla. Arat e fshatit varen tëposhtë, sikur duan të derdhin në përrua gurët e shumtë që i mbulojnë.

Nga ky breg zbriti Sali Butka dyzetekatër vjet më parë, "që të prishë Voskopojën". "Prishja e Saliut", kështu e quajnë disa. Të tjerë thonë se "Saliu nuk i pati faj Voskopojës".

Për djegien e Voskopojës, vrasjet dhe plaçkitjet që u bënë atje, qarkullojnë versione të ndryshme. Nuk është vendosur mirë edhe sot, se kush e prishi të tretën herë qytetin historik të themeluar shekuj më parë. Tri ditë zgjati drama e Voskopojës. Shumë njerëz i jetuan ato tri ditë. E, megjithëse i jetuan e i panë me sy, pjesa më e madhe e tyre nuk janë në gjendje të japin shkoqitje të plotë. Atëherë le të shqyrtojmë ato dokumente që kemi, të tregojmë me radhë sa dëgjuam e të marrim për dëshmitarë ata që u ndodhën më afër. Lexuesi le ta gjykojë vetë.

* * *

Më 13 tetor, Sali Butka ndodhej në Lavdar. Gjatë dy ditëve që qëndroi atje, ai grumbulloi informata të ndryshme mbi gjendjen në Voskopojë. Këto informata vërtetonin pak a shumë të njëjtat gjëra. Në bashki, në gjyqin e paqit, në zyrat e doganës, kudo valonte flamuri grek. Punonin tri shkolla fillore, nga të cilat njëra për vajza. Mësohej vetëm greqisht.

Në bashki e në kafene bëheshin mbledhje përditë. Nga Greqia vinin gazeta rregullisht. Njerëz të ardhur kushedi se nga, ndihmonin Foça Gjeorgjadhin, që të nxiste propagandën me të gjitha mjetet për bashkimin sa më parë me "Mëmën Greqi".

Informatorët i raportonin Sali Butkës se Voskopoja po përgatitej të bënte qëndresë të fortë. Plaku i pa me sytë e mendjes ato përgatitje, se ai e njihte vendin me pëllëmbë. Dëgjonte dhe inatosej. Ai mendoi t'i bëjë një rrethim nga tri anë, të zbresë vetë tëposhtë Shëndëllisë, që t'u bjerë me dajak kokës, t'i veçojë në grupe e t'i hutojë. Kështu do mbaronte shpejt e mirë. Sidoqoftë, nuk u ndal në hollësira. E mbante shpresa se çdo gjë do rregullohej me marrëveshje, pa përdorur armët. Po të ngrihej flamuri në Voskopojë, rruga për Korçë mbetej e hapur.

Më 13 tetor ai dërgoi në Voskopojë letrën e parë.

"Lavdar më 13 tetor 1916
Pleqësisë së Katundit Voskopojë

Me vendim të Qeverisë Shqiptare dhe me urdhër të komandës austriake, jemi të detyruar të kalojmë përmes Voskopojës për të vajtur në Korçë. Prandaj ju lutemi shumë, si vëllezër që jemi, të mos bëni kundërshtime dhe të bëhi shkaktarë që të bëjmë luftë në mes tonë, pa patur ndonjë dobi; po të na kundërshtoni, do të jini përgjegjës, se ne nesër vijmë.

Komandant i Çetave Shqiptare
Sali Butka"

Origjinali i kësaj letre nuk gjendet. Ajo humbi bashkë me shumë dokumente të tjera në Teqenë e Melçanit, por ajo nuk mund të mohohet.

Vasil Ekonomi, i biri i Papa Kliut, që shërbente në Manastirin e Shën Prodhomit, për fat të mirë ka lënë një përshkrim të hollësishëm në lidhje me marrjen e kësaj letre:

"Më 14, ditën e premte në mbrëmje, arritë në fshat nja 40-45 ushtarë, të gjithë nga Kosturi dhe pa eksperiencë në luftë, të cilët u shpërndanë nëpër shtëpitë e fshatit; të nesërmen, të shtunë, aty nga ora katër pasdreke, arriti në Voskopojë një fshatar nga Lavdari i Oparit, i cili kish një letër për pleqësinë dhe parinë e Voskopojës, të shkrojtur shqip. Letra megjithëse e drejtuar fshatit, iu dorëzua

222

komandantit grek venizelist, Theodhor Mavromatit, që gjëndeshe në atë moment në telefon, së bashku me mësuesin e fshatit. Meqë oficeri në fjalë nuk dinte shqip, unë ja kam përkthyer dhe ja kam lexuar. Letra ishte nënshkruar nga Sali Butka e shkrojtur në Lavdar të Oparit. Nga sa mbaj mënd, letra ishte redaktuar si vijon: 'Pleqësisë dhe parisë të katundit Voskopojë.

Sipas vendimit të Konferencës së Ambasadorëve në Londër, Gjirokastra dhe Korça i mbeten Shqipërisë, pra, edhe Voskopoja, duke bërë pjesë të pandarë në qarkun e Korçës, edhe kjo i mbetet Shqipërisë, prandaj si kryetar i çetave shqiptare, po vij ta marrë në dorëzim me shpresë se ju do të mirëprisni ardhjen tonë aty.

Në rast se ju do mos pranoni ardhjen tonë dhe do të na kundërshtoni me armë, dijeni se edhe ne do të marrim masa më të rrepta të njëllojta".

"Letrës së mësipërme kapiteni iu përgjegj menjëherë me zëmërim në gjuhën greke:

Z. Salih Butka
Kryetar i Çetave Shqiptare.
Lavdar
Në emër të mbrojtjes kombëtare, okupova Voskopojën. Në rast se do të tentoni për marrjen e saj, do të gjeni kundër jush armët tona.
Nderime
Kapiten Theodhor Mavromati"

"Unë nuk di në se brënda kësaj jave të ketë dërguar tjetër letër më parë Salih Butka, si pretendohet. Kjo letër e firmosur nga kapiteni grek iu dha një farë Haxhiu nga ky katund për t'ja dërguar Salih Butkës në Lavdar, kurse në realitet, ky, siç u muar vesh, kishte ardhur në Gjergjevicë. U porosit bile Haxhiu që të shikonte fuqirat që kish Saliu dhe të kthehesh sa më parë të lajmëronte".

Kështu shkruan Vasil Ekonomi, por një përshkrim tjetër i pambaruar, gjetur në Manastirin e Shën Prodhomit me autor të paidentifikuar, flet më qartë e i bie më drejt punës:

"Më 11 tetor 1916, ditë e martë, në të cilën ditë Voskopojarët muarën rastësisht dy letra dërguar këtyre nga Sali Butka, kryetar i shqiptarvet nën urdhrat e austriakëve, nga Lavdar' i Oparit, në të cilat letra i shkruante lokalitetit të Voskopojës t'i dorëzohen këtij, pa bërë asnjë kundërshtim, sepse të këtillë urdhër kishte nga superiorët e tij dhe i siguronte se asnjeri nuk do të pësonte gjë. Voskopojarët, me të marrë letrat e sipërme, u ndodhnë (ranë) në dilemë, t'i dorëzohen Sali Butkës dhe të ndjekin andartët, gjë që ishte pak e vështirë dhe sepse nuk kishin besim tek Sali Butka, pse fund i fundit hajdut ishte dhe sepse, së dyti, nuk i linte sentimenti. Të ndodhur para kësisoj mendimesh – mblodhmë një këshillë vetëm prej Voskopojarësh, nën kryesinë e kryetarit të bashkisë, Z.Lluka Fundo, këshillë, i cili, pas shumë bisedimesh frymëzuar nga patriotizma dhe duke patur shpresa të mëdha tek francezët, vendosmë më mirë të vdisnim të gjithë, duke luftuar deri në fund, se sa t'i gjunjëzoheshim Saliut dhe duke patur shpresa në mbrojtjen nacionale, se do të vinin edhe të tjerë në ndihmë, si edhe tek francezët dhe kështu nuk do të liheshim në mëshirën e perëndisë, iu përgjegjmë Saliut se nuk mundeshim t'i nënshtroheshim, se kishim me vete ushtëritë greko-franceze dhe se atë vend e konsideronim grek dhe e provokuam me fjalët "molon lave" (hajde t'i marrësh)."

"Këto bëheshin (ngjisnin) më 11 tetor dhe, nën këtë atmosferë, voskopojarët nuk mbetën të plogët, por muarën pushkët të gjithë burrat, që kishin mundësi të mbanin pushkë dhe bënin roje pa reshtur rreth Voskopojës, njëkohësisht kërkuan urgjentisht ndihmë nga Korça, gjithmon nën sigurimet e dhëna nga ana e kapitenit grek se në Korçë ndodhen mjaft fuqira".

"Më 13 po të këtij muaji, ditën e enjte, arriti një togë kavalerie franceze e përbërë prej 50 burrash; i pritnë me shumë gëzim dhe duallnë për t'iu dhënë mirseardhjen të gjithë voskopojarët dhe me të hyrë në Voskopojë, kryetari i këtyre, francezi Major..... u tha të pranishmëve se këtu kishte ardhur ushtëria franceze, se tani ky vend ishte francez dhe të mos kishin frikë prej asgjëje, mbasi kurrë nuk do të ishte e mundur të shkelnin armiqtë dhe se do të mbroheshin nga francezët e pastaj, duke u shoqëruar nga Theofrasti Gjeorgjadhi, drejtor shkolle, nga Thoma Manusau, Lluka Qinosau dhe prej të tjerësh, u inspektuan llogoret ku bëhesh roje pa reshtur; u gëzua shumë kur pa se me sa zell dhe patriotizëm ishin shtënë në veprën për të luftuar deri në fund."

"Më 15 po të këtij muaji, natën të shtunë, arriti dhe tjetër ndihmë nga Korça e përbërë prej 25 andartësh, të cilët u vunë nën kryesinë e kapitenit Theodhor

Mavromatit, i cili kishte kryesinë e përgjithëshme dhe i cili më 16 po të këtij muaji, ditën e djelë në mëngjes, thirri të gjithë voskopojarët dhe burrat e tij, që ishin në gjëndje të mbanin pushkë dhe mbasi i numuroi dhe pa se arrinin në 280, prej të cilëve 40 ishin andartë dhe të tjerët të gjithë voskopojarë dhe kërkoi t'u jepet nga voskopojarët racion për pak ditë dhe kështu thirrë Thoma Manusa furxhiu, i cili ishte edhe psallt, të përkujdeset për ushqim, në atë kohë vjen lajmëtari, voskopojari Alipi Qiosa, nga llogoret e Shën Harallambit dhe thotë se kishin parë shumë turko-shqiptarë në llogoren të quajtur "Kroi i Fikut".

Të dy dokumentet nuk bien në një fjalë mbi datat dhe shifrat.

Sidoqoftë, ato tregojnë qartë se ofertat paqësore të Sali Butkës u hodhën poshtë me përbuzje, se andartët, bashkë me grekomanët, u përgatitën me shpirt e me armë të luftonin gjer në fund, që Voskopoja të mbetej toke greke ose të humbasë.

Tashti le të ndjekim ngjarjet ashtu si rrodhën.

Si nisi letrën e parë për në Voskopojë, Plaku u mor me punët e ditës. Gradoi kapterë Asllan Gurën dhe Pandeli Karbanjozin, qortoi nja dy vetë dhe bisedoi me disa vullnetarë të porsaardhur. Pastaj vizitoi çetat. Pyeti për gjëra të ndryshme, dërgoi patrullat për vëzhgim dhe u kthye në kohë të drekës. I lodhur siç ish, e zuri gjumi me të ngrënë drekën, po nuk e lanë të flinte. Kishin ardhur dy lavdarakë për të ndarë një grindje.

Pasdite thirri në këshillë pleqësinë e Lavdarit. Në

ndërtesën e caktuar për krahinari, u bë një kuvend i gjerë. Në fillim hynë brenda vetëm kryefamiljarët dhe ata më pleqtë, pastaj burrat zunë të shtrëngohen e të mblidhen, se, pak nga pak, u grumbullua aty gjithë fshati. Muhabeti ecte shtruar. Foli njëri nga pleqtë, duke treguar shembuj e histori. Herë-herë e bënte muhabetin tërkuzë fare. Të tjerët e dëgjonin. Buzëqeshnin e dëgjonin. Sikur takoheshin aty për herë të parë. Prania e Plakut dhe e Qazimit Panaritit, përshtypja se atë ditë do vendoseshin punë të mëdha, i bënin ata ta shikonin njëri tjetrin me zëmër të hapur e besim të plotë.

Pastaj foli Plaku. I ra aq shkurt, sa të tjerët nuk besuan se mbaroi së foluri.

- E po ç'prisni de? – tha Plaku duke qeshur. – Vëjani gishtin për kryetar atij që i punon goja më shumë e që i mban kurrizi më tepër dhe i lidhni një kalem në qafë atij që do zgjidhni sekretar.

Burrat qeshën, shtynë me bërryl njëri tjetrin dhe mërmëritja u ndez në sallë papritur. Më pleqtë, që rrinin këmbëkryq pranë Saliut, dridhnin cigare. Sali Butka ish vëllai i tyre, burrë vendi, me mënd në kokë, me Shqipërinë në zëmër.

Në pak minutat që pasuan, u zgjodh një krahinar e një sekretar e u caktuan me emër 30 gjindarmë. Sali Butka krijoi administratën e vendit dhe e pajisi me autoritet e me fuqi të armatosur. Hë për hë ajo administratë varej drejtpërdrejt nga vetja e saj. Qëllimet e Plakut ishin të qarta e të thjeshta. Ai donte t'i jepte fshatarit qetësinë, t'u provonte të huajve se shqiptari qeveriset vetë dhe së

227

treti, të siguronte një prapavijë të fortë si mbështetje për veprime të mëtejshme. Mbledhja e këshillit vazhdonte akoma, kur erdhi përgjigja e letrës nga Voskopoja. Ishte ajo letër që përmend në dorëshkrimin e tij Vasil Th. Ekonomi.

* * *

Të nesërmen në mëngjes, Plaku u ngrit herët dhe dolli në oborr kokëjashtë. Binte shi me pika të rralla. Në rrugë kalonin disa vullnetarë që flisnin me zë të ulët. Dukeshin të qeshur e të gëzuar.

Ku po shkonin ata aq herët? I ra ndërmend se kish dhënë urdhër të niseshin pa gdhirë. Veç nuk po i kujtohej kur dhe ku e kish dhënë një urdhër të tillë.

Plakut i dolli përpara Voskopoja dhe ndjeu një shtrëngim në zëmër. Ishte ajo letra greqisht me ato germa me bishta të dredhur që s'i qe hequr tërë natën nga mëndja. Në sy i bëhej një farë kapiteni, që i tundte koburen në dorë, i tregonte bërrylin, e provokonte. Ashtu i qe përgjigjur kapiteni grek në emër të voskopojarëve.

Këto iu kujtuan Plakut një për një dhe Atëherë ai mundi të pajtojë realitetin e mëngjesit me ngjarjet e mbrëmjes. "Pra, po shkojmë ta marrim me forcë. Të luftojmë e të vritemi me njëri tjetrin". Plakut iu kujtua Pogradeci, Berati, iu kujtuan ngjarjet e shëmtuara të vëllavrasjes dhe mëndja iu turbullua prapë.

Po sikur të mos dinin gjë voskopojarët mbi letrën e tij? Po Atëherë përse përgatiteshin për luftë? Jo, voskopojarët dinë patjetër. Pikat e shiut filluan t'i shkisnin nga flokët në zverk dhe ai ndjeu të rrëqethura në shtat. Një mjegull e lehtë nxitonte përtej, në krye të fshatit, futej nëpër pemë e mbulonte shtëpitë. Moti po kthjellohej në jugë. Plaku po ndiqte me sy të etshëm ndryshimet e kohës dhe për një çast i harroi hallet e tij. Dy vullnetarë që kishin mbetur prapa, po shpejtonin në rrugë të arrinin shokët. Ai u nguli syrin dhe befas i shkrepi një mendim. Njëri prej vullnetarëve ish Gaqi Lenua, nip i Dallamangos, nga parësi e Voskopojës.

Plaku u kthye brenda, fshiu kokën me peshqir dhe dërgoi lajm të ndërrohej drejtimi i çetave. I dukej sikur porsa u lirua nga barra e rëndë që i trulloste kokën e i priste fuqinë. Të mos shkonin çetat në Voskopojë, po të qëndronin në Gjergjevicë. Kështu tha Plaku dhe nisi t'i diktojë sekretarit këtë letër:

"Lavdar, 14 Tetor 1916
Zotit Bitri Dallamango dhe parësisë së Voskopojës

Dje i dërguam pleqësisë së Voskopojës një letër, po për fat të keq, nga përgjegja që muarëm, kjo letër paska rënë në duar të grekëve dhe na përgjigjet një kapiten me mënyra frikësimi që të mos guxojmë të afrohemi në kufitë e Voskopojës se do bëhemi pishman. Prandaj po detyrohemi t'ju dërgojmë këtë letër të dytë, se e kemi për detyrë t'ju sqarojmë dhe t'ju bëjmë të ditur, se në bazë të vendimit të Qeverisë Shqiptare dhe me lejen e ndihmën e komandës ushtarake austriake, jemi të urdhëruar të çlirojmë të gjitha vendet e kazasë së Korçës, me kufijtë e caktuara nga Konferenca e Ambasadorëve në Londër, nga të gjitha mbeturinat e ushtrisë greke dhe nga andartët, të cilët vazhdojnë të bëjnë dëme në fshatrat tona, duke munduar popullin dhe duke plaçkitur. Prandaj ju vëmë në dijeni që të mos tërhiqi nga ca andartë që kini aty dhe disa çobenj që kërkojnë turbullira dhe të mos guxoni të na kundërshtoni. Çdo kundërshtim do të jetë në dëmin tuaj, se ne do të vijmë me çdo therori për të vazhduar rrugët tona për në Korçë dhe kështu të plotësojmë misionin tonë të shtrënjtë. Po të jetë se ju do ta kuptoni interesin tuaj dhe të Voskopojës, duhet të ngrini flamurin Kombëtar të Skënderbeut dhe ju sigurojmë se nuk do të hyjë në Voskopojë asnjë komit nga çetat tona, përveç Qazim Panaritit me dhjetë shokë, i cili është urdhëruar që, në marrëveshje me ju, të emëroni një krahinar dhe një numur gjindarmësh, prapë nga fshati juaj, për të mbajtur rregullin dhe qetësinë e Voskopojës. Për çdo kundërshtim, përgjegjësia ju mbetet juve.

Me nderime
Sali Butka
Komandant i Çetave Kombëtare".

Plaku e lexoi letrën ngadalë para se ta nënshkruante, pastaj thirri Gaqi Lenon dhe e porositi: "Thuaj Bitrit se asnjë gjëlpërë nuk do të humbasë në Voskopojë; llafose për sa pe vetë në Lavdar, Vithkuq e gjetkë. T'ja japësh letrën në dorë Bitrit e jo njeriu tjetër. Përgjigjen e pres në Gjergjevicë nesër ora 12".

* * *

Në konakun ku qëndroi Plaku në Gjergjevicë, ishin
mbledhur komandantët e çetave. Pritej përgjigja nga
Voskopoja, e cila mbërriti para orës së caktuar:

"Katundaria e Voskopojës,
Më 14 tetor 1916

Zotit Sali Butka
Muarëm letrën tuaj dhe mësuam se kini vendosur të
vini në Voskopojë. Po ju lajmërojmë dhe duhet ta dini, se
nuk do të lejojmë kurrë, sepse është gjynah, me këmbët
e ndyra të Shqiptarve të shkelet edhe një pëllëmbë tokë
nga Voskopoja antike greke. Nuk do të pranojmë kurrë
tjetër flamur, përveç atij grek dhe do ta mbrojmë deri në
pikën e fundit të gjakut tonë.
Kryekatundari Voskopojës
Lluka Fundo"

Gjatë leximit të letrës asnjeri nuk hapi gojë. Plaku u
ngrys fare dhe ndenji i heshtur. Qysh ish e mundur që
Lluka Fundos dhe parësisë së Voskopojës t'u kish marrë
koka erë gjer më atë pikë? Qysh e mohuan ata bukën e
këtij vendi dhe kush jua dha tapitë që t'ia shesin tokën
Greqisë? Plaku pyeste veten dhe xhindosej çdo minutë
më shumë, po para të tjerëve u përmbajt. Ai u ngrit
dhe dolli në konakun tjetër, duke marrë me vete Gaqi
Lenon. Gaqi tregoi sa më poshtë: "Ja dorëzova vetë Bitri

231

Dallamangos dhe atje u ndodh dhëndëri i tyre, dhaskal Foça. Ky e mori letrën nga Bitri dhe si e pa, tha se do ta shpinte në Katundari. Kur dolli Foça, e llafosa Bitrin gjerë e gjatë për sa më kishe thënë zotrote dhe u përgjigj se i pranon të gjitha. Tha se është me neve, por nuk bën dot gjë se Foça i ka marrë me pahir të bijën dhe i shkon shumë fjala tek andartët. Pas nja dy orëve erdhi Foça me zarfin të mbyllur dhe më tha të ta dorëzoj nga ana e Lluka Fundos dhe katundarisë".

Plaku kërkoi të mblidhen edhe gjithë nënoficerët. U shpjegoi përmbajtjen e dy letrave që kish dërguar e kish marrë dhe tha se, për të vajtur në Voskopojë, duhej një plan i ri.

- Atje do të ketë kundërshtime të mëdha, - vazhdoi ai – prandaj duhet të kemi guxim, të luftojmë me trimëri dhe të vdesim me nder se sa të gjallë e me turp.

Kur thoshte këto fjalë, ai po rrethonte me mëndje qytetin e Voskopojës dhe puna nuk iu duk aq e kollajtë. Pesëqind shtëpi të vendosura në një luginë, në të cilën mund të zbrisje vetëm faqeve të maleve. Shtëpi prej guri dykatëshe e të rrethuara me mure të vjetër. Penxhere me hekura. Dhe në çdo qoshe muri e pas çdo penxhereje, ai pa një tytë pushke dhe një palë sy andarti që përgjonin të sigurt për gjahun e tyre.

- Kush të ketë frikë, të shkojë në shtëpi e të mos e zërë mëngjesi këtu, - përfundoi Plaku.

Disa u përgjigjën menjëherë "do bëjmë detyrën". Kapteri i ri Asllan Gura thirri "Rroftë Shqipëria". Pas tij thirrën të gjithë bashkë e u ngritën më këmbë sikur do niseshin atë çast.

- Shkoni pranë shokëve e i gatitni. Dalçi faqebardhë!

– tha me zë të lartë Plaku.

Nënoficerët shkuan pranë çetave, ndërsa komandantët qëndruan të përpunojnë hollësirat. U vendos që Hyseni me 150 vetë, të dilte në Kostmandro, në drejtim të Zhomurit, të priste Urën e Kovaçit e të ndalonte përforcimet që mund të vinin nga Korça, Zenel Braçia, me 50 vetë, të merrte anën e mëngjër, të delte në Shën Prodhom e të bashkohej me çetën e Kajo Babjenit, që vinte nga nënprefektura e Gramshit në ndihmë të Saliut. Vetë Plaku, me çetën e Qazim Panaritit, do të dilte në Shëndëlli e të zbriste në fshat. Ai kish tani nën urdhër 350 vetë të armatosur mirë, prandaj vendosi të bëhej një goditje nga të gjitha anët e t'i japë fund punës, e shumta në gjysmë dite.

Më 16 tetor, pa zbardhur mirë, çetat bënë përpjekjen e parë në kullat e Gjergjevicës. Pas gjysmë ore, andartët u thyen dhe secili komandant vazhdoi rrugën në drejtimin e caktuar. Çeta e Hysenit arriti në Zhomur pa gjetur tjetër kundërshtim, ndërsa Zenel Braçia merrte kontakt me çetën e Kajo Babjenit. Vetë Plaku me Qazimin zbriti nga bregu i Shëndëllisë dhe hyri në arat e qytetit, duke thyer rojet e llogoreve të Shën Harallambit. Aty u gjetën dy andartë të vrarë dhe katër të plagosur. Faza e parë e operacionit përfundoi pa ndonjë humbje. Voskopoja u gjend e rrethuar mirë, po trokiste ora e fundit.

Në mesditë, Plaku urdhëroi përparimin e përgjithshëm drejt qytetit. Filloi lufta. Ai zbriti në lagjen e parë, por forcat e tjera në krahë mbetën në vend. Një

233

zjarr kositës nga shumë drejtime nuk linte të ngrije kokë. Më me tërbim bëhej luftë në rrugën e Oparit. Andartët shtinin nga penxheret e shtëpive, prapa mureve të vjetra, nga kambanoret e kishave. Plumbi digjte gurin përpara dhe vdekja përgjonte qoshe më qoshe. Plaku qëndroi. Ai po rrinte në gjunjë pas një muri dhe mundohej të kuptonte gjendjen mirë. Herë-herë, nga një penxhere kërcisnin dy tre pushkë në të njëjtën kohë. Luftëtarët e Qazimit ishin mbështetur pas gurëve aty para. Shtinin dhe ulnin kokën rrafsh përtokë, po përpara nuk shkonin. Afroi darka. Çetat nuk kishin përparuar veçse disa dhjetëra metra. Të hidhte njerëzit në sulm, t'i ngrinte në këmbë do të thoshtee t'i shtynte në derën e furrës. Aty pranë gjendeshin disa plevica me bar. Ishin plevicat e Onço Dalltos. Që të hapte panik e të thyente qëndresën e kundërshtarit, Plaku i tha Qazimit t'i vinte zjarrin njërës prej tyre. Pas shpërthimit të zjarrit në plevicë, u pushtuan shtëpitë e para. Në terrin e mbrëmjes, flaka ndriçoi gjysmën e qytetit. Plaku urdhëroi të mbahej rrethimi dhe lëshoi parullën e natës.

Aty filloi katastrofa.

Zjarri në plevicën e Onço Dalltos ish shuar prej kohe. Ajri qe mbushur me erën e kashtës së djegur dhe Voskopoja ish fundosur sërish në errësirë. Asnjë shenjë drite nuk dukej gjëkundi. Bashkë me flakën e plevicës kish pushuar edhe lufta. Njerëzit po gjenin vendet e tyre, sulmues të rrethuar. Nata kërkonte armëpushim. Kur të gdhihej dita prapë, kundërshtarët do fillonin nga e para.

Tamam në kohën kur asnjeri nuk e priste, në anën

e mëngjër të qytetit, në drejtim të Manastirit të Shën Prodhomit, plasën dy zjarre njëherësh. Gjuhët e flakëve ndriçuan pishat tej në faqe të malit. Hijet e pishave u rritën për një çast gjer në qiell dhe befas u zhdukën fare. Nganjëherë shfaqeshin përmes hijeve të flakës, çatitë dhe penxheret e shtëpive të lagjes përpara. Plakut po i punonte syri lodra të çuditshme. Ai nuk e merrte vesh se ku binin pikërisht ato zjarre dhe kush ish shkaktari i tyre. Pastaj e gjeti me mënd se zjarret ishin vënë në sektorin e Zenel Braçes.

- Ejani me mua ju të dy, - u tha Plaku vullnetarëve që u ndodhën më afër.

Apostol Malëshova dhe Pandeli Karbanjozi shkuan pas tij. Ata i ranë lagjes përqark, duke u penguar në gurët e rrugës dhe pas gjysmë ore u gjendën në mes të çetës së Zenelit.

Aty vendi nuk dukej aspak i qetë. Tek tuk shkrehej befas ndonjë armë dhe pastaj shkëmbeheshin katër-pesë të shtëna në errësirë. Pranë të dy shtëpive që digjeshin, dikush thërriste me zë të lartë. Ndjehej se çeta përparonte pëllëmbë për pëllëmbë, qoshe më qoshe. Se çfarë ngjiste nëpër bodrumet, nëpër shkallë e në dhomat e atyre shtëpive, Plaku e merrte me mënd mirë. Njerëzit po ndiqnin njëri tjetrin si macet.

Vetëm një gjë nuk pati paraparë Plaku. Ai po ecte në rrugicën e rrethuar me mure që të gjente Zenel Braçen, kur u hap porta e shtëpisë së parë dhe dy burra të ngarkuar me diçka vrapuan të dilnin nga qyteti. Ata e panë Plakun në errësirë dhe i dyti prej tyre i tha: "Shkoni

235

përpara, shpejt".

- Qëndroni aty, kush jini ju, ku vini? – u thirri Plaku. Ata as që ja vunë veshin fare dhe deshën të nxitojnë, po Apostol Malëshova që vinte pas, u zuri rrugën e u drejtoi pushkën.

Ai që foli me plakun paskej qenë vullnetar i çetës së Zenelit, tjetri ish një fshatar nga Opari, një kushëri i tij. Plaku mori vesh se çeta e Zenelit kish pushtuar shtëpitë e para. Shtëpitë u gjetën të braktisura dhe disa vullnetarë po bënin plaçkë. Domethënë nuk po ndiqeshin andartët siç pandehte ai. Po plaçkitej qyteti. Pastaj Plaku pyeti fshatarin nga Opari dhe mësoi se disa grupe kaçakësh të fshatrave rrotull, kishin dëgjuar luftën në Voskopojë dhe qenë turrur aty për ndonjë plaçkë. Ai pyeti fshatarin për emrin e ndonjërit. Të porsaardhurit ishin fare të panjohur.

- Hiqjuni armët dhe i lidhni. Nesër do t'i gjykojmë,
- i tha Plaku Apostolit.

Ndërsa Apostoli e Pandeliu po çarmatosnin ata të dy, një grup njerëzish u dukën në krye të rrugës.

- Pyeti cilët janë, - urdhëroi Plaku Pandelinë.

Ishte komandanti i çetës, Zenel Braçia, që donte të dilte në anën tjetër të lagjes.

- Çfarë po bëhet këtu? – iu drejtua Plaku Zenelit.

- Tartari e marrtë vesh, - u përgjigj Zeneli.

Ai e uli pushkën pranë këmbës dhe fshiu ballin me mëngën e palltos. Plaku nuk ish në gjendje të dallonte në errësirë vështrimin e atij njeriu dinak, po e ndjeu nga zëri se Zeneli si gjithnjë, diçka i fshihte.

- Të tutë janë këta maskarenj që hapin sëndyqet e

236

grave? – tha Plaku.

- Ja Çuk e Tomorrit! – u përgjigj si me habi Zeneli. Ai hodhi dy hapa drejt të çarmatosurve dhe pasi i njohu, filloi t'i pyesë e t'i shajë me zë të lartë. Bërtiste kot. Në zënë e tij nuk ndjehej kurrfarë inati.

- Po shtëpive kush u vuri zjarrin? – pyeti Plaku prapë.

- Kanë ardhur njerëz të huaj që nuk bëhen zap dhe as dëgjojnë fare, - tha Zeneli.

- Mba vesh mirë, - tha Plaku.

Ai po i fliste komandantit të çetës mu në mes të rrugës dhe para njerëzve të tjerë. Me sa dukej ish zëmëruar shumë dhe as që bëhej merak për sedrën e vrarë të Zenelit.

- Mba vesh mirë dhe vuri gishtin kokës, - tha Plaku.

– Po humbi plaçkë e po u dogj edhe një kasolle këtej e tutje, më përgjigjesh me kokë.

- Sa për plaçkën ke të drejtë, - u përgjegj Zeneli.

Ai rrinte kokulur dhe vështronte Plakun nga poshtë vetullave. Një krismë trari u ndie pranë. Çatia e njërës prej shtëpive që digjej, u shemb me gjëmim. Flaka u përtëri më forcë. Po në atë kohë një dritë e re u duk nga ana tjetër e qytetit, në drejtim të urës së Kovaçit. Zenel Braçia kish ngritur kokën e po shikonte Plakun drejt në sy, përmes dritës së zbehtë të flakës. Tani që dhe të tjerët po u vinin zjarrin shtëpive, ai përgjonte Plakun me një buzëqeshje të keqe, që i dukej vetëm në sytë.

- Mba njerëzit nëpër vende sa të gdhihet, - tha shkurtas Plaku, - gjeji një për një ku janë dhe jepu drejtimin. Kur të dërgoj haber unë, fillo sulmin. Të shkulen andartët medoemos.

Zenel Braçia hodhi pushkën në sup e u bë gati të shkonte, duke treguar se i mori vesh të gjitha. Ai donte të shpëtonte nga takimi i papritur një orë e më parë. Plaku i ktheu krahët pa e përshëndetur. Në krye të rrugës qëndroi.

- Dëgjo këtej, - i tha Zenelit. – Këta të dy mbaji lidhur në bodrum dhe m'i dërgo në mëngjes.

- Si të urdhërosh! – u përgjigj ai nga krahu tjetër i rrugës. Kur u kthye Plaku te çeta e Qazimit, kish kaluar mesi i natës. Ai donte të vazhdonte rrugën për të vajtur nga ana e Zhomurit, në çetën e Hysenit, po Qazimi nuk e la.

- Rri këtu se rruga është e pa kontrolluar, - i tha Qazimi.- Dërgojmë njeri t'i flasë Hysenit.

Plaku hyri në një dhomë përdhese ku kish bërë vendkomandën Qazimi, dhe u ul në minder. Një konizëm me vaj ndriçonte në qoshe të dhomës Shënmërinë me atë foshnjën lakuriq në duar, që i kish mbërthyer sytë e bukur në qiellin e shpëlarë të ikonës.

- Kjo dritë është ndezur para luftës – mendoi Saliu. – Kushedi kur do t'i hedhin vaj të zotët prapë.

Nga biseda me Qazimin, ai u qetësua. Tek rrinin ulur në minder e fjaloseshin kokë më kokë, Plaku ndjeu gëzim në zëmër e iu kthye shpresa se të nesërmen, kur të gdhihej, çdo gjë do merrte një përfundim të mirë. Qazimi doli të dërgojë lajmës për Hysenin e të kontrollojë vendet e çetës, ndërsa Plaku u mbështet i kapitur në jastëkët e minderit e i nguli syrin dritës në konizmën e Shënmërisë.

* * *

Po ç'ngjante ndërkohë matanë pozicioneve të kundërshtarit? Vasil Ekonomi në dorëshkrimin e tij thotë: " Një major plak, rendi të telefononte e të lajmëronte në Korçë se lufta filloi dhe kërkonte ndihma të shpejta, sipas zotimeve të dhëna prej vetë francezëve. Korça lajmëronte se fuqitë ishin nisur. Lufta sa vinte po ashpërsohej, po asnjë ndihmë nuk dukej. Krismat e pushkëve po afroheshin, gjë që tregonte se fshatarët e armatosur po zmbrapseshin." "Çaste kritike! Ora katër pasdreke. Tani plumbat po godasin çatitë e shtëpive të qytetit si edhe rrugët. Asnjë ndihmë nuk po vjen nga Korça. Majori plak nuk pushon së kërkuari ndihmë, kurse pas pak telat u prenë dhe telefoni pushoi. Ushtarët dhe civilët e armatosur po kthehen nga fronti. Populli i qytetit është në alarm e lebeti. Nuk dinë ç'të bëjnë, të rrinë apo të ikin, po ku të venë? Tmerri dhe paniku i ka pushtuar të gjithë, si të mëdhenjtë ashtu dhe të vegjlit. Për më tepër, një plevice që ndodhej matanë qytetit, iu vu zjarri. Kjo bëri të zmbrapsen gjithë luftëtarët, duke pandehur se çetat hynë në qytet".

Të nesërmen në mëngjes, lufta u ndez më me tërbim se të djeshmen. Pushka krisi në të katër anët e qytetit. Ishin pushtuar vetëm shtëpitë e para dhe nuk merrej vesh mirë ku fillonte vija e njërit kundërshtar dhe ku mbaronte e tjetrit.

Sali Butka qëndronte në vijën e parë, po nuk merrte pjesë në luftë. Qazimi i nxiste njerëzit vetë dhe meqenëse nuk kish mundësi t'i ngrinte njëherësh e t'i hidhte në sulm, kthehej te Plaku e i tregonte si për t'u shfajësuar, penxheret e larta nga shtinte dendur armiku. Ishin vrarë nja shtatë a tetë vullnetarë e qenë plagosur shumë të tjerë.

- Përpiqu të dalësh atje, - i tha Plaku Qazimit, duke i treguar një tufë me pemë në qendër të qytetit.

Qazimi u largua të zbatojë urdhrin, Atëherë Plaku u ngrit më këmbë dhe tha: - Hajdeni, djem, të shkojmë përpara. Shtini në çdo penxhere që t'u zërë syri, mos kurseni fishekët.

Ai ngriti pushkën dhe shtiu duke ecur me çap anës rrugës së gurtë. Nga e majta e mbronte muri gjer te supet. Mjafton të ulte kokën, që plumbi nga ajo anë të mos e zinte. Po ai nuk donte të ulej atë ditë. Mbase u lodh e u mërzit së luftuari. Me një besim të tepruar në fatin e tij, ai eci përmes ciflave të gurëve që ngrinin plumbat dhe arriti te çezma në krye të rrugës. Aty u kthye të shohë mbrapa. E kish pasuar grupi i vullnetarëve prej dhjetë vetash, që po vinin anës së mureve një nga një.

- Zini vend , - urdhëroi Plaku.

Vullnetari Mustafa Backa që u ndodh më pranë, u godit dhe ra i vdekur te këmbët e tij.

Aty Plaku e pa se po të çonte vullnetarët përpara, do derdhej gjaku rrëke e do skuqeshin gurët e rrugëve. Do të tregohej me gisht në Skrapar, në Tomorricë, në Gorë e Opar, si njeriu që mori djemtë më qafë. Hë për hë ai mendoi të forconte pozicionet te çezma dhe të çonte në sulm sektorët anash. Tamam në atë kohë e thërriti lajmëtari i dërguar nga Qazimi.

Qazimi erdhi në mes të rrugës ta takojë vetë, se nuk besonte që lajmëtari të arrinte te Plaku shëndoshë e mirë. Ai tregoi se ishin kapur disa çobenj të ardhur nga Greqia e nga stanet e Marianit, që dilnin nga shtëpitë ngarkuar me plaçkë. Ata kishin shkuar në Voskopojë ditë më parë që ta mbronin prej Sali Butkës dhe tani që e panë se luftën e humbën, plaçkitnin dhe përpiqeshin të dilnin duke kaluar nëpër radhët e vullnetarëve. Qazimi tha se nuk po plaçkitnin vetëm këta, se disa grupe kaçakësh nga krahinat pranë, hynë atë mëngjes në Voskopojë, u përzien me vullnetarët dhe plaçkitnin shtëpitë e pushtuara. Ndonjë shtëpi që nuk e merrnin dot, përpiqeshin t'i vinin zjarrin. Këto ngjisnin tani edhe në sektorin e çetës së Hysenit. Plaku dëgjonte me nofullat mbërthyer. Ai i tha Qazimit të mbajë vendin te çezma dhe u nis të shohë e të kontrollojë vetë.

Duke kaluar nga njëra shtëpi te tjetra e duke u rënë rrugëve përreth, ai pa njerëz të armatosur me pushkë në sup e me sëpata në brez. Ata dilnin të ngarkuar me plaçkë. Plaku i dëgjoi se qysh thërrisnin njëri tjetrin, e i pa tek tërhiqnin plaçkat zvarrë.

Pas Plakut, Qazimi kish nisur nja pesë vullnetarë. Plaku u tha vullnetarëve që të nxirrnin plaçkitësit nga shtëpitë e t'i sillnin para tij. Ai u hoqi armët plaçkitësve vetë, i pështyu në fytyrë e i shau. Pastaj dha urdhër të lidhen me duar mbrapa e të rrihen me litar. Ishin nja dymbëdhjetë vetë që u nxorën nga shtëpitë një nga një. Njëqind metra më përpara bëhej luftë. Tymi që kish filluar të dilte aty këtu nga shumë shtëpi të qytetit,

241

përzihej me erën e barutit. Plaçkitësit i duruan rrahjet pa zë. Qenë mësuar ata të provonin shumë gjëra në lëkurë. Pastaj Plaku i liroi e i dëboi jashtë qytetit. Ai i kërcënoi me kobure në dorë se, po t'i zinte edhe një herë, do t'i shkonte në plumb pa asnjë mëshirë. Plaku kaloi më tej dhe pa prapë njerëz që plaçkitnin e vullnetarë që luftonin. Qendra e luftës po shpërngulej në zëmër të qytetit. Do të duhej vetëm një sulm i përgjithshëm që Voskopoja të pushtohej e tëra e të merrte fund ajo rrëmujë.

Po pse nuk ndihej luftë në sektorin e Zenel Braçes? Gjer ku kish arritur Kajo Babjeni dhe ç'po bënte Hysen Nikolica? Plaku pastroi shtëpitë me radhë nga plaçkitësit dhe caktoi vullnetarë, që i hoqi nga vija e zjarrit për të marrë nën mbrojtje ata voskopojarë që nuk kishin mundur të largohen. Për të qenë më i sigurt, ai i drejtoi voskopojarët në rrugën e Korçës, duke u dhënë me vete gjithë plaçkën që mund të mbanin. Pastaj caktoi pozicionet e vullnetarëve shtëpi më shtëpi. Rrethimi i qendrës po ngushtohej.

Darka ra për të dytën ditë në qytetin e Voskopojës. Rezistenca në qendër lëkundej po nuk rrëzohej. Vasil Ekonomi thotë:

"Se ç'ngjau Atëherë, nuk mund të përshkruhet. Thirrjet, klithmat, të qarat, lebetitë, nuk mund të përshkruhen. Oficerët me revole në dorë detyronin ushtarët të ktheheshin në front, por këta nuk bindeshin. Konfuzioni po merrte përpjesëtime të mëdha. Disa shkonin në drejtim të Korçës, disa për në Manastir të

Shën Prodhomit".

Se ç'po ngjiste në Voskopojë, Plaku e pa dhe e ndjeu mirë. Ai dërgoi lajmës të mblidhen te çeta e Qazimit komandantët dhe nënkomandantët e tjerë. Po aq keq ishin ngatërruar njerëzit dhe vendet, sa ai mundi të takohej me komandantët e tij vetëm në mesnatë. Komandantët e Sali Butkës u shtruan këmbëkryq për tokë e treguan me radhë. Ata thanë se gjithë-gjithë ishin vrarë nja dhjetë vullnetarë e plagosur nja tridhjetë të tjerë, se nëpër shtëpitë qarkullonin njerëz të huaj, që nuk bindeshin, se duke shpresuar akoma ndonjë ndihmë nga Korça, andartët vazhdonin të luftonin pa u tundur. Në dritën e pakët të llambës mbi oxhak, fytyra e parruar e Plakut dukej si mos më keq. I shndriste kurrizi i hundës nga dobësia e mundimi. Syri i qelqtë i kish shkuar shtrembër. Qazimi që e vinte re nga afër, i hodhi një pallto krahëve. Atij iu duk se Plaku kish të ftohët dhe shau veten që nuk pati mënd t'i ndizte zjarrin e t'i çonte gjë për të ngrënë.

- Puna u pa, - tha Plaku. – Këtu është e zorshme të ndahemi nderuar. Po vjedhin e po djegin në emrin tonë. E keqja është se diku përzihet në këto gjëra edhe ndonjëri nga ne. Tani nuk kemi si tërhiqemi, se pas nesh plaçkaxhinjtë nuk do të lënë gur pa kthyer nga ana tjetër. Dëgjoni fjalën time mirë. Kush të jetë burrë, do mbushi detyrën, kush të jetë i poshtër, do përgjigjet sa të mbarojë lufta dhe do përgjigjet këtu brenda në Voskopojë. Me të hapur dita nesër, t'u bini andartëve gjithë bashkë dhe brenda një ore cilido të ndodhet me çetën e tij në qendër, te dyqanet. Ndonjëri mbase do vritet. Kjo dasmë kërkon mishra. Sonte mbani njerëzit nëpër vende. I lidhni e i largoni plaçkitësit. Shpëtoni ç'të mundni.

Komandantët u ngritën e shkuan, po Plaku nuk mbeti aspak i qetë. I dukej se në atë rrëmujë të përgjakshme që zotëronte qytetin, për urdhrat e tij nuk kish njeri nevojë. Sapo dolën komandantët, ai nisi dy lajmëtarë për Gjonbabas që të vinin trupat austriake, me shpresë se prania e tyre do shpëtonte Voskopojën.

Të nesërmen në mëngjes shpërtheu një shi si rrebesh dhe më pas vendin e mbuloi mjegulla. Vasil Ekonomi thotë:

" Tani gjithë voskopojarët, me të vegjlit në krahë, po radhiteshin në rrugën që të shpie në Manastir dhe rruga u mbush plot e përplot. Vetëm ikja sa më shpejt ishte shpëtimi, prandaj vargu i njerëzve fillonte nga fshati dhe mbaronte në Manastir."

"Por ç'fat i keq. Me t'u afruar te lëmi i Manastirit, një batare pushkësh drejtuar kundër kësaj popullate të pafajshme dhe plumbat shponin trupat e njerëzve: pleq, të rinj, gra e fëmijë. Ishte çeta e Malkë Zvarishtit që qëllonte nga Gurët e Bardhë mbi Manastir".

Përparimi i çetave filloi shtëpi më shtëpi, pa gjetur ndonjë rezistencë të madhe. Plaku pyeste veten ç'u bënë andartët. Atëherë u hap lajmi se ata paskëshin çarë rrethimin në sektorin e Zenel Braçes dhe qenë zhdukur me mjegullën bashkë. Lajmi u hap gojë më gojë dhe fill pas tij pasoi një tjetër: në Manastirin e Shën Prodhomit qenkej bërë një vrasje në masë. E kish bërë Malkë Zvarishti, komandant i një çete dërguar nga Gramshi, që sapo kish arritur në Voskopojë.

Një përbindësh i vërtetë ish ky Malkë Zvarishti. I zhveshur fare nga mesi e lart, mjekra e zezë i varej gjer në brez, ndërsa flokët i mbulonin shpatullat e gjëra. Ta shihje, të këlliste datën.

Tregonin se, kur patën hyrë andartët në fshatin e tij, desh t'i trazonin të bijën dhe bënë disa tallje të rënda me të shoqen. I lidhur këmbë e duar në një qoshe të dhomës, Malka ulëriti si ujk, sa u dëgjua në gjithë fshatin dhe shqepi rrobat me dhëmbë. Ai e la shtëpinë dhe dolli maleve që atë ditë. Përmbi fshat vrau dy andartë, i theri dhe piu gjak prej tyre. Njerëzia thoshin se mendjen e kish në vend , po në shpirt qe bërë më i lig se egërsirat. Këtë monstër e gjetën austriakët në Gramsh dhe e bënë komandant të një çete. Kajo Babjeni komandonte çetën tjetër dhe të dy bashkë morën urdhër të shkonin për në Korçë, në ndihmë të Sali Butkës. Kajo Babjeni arriti më parë dhe u soll mirë në të gjitha rrethanat, ndërsa Malka arriti me vonesë dhe u drejtua andej nga vinte erë gjaku. Në Manastir ai gjeti tetë andartë të fshehur në plevicën e barit. Kjo i dha shkak tërbimit të tij. Andartët i theri me thikë e i copëtoi me duar, pastaj nxori voskopojarët jashtë, lidhi 40 burra me litar në varg njëri pas tjetrit dhe i vrau, duke provuar sa njerëz mund të shponte një plumb i vetëm.

Vullnetarët pushtuan shtëpitë dhe gjithë pozicionet. Lufta pushoi. Plaku ecte përmes qytetit pa ditur ku të vejë e ç'të bëjë. Nuk i mbetej tjetër veç të bënte sehir përfundimin e ngjarjes që u zhvillua para tij. Një fitore

245

e tillë është më keq se tërheqja, ajo i ngjan disfatës dhe turpit. Po akoma nuk i kish parë të gjitha. Kur arriti në mesin e fshatit, mori lajmin mbi gjëmën në Manastir. Shpejtoi hapat që të vente e të shihte çfarë kish ngjarë tjetër, po këmbët i pengoheshin. Të ecurit e tij i ngjante vrapit që kërkon të marrë njeriu në një ëndërr të keqe. Kur arriti te çeta e Kajo Babjenit, disa fjalë të ashpra u këmbyen ndërmjet tyre. Malka kishte vrarë e therur, kish pirë gjak dhe kish ikur. Plaku i tha Kajos të merrte çetën dhe të vihet në ndjekje të tij, ta zërë të gjallë a të vdekur, nëse nuk do të ndajë bashkë me të mallkimin dhe urrejtjen. Kajua uli kokën dhe pranoi. Ai u nis të ndjekë Malkën dhe Plaku vrapoi për në vendin e ngjarjes.

Në Manastir e pritën kujdestarët Papa Nuçi e Papa Kliu. Ata i treguan ngjarjen fije e për pe e i thanë se njerëzit që shpëtuan nga Malka, ikën të llahtarisur për Korçë. Njerëzit u vranë ose ikën. Këtë po shihte Sali Butka.

Kujdestarët e çuan Plakun në dhomat e Manastirit, ku Zenel Braçia me çetën e tij kish kyçur plaçkën e grabitur në Voskopojë. Fatkeqësitë ndiqnin njëra tjetrën. Tani e kuptoi Plaku se qysh mundën të shpëtojnë andartët e rrethuar. Zenel Braçia plaçkiste, nuk kish kohë të luftonte. Plaçkitësit që dëbonte Plaku nga fshati, hynin përsëri nga sektori i Zenelit që u bë bashkëpunëtori i ngushtë i tyre. Në sytë e njerëzve që braktisnin Voskopojën, Zenel Braçia po bënte pjesëtar të qëllimeve të tij edhe Sali Butkën.

Plaku qëndroi të marrë pak frymë, se nuk kish fuqi të dëgjonte më tepër, po vendi nuk e mbante. Ju erdhi rrotull plaçkave dhe pa atje sende që nuk ja kishte zënë syri më parë. Dikur ato plaçka të hedhura grumbull stolisnin shtëpitë që po digjeshin zjarr. Sa kohë kish kaluar që Atëherë! Dy ditë e dy net pa gjumë e bënë Plakun të humbasë ndjenjën e kohës. Rrotull Manastirit dhe brenda tij, lëvrinin fshatarë e njerëz të armatosur. Të gjithë bridhnin, djersitnin, shanin. Plaku thirri disa nga vullnetarët e tij dhe i urdhëroi të nxjerrin në oborr plaçkat e grabitura. U bë një kapicë e madhe. Ai nuk kish fuqi t'i siguronte ato plaçka se në atë çast nuk i besonte më askujt, prandaj u vuri zjarrin.

Kur u kthye Plaku në Voskopojë, po u dilte tymi shtëpive të fundit. Kishin ardhur dy kompani ushtarësh austriakë që u munduan të shpëtonin disa shtëpi për t'u strehuar vetë, po më kot. Rezistenca e andartëve kish pushuar fare, po njëkohësisht pushoi së ekzistuari qyteti i vjetër i Voskopojës.

I dërmuar nga lodhja e dëshpërimi, Plaku urdhëroi të mblidhen çetat e të shkojnë në Gjonomadh. Nuk qe në gjendje as të qëndronte në këmbë, as të fliste. Kërkoi mushkën. Kur u mat të hipte, vërejti i hutuar se diçka i mungonte. Vullnetari që mbante mushkën, uli kokën dhe tha i turpëruar:

-Velenxën e zotërisë sate na e vodhën plaçkitësit.

Vetëm një gjë po mendonte Plaku: Të dilte sa më parë nga lëmi i vdekjes ku qe futur, të ikte larg, të mos shikonte. Shtëllungat e tymit shfrynin përpjetë nga të gjitha anët, ajri qe rënduar ta prisje me thikë, toka nxinte.

247

* * *

Në Polenë, Plaku thirri Zenel Braçen me gjithë çetën e tij dhe dolli në oborr t'i presë. U paraqit Zeneli vetë i nëntë, 41 të tjerët kishin shkuar në fshatrat e tyre ngarkuar me plaçkë. Zeneli hodhi nja dy hapa përpara si për t'i kërkuar ndjesë Plakut, po ai e ndali me dorë.

- Ju nuk jeni shqiptarë, po halldupë të uritur, - u tha Plaku. Zëri i tij kish një tingull të ulët e të thatë që të vret veshin, po që të rri në kokë për shumë kohë. Ai u mendua një hop:

- Nuk më vjen keq t'ju vras me dorën time -. Zbriti dy parmakët e shkallës dhe u afrua. Asnjeri nuk lëvizi nga vendi.

- Hidhni armët, - tha Plaku.

Zeneli hezitoi.

- Dëgjuat apo jo? – ulëriti Plaku. – Hidhni armët dhe të mos ju shohën më sytë e mi.

T'i ktheje fjalën Plakut, nuk kish bërë vaki ndonjëherë. Punët dukeshin shumë keq. Zeneli mbështeti i pari pushkën te muri i avllisë dhe doli jashtë. Pas tij shkuan të tjerët.

Nuk kaloi një orë dhe tek Plaku hyri një nënoficer për ta lajmëruar se shokët e Zenelit, në të ikur e sipër, po plaçkitnin një shtëpi brenda në Polenë. U ngrit Plaku dhe e rrethoi atë shtëpi. Hajdutët dolën një nga një në oborr dhe po prisnin. Ata e panë se u erdhi fundi.

Plaku hyri në shtëpi dhe gjeti atje dy gra të lidhura. I zoti i shtëpisë tha se hajdutët kishin marrë 5 napolona. Ndërkohë erdhi pleqësia e fshatit. Ata thanë se asnjë plaçkitje tjetër nuk ish bërë.

- I lidhni këta qëna me litar, - tha Plaku duke dalë në oborr.

Një numër i madh vullnetarësh dhe fshatarë qenë grumbulluar atje. I lidhën ata të pesë me një litar të gjatë dhe i vunë për një.

- Para marsh! – tha Plaku.

Të lidhurit filluan të ecnin ngadalë.

Ku po i shpinte Plaku ata?

Të gjithë e dinin, po asnjeri nuk fliste.

- Luani këmbët! – bërtiti Plaku.

Të lidhurit filluan të shpejtonin. Grupi i vullnetarëve dhe disa fshatarë ecnin mbrapa kokulur.

Pushkatimi i shokut duhet të jetë detyrë e rëndë shumë, po prapëseprapë të gjithë donin të arrinin tek vendi e të mbaronin sa më parë.

Kur mbërritën në Zallishtë të Polenës, Plaku bëri shenjë të qëndronin. Ai u bë gati të thoshte ato fjalë që të tjerët i dinin, kur dolën përpara pleqësia e fshatit.

- Fali, o Sali, për hatër të Zotit, - tha njëri prej tyre. – Mos na e prish neve, dëgjo një herë.

- Janë fukarenj nga shpirti, prandaj u gabuan, - tha një tjetër. Ai fliste me duart shtrirë përpara, sikur lutej e kërkonte mëshirë për vete. Dikush foli edhe nga vullnetarët.

Plaku dëgjoi e u mendua, pastaj eci drejt të dënuarve. Kaloi para tyre me radhë dhe qëndroi te i pesti. Ishte një vullnetar nga Gjonbabasi i lidhur për dore me të birin. Nxori nga xhepi një biçak dhe preu litarin që e lidhte me të tjerët. Ish ai që mori të pesë napolonat.

- Të pushkatohet ky, - tha Plaku, - falje për të nuk ka. Vullnetari nga Gjonbabasi u pushkatua para të gjithëve. Tre vetë shtinë mbi të dhe që të tre plumbat e morën. Njerëzia shkuan të lehtësuar, duke e lënë aty të pavarrosur.

* * *

Ky qe episodi që mbylli ngjarjet e atyre katër ditëve. Plaku shkoi më tej në rrugën e tij, por kujtimi i Voskopojës i peshoi si gur në mëndje dhe në zëmër gjer në ditën e fundit të jetës.

Në kohën kur fati i Shqipërisë peshohej në tehun e jataganit, ishte një gjë e vështirë për të, të kontrollonte pasionet e njerëzve e të ruante ndërgjegjen e tyre. Jetonin Atëherë njerëz si Malkë Zvarishti e Zenel Braçia. Tani ekzistonte një rrethanë e pacaktuar, pas pak krijohej një tjetër dhe çdo gjë merrte rrokullimën.

Aksioni i Voskopojës qe një fatkeqësi e Sali Butkës. A mund ta mënjanonte ai këtë e të kalonte më tej? Në këtë rast njerëzia do të thoshin: Sali Butka e uli kokën, bëri sikur nuk i pa ata që i treguan grushtin. Ku po shkon ta kërkojë grekun, kur e ka këtu brenda në Voskopojë?

Është e qartë se nuk mund të ecësh, duke lënë pas shpine një armik që pret vetëm rastin të të hidhet sipër. Sido që të arsyetohet, sulmi mbi Voskopojë ish i pandalshëm.

Dhe kur përpjekja filloi, ai u ndodh para një të keqeje, që i kalonte forcat e tij.

Shumëkush thotë se Plaku i Butkës nuk e mati mirë kohën e zgjatjes së luftës. Ai nuk i peshoi forcat e kundërshtarit. Qyteti i Voskopojës me pesëqind shtëpi, nuk mund të rrethohej nga 350 burra. Dhe thonë se nuk duhej të mbyllte rrugën e tërheqjes. Të mos i shtynte andartët të luftonin për jetë a për vdekje. Armikut që tërhiqet, ndërtoi një urë në det dhe shtroja rrugën me qilima. Të tjerë thonë se gabimi u bë kur iu vu zjarri plevicës së Onço Dalltos. Njerëzve të pakontrolluar në radhët e tij, shenja e zjarrit ua ndezi gjakun. Ata e morën frenë ndër dhëmbë. Pastaj ankohen që Plaku nuk e la luftën me andartët e t'u kthehej plaçkitësve, t'i varte ata nëpër rrugë, t'i vriste pa mëshirë. Mjafton të ndalohej me çdo kusht ajo që ngjau në Voskopojë.

Kur punët shkojnë për dreq, fajin e ka komandanti. Kur arrijmë fitoren, lavdinë e ndajmë bashkë.

Le të bëjmë drejtësi më Plakun e Butkës.

Mundet që nuk bëri mirë ndonjë gjë.

Mund të jetë edhe ashtu, edhe kështu. Vetëm një gjë është e vërtetë. Tri ditë e tri net, ai u përpoq të çlirojë e të shpëtojë qytetin e rrethuar dhe për këtë nuk e kurseu jetën e tij. Se ku digjej Voskopoja, digjej një pjesë e asaj toke për të cilën Sali Butka po luftonte me shpirtin ndër dhëmbë prej dhjetë vjetësh.

FRANCEZËT

Do t'i lutem perëndisë,
të më falë ca ditë hua,
që t'i shërbej Shqipërisë,
ejani, burra, me mua.

S. BUTKA

Tokë e rëndë e zezë. Ta shikosh, të hanë duart për punë.
I bëhet njeriut të mendojë jetën e qetë në familje, gjellën e
ngrohtë pas punës dhe muhabetin rreth zjarrit në mbrëmje.
Plakut nuk i pëlqente të mendonte gjë tjetër.
Përkundej në samarin e mushkës dhe thithte plot gjoksin
erën e darkës që sjell fshati. Po shkelnin në fushën e
Korçës. Aty përpara ndodhej fshati Voskop. Në radhët
e luftëtarëve nuk dëgjoheshin më këngë e shakara.
Mbi atë fushë të blertë si qilim i shtruar, duhej ecur me
kujdes. Tej, në mbarim të fushës, vezullonin qindra drita
të vogla, të verdha. Sa afër dukej Korça! Dhe sa kollaj
mund të hyje drejt e brenda. Kështu merrnin fund të

253

gjitha. Prej andej secili shkonte në punë të tij. Se matanë Korçës nuk kish vend tjetër për të shkelur dhe as mbetej tjetër luftë për të bërë. Mirëpo Korçën e mbanin francezët me uniformat blu. Tërë ngjyrat i pa asokohe Shqipëria. Prej këndej kaluan turq, gjermanë, austriakë, hungarezë, serbë, malazezë, grekë, italianë, francezë. Njëra ushtri shtynte tjetrën herë mbrapa, herë përpara, rrihte vendin me top dhe pastaj ngrinte çadrat për çlodhje.

Këta francezët lyenin vendin me gëlqere kudo që rrinin, qoftë edhe për një natë. Ishin të pastër, kapadainj, por kur e donte puna edhe të sjellshëm. Veçse ata kishin bërë ortak grekun. Në të vërtetë Korçën e qeveriste zoti Argjiropullos. Kur të mbaronin punë francezët e të mbarteshin në vendin e tyre, hajt ta shkulje grekun nga Korça.

Mendimet e Plakut u ndalën në këtë pikë. Mushka kish qëndruar. Vullnetari që e hiqte për kapistre po fliste me një fshatar para derës së një shtëpie. Ish shtëpia e caktuar për vendkomandë.

Në dhomën ku hyri Plaku, qe ndezur një zjarr në vatër dhe mbi tavolinë ndriçonin dy llamba qelqi të zbukuruara me lule me ngjyra. Rreth vatrës, velenxa të kuqe me flokë të gjata. Pastër e mirë. Plaku hoqi këpucët e u shtrua në qoshe. Mirëqenia i ngrohu shpirtin.

Sipas zakonit, u përqafua me të zotin e shtëpisë edhe një herë. Hyri brenda Qazim Panariti. Pa u ngritur filxhanët e kafesë, u shtrua rakia me lloj-lloj meze. I zoti i shtëpisë paskej qenë një patriot i vërtetë. Muhabeti shkoi përpara.

Aty nga ora dhjetë, në Voskop mbërriti Shefqet Korça. Komanda austriake e caktonte si oficer ndërlidhës pranë Plakut. Nga letra që solli, dukej se detyra e tij ishte më tepër të mbikëqyrte, se sa të ndërlidhte. Plaku e priti me fjalë të mira, po kur gjeti rastin i tha Qazimit:

- Tani e tutje mendo më shumë e folë më pak. Zitkovski na e futi veshin brenda.

Më vonë ai u mësua me Shefqetin dhe e pa se nuk kish pse të druhej prej tij. Për këtë Plakut iu deshën prova të shumta.

Të nesërmen më 25 tetor, u organizua krahinaria e Voskopit. Që ta kish pushtetin lokal sa më afër, Plaku vendosi ta bënte Voskopin qendër të fshatrave rreth e rrotull. Pastaj ndau një dava ndërmjet dy fshatarëve, priti e përcolli njerëz e u lodh aq shumë, sa kur u kthye në dhomë të hante drekë, e bëri me mend të mos luante nga shilteja gjer të nesërmen në mëngjes.

Por ndodhte shumë rrallë që Plaku të çlodhej si gjithë njerëzit. Qazim Panariti hyri brenda bashkë me një komit, që Plaku nuk e njihte. Ishte një luftëtar i çetës së Themistokli Gërmenjit. Me anë të një letre të shkurtër, Themistokliu i dërgonte Plakut përshëndetjet më të nxehta, e njoftonte se ndodhej në teqenë e Melçanit dhe i kërkonte një takim sa më parë që të ish e mundur. Plaku nuk e bëri të gjatë, mori me vete sekretarin, Muharemin, dy vullnetarë dhe u nis që atë çast.

Themistokliu dolli ta priste Plakun jashtë derës së teqesë. Dukej i menduar dhe ndofta pak i ngadalshëm. Ai shihte poshtë, si kalliri i grurit plot bukë. Nuk ta merrte mëndja se po ta ngjishje me armë, ai burrë qe gati të hidhej në sulm, e të merrte zjarr si depo baruti.

Ata që u ndodhën më 25 tetor në teqenë e Melçanit, kanë në kujtesë Themistoklinë e vërtetë. Gjenerali francez Dekoen (Descoins) e përshkruan me këto fjalë: "Çehre-çelur, shtatlartë, shumë i shkathët nga lëvizjet, me një mirësjellje të përsosur, veshur në një mënyrë shumë korrekte me një uniformë gjahtari, ai bënte një përshtypje nga më të mirat".

Të dy burrat u përqafuan te dera e teqesë.

Atë natë Saliu bisedoi me Themistoklinë për planet e veprimit të mëtejshëm. Gjendja paraqitej mjaft e koklavitur. Do të mjaftonte një hap i gabuar, që gjithçka të përfundonte në katastrofë. Për të qenë më të saktë, po i drejtohemi këtu tekstit të librit " Gjashtë muaj histori të Shqipërisë", shkruar nga gjenerali francez Dekoen, ish komandant i Qarkut të Korçës:

"a) Në jugë të Korçës, në krahinën e Ersekës e të Qafës së Qarrit, (veprojnë) banda greke ruajaliste. Qëllimi i tyre:

Të kundërshtojnë veprimin e venizelistëve në Shqipëri.

Të sigurojnë ndërlidhjen postare midis oborrit të Athinës dhe Fuqive Qendrore.

T'i shërbejnë çështjes së këtyre fuqive të fundit, duke ushqyer trazira në Shqipëri.

b) Në perëndim të Korçës, bandat austro-shqiptare të Sali Butkës. Tërësia e bandave të Sali Butkës kishte forcën numerike të disa batalioneve franceze.

Qëllimi i tyre: T'i shërbejnë çështjes austriake nën pretekstin e ruajtjes së autonomisë së Shqipërisë.

c) Në veri të Korçës, bandat bullgare-shqiptare (Themistokliu). Duke vepruar plotësisht me trupat bullgare, ato janë pjesë përbërëse e tyre. Tërësia e bandave të Themistokliut kishte forcën numerike të një batalioni francez.

Largimi i autoriteteve venizeliste heq çdo arsye për qëndrimin e mëtejshëm të bandave ruajaliste, unë pres se nga kjo anë gjendja do të sqarohet.

Veprimi kundër Sali Butkës më duket të jetë në kohën e tashme i një natyre thjesht ushtarake. Sa për Themistoklinë, ai me ndërmjetës, ka kërkuar të hyjë në bisedime me mua për të bërë nënshtrimin e tij dhe për të braktisur kauzën bullgare"[15].

Ky gjenerali Dekoen, që në atë kohë ish vetëm kolonel, ka luajtur një rol shumë të rëndësishëm më Qarkun e Korçës. Shkaqet e hyrjes së tij në ngatërresat politike të vendit i sqaron ai vetë në librin e përmendur më sipër:

" Të mërkurën, më 15 nëntor, m'u njoftua se isha caktuar të komandoja një detashment të të gjitha armëve, që kishte për mision të pushtojë krahinën e Korçës. Iu paraqita gjeneralit Saraj (Sarail) për të marrë udhëzimet e tij. Biseda që pason u zhvillua midis meje dhe gjeneralit:

Ai: A e njihni zotin Argjiropullos?

Unë: Po, gjenerali im.

Ai: A e dini ku është?

Unë: Po, gjenerali im, ai është në Korçë.

Ai: Më është bërë i mërzitur, do ta përzini.

---

15 Descoins: Six mois d'Histoire de l'Albanie (faqe 14)

Unë: ? ...

Ai: A e njihni çështjen shqiptare?

Unë: Jo, gjenerali im.

Ai: Nuk ka gjë. Shkoni, kërkoni që t'ju dokumentojnë.

Duke u ndarë nga gjenerali Saraj, vajta në zyrat kompetente të shtatmadhorisë, për të kërkuar aty një dokumentim. Ky u përmblodh në kaq gjë: Gjenerali nuk do në Korçë as grekë, as italianë, as esadistë".[16]

Sikundër shihet, koloneli Dekoen duhej të vinte rregull në një krahinë që vlonte si çorbë dreqi. Nga ta fillonte më parë, me kë të lidhej dhe cilin të përjashtonte? Veprimet e tij të mëtejshme dhe pasojat që rrodhën, mbeten të sqarohen në kohën e tyre. Sidoqoftë, ai vuri menjëherë në veprim porosinë e parë: Argjiropullin dhe bandën që e rrethonte, e nisi nga kish ardhur dhe mori masa të tjera për të mos lënë gjurmë prej tyre.

Ndërkaq, Saliu me Themistoklinë bënë marrëveshje për ta shtrënguar Korçën mirë. Trupat e Themistokliut do mbanin zonën nga Podgoria deri në Melçan, ndërsa Saliu do të kontrollonte vijën Melçan-Kamenicë. Teqeja e Melçanit mbetej qendër e përbashkët, aty do të takoheshin sa herë të paraqitej nevoja.

Të nesërmen Themistokliu u nis herët. U puthën përsëri. Shkëmbyen disa shakara dhe prapë u përqafuan. Ata që u ndodhën aty, duartrokitën dhe thirrën: "Rroftë Shqipëria! Rroftë flamuri kombëtar!"

Në Voskop, Saliu gjeti konsullin Zitkovski që po e priste. Ai kish sjellë nga Berati një sasi të madhe materiali

16 Descoins: Six mois d'Histoire de l'Albanie (faqe 6)

luftarak.

- Ju uroj, - tha Zitkovski. – E kini shtrënguar Korçën mirë. Nuk mbetet tjetër veçse të kërceni brenda.

- Të kërcesh brenda, mund të jetë kollaj, por ta mbash është zor shumë, - u përgjigj Saliu.

- Ju solla shiritin e premtuar, - tha Zitkovski duke nxjerrë nga xhepi modelin e një shiriti të kuq me një shkabë të zezë në mes. Mbi shkabën ishte shkruar me gërma të bardha: "Vetëqeverimi i Epirit".

Saliu falënderoi me kokë, vërtiti shiritin në mes të gishtërinjve dhe ndenji një copë herë në heshtje, pastaj thirri të birin, Muharemin e i tha:

- Shkabën e zezë ta vëmë në qylafë të gjithë, këto fjalët i prisni me gërshërë dhe i digjni në zjarr. Se akoma nuk ka ardhur oportuniteti, - përfundoi ai duke u kthyer nga Zitkovski.

Ky i fundit e pa se ish hedhur përpara shumë. Brenda pesë minutave shtiu bosh dy herë, por davanë nuk e quajti të humbur. Saliu, i lodhur, shpjegoi ngadalë se sido që të ndodhte, Korçës nuk do t'i binte. Ai thoshte se Korça duhej çliruar e jo prishur. Ngjarjet e Voskopojës ishin fare të freskëta.

- Dërgoni ju dy batalione, - i propozoi ai Zitkovskit, - që të sigurojnë qetësinë e plotë, kurse Korçën e marr unë brenda një dite.

Po ku t'i gjente Zitkovski ato dy batalione? Saliu e dinte mirë se dy batalione austriake bëheshin gjithë-gjithë që nga Berati e gjer në Korçë. Zitkovski e pa se nuk mund ta shtynte Salinë në një aksion për Korçën, prandaj

259

bëri një tërheqje të përkohshme. Tha se do të shkonte në Berat për udhëzime të mëtejshme e do të kthehej prapë.

Pas dy ditëve, Plaku vajti përsëri në teqenë e Melçanit të takohej me Themistoklinë. Themistokliu dëgjoi me vëmendje përshkrimin e bisedimit që kish bërë Plaku me Zitkovskin dhe tha se edhe atë e kish thirrur për të njëjtën punë komandanti gjerman në Resnjë.

- E po le të përgatitemi për më të keqen, - tha Plaku. Nga toni i të folurit, dukej se ai kërkonte mendimin e Themistokliut. I nguli atij syrin e vetëm dhe u mundua të kuptonte se çfarë bluante në kokë. Themistokliu pa atë fytyrë të tretur, me njërin sy të ngrirë e të ftohtë dhe tjetrin që përgjonte me aq ngulm, iu kujtua Voskopoja, iu kujtua gjithë ç'kishte hequr ai njeri dhe iu këput shpirti për të. Shkundi çibukun në dorë, uli kokën dhe tha:

- Po. Le të jemi të përgatitur mirë, pastaj shohim e bëjmë.

Në rastin e një sulmi mbi Korçë, Plaku paraqiti këtë plan, të cilin Themistokliu e pëlqeu menjëherë: Nga Podgoria gjer në xhadenë e Maliqit, do të sulmonin çetat e Themistokliut, nga Turhani, Boboshtica dhe Mborja, do të sulmonte Plaku vetë. Çetat e Kajo Babjenit dhe Hysen Nikolicës do t'i dërgonte në Malin e Mborjes e në gur të Cjapit, për të pritur ndonjë ndërhyrje të rastit të forcave greke. Në kohën që fliste, Plaku tërhiqte mbi tavolinë me majën e një thike disa vija të lehta e shënonte disa pika. Ai, si duket, bënte një plan të përfytyruar që më parë, sipas të cilit merrte përsipër vetë treçerekun e punës dhe ajo ish barazi me forcat e tij. Fliste shkoqur e pa ngritur kokë, megjithëse frymëmarrja e pengonte. Ai tha se çetën e Hysenit e largonte qëllimisht nga sulmi për qytetin, se nuk i zinte besë. Ish e para herë që fliste me dikë haptas për të nipin dhe kjo e mundonte shumë.

- Ngandonjëherë ai është qorruar pas interesit, - tha Plaku. – Po tani nuk kam ç'të bëj.

Themistokliu ishte mbështetur në karrige dhe e aprovonte me kokë. Atij i erdhi mirë që Plaku po i hapte zëmrën.

Në mbarim të javës, Themistokliu dërgoi një letër për të lajmëruar se sulmi duhej bërë brenda pak ditëve. Komandanti gjerman i Resnjës kish premtuar ndihma ushtarake. Plaku filloi përgatitjen. Ndau forcat dhe i bëri një kontroll të imët gjithë vijës së sulmit. Punonte pa qejf, sikur e shtynte dikush, e megjithatë, nuk la gjë mangët.

Në vend të Zitkovskit, nga Berati erdhi Semereja. Ai e pëlqeu planin, tha fjalë inkurajimi, po në përgjithësi u tregua i matur. Druhej se mos fjalët e tepërta i bënin Plakut përshtypje të kundërt.

Bashkë me Semerenë kish ardhur edhe një major austriak, që merrej me furnizimin. Ky majori, si piu një pagur me raki mani, dolli në rrugët e fshatit, duke kënduar çapraz në gjuhën e tij. Më në fund qëndroi përpara shtëpisë së Sali Butkës dhe aty po u thoshte njerëzve se ai nuk pyeste fare për Salinë. Bënte shenja me duar, kërcënonte hapësirën, nxirrte gjuhën dhe rrihte gjoksin. Vullnetarët mundoheshin ta largonin me të mirë, po i dehuri gërthiste e bënte shamata më tepër. Plaku e pa nga penxherja se si u nis ai drejt shkallëve që shpinin në dhomën e tij. Dolën jashtë Qazimi e Muharemi që ta mbanin, po Plakut i kish rënë në kokë një damar shumë i lig. Ai hapi derën e tha:

- Lëreni zotin major të hyjë brenda, ju zbrisni poshtë.

Majori hyri dhe nderoi me fodullëk, duke ngritur dy gishtërinj në strehën e kapelës. Pa u përgjigjur fare, Plaku mbylli derën me lloz nga mbrapa, mori nga gozhda kamxhikun prej zorre kau e i hyri majorit me sa i erdhi doresh. I dehuri shqeu sytë nga tmerri, filloi të ulërijë nga dhimbjet e të mbrohet duke rendur nëpër dhomë, po nuk dinte ku të futej.

Qazimi trokiste pa pushim dhe lutej nga jashtë që të hapej dera. Plaku nuk ish lodhur akoma. Kur majori u ul në gjunjë dhe nuk bënte më asnjë kundërshtim, Plaku hapi derën e i tha Qazimit ta nxirrte jashtë atë "derr prej derri". Njerëzit mbetën shumë të shqetësuar. Mund të ngjante ndonjë prishje e keqe, por Semereja e rregulloi punën në një mënyrë krejt të papritur. Të nesërmen në mëngjes, i krehur e i kopsitur mirë, majori u paraqit tek Plaku me kapele nën sqetull dhe kërkoi ndjesë përulësisht. Semereja nuk e kurseu nderin e majorit të ngratë.

Më 23 nëntor, Themistokliu dërgoi një letër tjetër për të njoftuar se sulmi duhej të shtyhej. Korrieri nuk dinte gjë më tepër. Përgatitjet kishin marrë fund dhe pritej vetëm sinjali. Ajo letër e la Plakun të habitur. Si priti dy ditë të tjera, ai shkoi në teqenë e Melçanit të takohej me Themistoklinë, po nuk e gjeti. Babai i teqesë i tha i turbulluar se Themistokliu paskej hyrë atë mëngjes në Korçë, pasi shpërndau shokët, duke marrë me vete dy çetat që iu ndodhën më afër.

Plaku kish besim të plotë te Themistokliu. Hyrjen e tij në Korçë, nuk dinte si ta shpjegonte, por priti me durim që të merrte vesh se ç'do ndodhte më tej. U kthye në Voskop dhe e gjeti Semerenë shumë të alarmuar për ikjen e Themistokliut. Austriakët kishin frikë se mos prishej fronti i Korçës, prandaj Berati urdhëroi të shtohen çetat menjëherë.

Plaku emëroi çetë-komandantë të rinj Hasan Qinamin, Isuf Qytezën, Avni Kapinovën dhe Muhamet Xhelilin. Forcat arritën në njëmijë vetë, fronti u zgjerua nga Kamenica gjer në Pirg. Këtu u formua edhe një krahinari tjetër. U pushtua rruga e Lumalasit dhe u pre rruga e Maliqit. Kryeqendra e komandës së çetave u shpërngul nga Voskopi, në teqe të Melçanit.

Këto masa të shpejta e rritën pushtetin e Plakut, po nuk e ndryshuan qëndrimin e tij. Të nesërmen dolën nga Korça pesë kamionë me ushtarë francezë dhe u drejtuan për në Maliq. Kamionët e vjetër mezi lëviznin, po zhurma që bënin dëgjohej larg. Udhëtimin e tyre e ndiqte me sy krejt rrëza e Korçës. Me sugjerimin e Shefqetit, Qazimi hapi vullnetarët në formacion lufte, po Plaku zbriti poshtë me nxitim dhe ndaloi hapjen e zjarrit. Francezët kaluan lirisht. Plaku shërbente nën urdhrat e austriakëve, po në të njëjtën kohë u ruajt të bëhej armik i francezëve. Dhe për sa kohë do të mund të qëndronte ai si një fuqi pak a shumë neutrale?

Nga Berati dërguan një oficer të ri si ndërlidhës, i quajtur Muharem Starova. Dyshimet rreth Plakut shtoheshin përditë. Austriakët menduan të bëjnë provën e fundit. Më 24 nëntor u dha urdhri të sulmohej Korça. Të tilla urdhra nuk lënë shteg për interpretime dhe as japin kohë për t'u menduar. Ka vetëm dy përgjigje: të shkosh përpara ose të hidhesh në anën tjetër. Plaku i hipi mushkës dhe arriti në Voskop. Aty pyeti Shefqetin nëse vinin prapa fuqi ushtarake dhe kur u bind se forca nuk kish dhe as që do të vinin, u qetësua mirë. I tha Shefqetit të njoftonte komandën austriake se në Korçë ishin përqendruar disa batalione franceze të pajisura me artileri dhe se në kufi bëhej lëvizje natë e ditë. Të nisej për në Korçë apo të priste?

Shefqeti transmetoi me telefon informatat në qendrën e ndërlidhjes në Gjonomadh dhe mbetën në pritje. Duke mos pasur të dhëna të tjera, austriakët u detyruan të pranojnë ato që jepte Saliu. Para lëvizjes së francezëve, nuk mbetej veç të anulonin sulmin. Më dy dhjetor, Saliu mori zyrtarisht konfermën e anulimit. Ai kish fituar të paktën 15 ditë kohë.

Në teqe të Melçanit, Plakun po e priste Xhafer Selenica, delegat i ardhur nga Selaniku. Ai sillte një letër nga Esat Pashë Toptani dhe nja 300 napolona flori në formë dhurate.

Në kohën që delegati vinte mbi tavolinë florinjtë e mbështjellë me fishekë letre, Plaku ish ulur në karrige e po lexonte letrën. Ai e mbaroi së lexuari dhe po e vërtiste nëpër duar. Nuk ish e mundur të dalloje në fytyrën e tij se çfarë kish mësuar nga ajo letër e papritur. Esat Pasha e ftonte të njihte qeverinë e tij në mërgim e të bashkëpunonte me të.

Ai e emëronte Sali Butkën "Komandant të Përgjithshëm të Xhandarmërisë Shqiptare".

Plaku rrinte me letrën në dorë, sikur e dinte që më parë se çfarë shkruhej në të, në kohën që delegati numëronte me zë të lartë – njëzet, tridhjetë, dyzet...

Në jetën e tij Plaku kish parë më se një herë, që armiqtë e djeshëm t'i harrojnë të gjitha ato që kishin punuar kundër njëri tjetrit, e të bëhen sot të atillë miq, që u kullon nga goja vetëm sheqer e mjaltë. Plakun e kishin çuditur shumë herë të tilla ngjarje, po që guximi i një njeriu të paturpshëm të mbërrinte gjer në atë pikë, nuk do ta kish besuar kurrë.

Ai kish ndjekur me vëmendje rrugën e Esat Pashës për vite me radhë.

Kur ish komandant i xhandarmërisë në Janinë, ai i shtypi shqiptarët me aq zell, sa që Porta e Lartë u detyrua ta transferojë në Kalanë e Shkodrës. Më 30 janar 1913, vrau me pabesi komandantin e Kalasë, Hasan Rizanë, e u dorëzoi qytetin malazezëve. Si gjeneral i Turqisë, ai vazhdoi për një kohë të gjatë të mos e njohë pavarësinë e Shqipërisë. Pastaj hyri në Qeverinë e Vlorës sa për t'u bërë ministër i Brendshëm, që të kish mjete për ta rrëzuar dhe të merrte vetë fuqinë. Po atë bëri edhe me qeverinë e Durrësit. U lidh me malazezët, serbët, grekët e italianët. Ai do kish përfunduar një marrëveshje me shkrim edhe me djallin vetë, po qe se ky do ta ndihmonte të bëhej sundimtar i Shqipërisë. Ai thurte një pabesi e shpikte një intrigë, sa herë që mbështeste kokën të mendojë e sa herë që hapte gojën të flasë.

Tani ky njeri i propozonte Plakut vendin e komandantit të përgjithshëm të xhandarmërisë, hiç më pak. Ai do të ish kamxhiku hakmarrës në dorën e Esatit. Për këtë bile i dërgonte edhe një paradhënie të mirë. E sa më gjatë e mendonte Plaku këtë punë, aq më tepër i vinte dhoma vërdallë. Pa dashur e hapi letrën prapë. Në emër të qeverisë, firmonin Shahin Bej Dima, Jakup Sabri Mati dhe Abdulla bej Starja. Atij i kaloi inati dhe i erdhi për të qeshur. Desh t'ja kriste të qeshurit e të mos pushonte, se nuk kish ç'të bënte tjetër. Befas ai u ngrit në këmbë, rregulloi me gisht syrin e qelqtë që i kish shkuar shtrembër dhe vuri letrën mbi tavolinë.

- Dëgjo, zoti Xhafer, - tha Plaku. – Nganjëherë këtu janë rrahur me kamxhik edhe delegatët, kur e teprojnë shumë, po le ta mbyllim këtë muhabet me kaq–. Në mënyrën se si fliste, dukej sikur po i jepte delegatit disa këshilla atërore e po i tregonte disa të fshehta që mund t'ja thoshte vetëm atij. Delegati e dëgjonte i habitur me përulësi të madhe.

- Kështu, pra, - vazhdoi Plaku, futi ato flori në brez dhe ik menjëherë këtej. Përgjigje për letrën nuk ka. Thuaji zotit tënd se nuk jam i aftë për antar qeverie dhe se flamurin e Shqipërisë nuk do ta përlyej sa të jem gjallë.

Të nesërmen në mëngjes, më tre dhjetor, erdhi nga Korça një nga miqtë e vjetër të Plakut, Llazo Progri. Më në fund Themistokliu u bë i gjallë. Ja sqarimet që dërgonte ndërmjet Llazos. Kohët e fundit, Themistokliu kish rënë në marrëveshje me komandën aleate. Për të mos rrezikuar çështjen dhe për të mos kompromentuar veten, ai e ruajti këtë të fshehtë gjer ditën e fundit. Komanda aleate pranoi të largonte agjentët grekë nga Korça dhe të hynte në bisedime për vetëqeverimin e kazasë së Korçës. Erdhi dita që Themistokliu të paraqitej në postat franceze dhe ai e kapërceu atë prag, i bindur se çdo gjë do të bëhej në dobi të Shqipërisë. Punët përparonin mirë. Komanda franceze kërkonte të dinte edhe pikëpamjen e Saliut mbi shpalljen e vetëqeverimit. Një delegacion i kryesuar nga një oficer madhor francez, ishte gati të takohej të nesërmen me Salinë në teqe të Melçanit.

Lajmet vërshuan përnjëherë, megjithatë, Saliu u përgjigj në çast. Që të mbahej fshehtësia e duhur, ai caktoi takimin jo në Melçan, ku kishte shumë lëvizje, po në Lumalas, ditën e diel, ora 14.

Me përgatitjet për takimin, Plaku u muar vetë. Së pari largoi me shërbime të ndryshme njerëzit e dyshimtë, porositi Babanë e Teqesë të mos dërgonte asnjë dervish për punë në Lumalas ditën e diel dhe zgjodhi si roje për shoqërim 20 djem të sprovuar e besnikë, të pashëm e të shëndoshë. Pastaj i veshi djemtë me rrobat më të mira, me armë të lara, me kollanë e qostekë argjendi. Salltaneti shkëlqente së largu e të merrte sytë. Plaku shkonte të takohej me të huajt e të përfaqësonte Shqipërinë. Ish e para herë që kërkonte të dukej.

Të dielën, Plaku, me trupën e tij, doli mbi xhade të Lumalasit. Po të mos vinte delegacioni, mund të kthehej nga gjysma e rrugës. Në orën 14, një kamion la xhadenë dhe hyri në fshat. Atëherë Plaku u nis në krye. Pas vinte Qazimi i ngarkuar me detyrën e komandantit të truprojës.

Të dy grupet u takuan te sheshi para kishës. Majori Masjet, kryetari i delegacionit të Korçës, rrinte dy hapa para njerëzve të tij në qëndrim gatitu. Ai e nderoi Sali Butkën dhe ndenji në pritje. Plaku i bëri shenjë sekretarit të dalë përpara dhe vetë eci drejt majorit me hap të ngadaltë. Nga delegacioni i Korçës u shkëput Andrea Katundi, që vepronte si përkthyes dhe anëtar i delegacionit. U bë një prezantim i thjeshtë dhe i rregullt. Veç majorit, nga Korça kishin ardhur 13 delegatë që përfaqësonin parësinë e vendit dhe administratën e re të qytetit. Plaku prezantoi vetëm Qazimin dhe të birin, Muharemin. Truproja rrinte 10 metra më mbrapa.

Pas kësaj Plaku e ftoi delegacionin në shtëpinë e Sulejman Nuredinit. Rreth e qark dhomës u ulën 18 burra, 14 i përkisnin delegacionit të Korçës; këta Plaku pothuaj i njihte një për një; nga delegacioni tjetër numëroheshin 4 vetë: Sali Butka, Qazim Panariti, Petraq Katrua dhe Muharem Butka.

- Jam i gëzuar shumë që mund të takohem personalisht me ju, - tha majori Masjet. – Duhet të na besoni, ne do bëjmë çmos për të ndihmuar vendin tuaj.

Buzëqeshja nuk i ndahej. Fliste në një mënyrë të përzemërt e me respekt. Shihej se ai besonte në fjalët e tij dhe ish fund e krye i sinqertë.

- Para së gjithash na paguani dëmshpërblimin, - u përgjigj Plaku.

Duke qeshur ai tregonte me gisht një gropë të hapur në çati nga një gjyle topi. Ca ditë më parë në Lumalas ish bërë një përpjekje patrullash ndërmjet francezëve dhe çetave të Plakut. Gjatë përpjekjes, francezët qëlluan me top dhe njëra nga gjylet ra në shtëpinë e Sulejman Nuredinit.

- Urdhëroni në Korçë dhe do të plotësohen gjithë dëshirat tuaja, – tha majori.

- Kemi fare pak dëshira, - foli Plaku, - asgjë më tepër sa na takon mbi vendin tonë.

Njeri i pakët nga trupi dhe shumë i thjeshtë dukej Sali Butka, por brenda pak minutave ai e ngriti personalitetin e tij në shkallën e duhur. Delegatët dëgjonin me frymën pezull. Ku e mësoi Plaku i Butkës atë sjellje të shkëlqyer! Burrave u gëzohej zëmra. I fliste Plaku me mënd e bukur një majori francez të dekoruar për trimëri e gjysmë diplomati dhe shihej se bisedën e drejtonte vetë. Majori filloi të entuziazmohej. Ndofta i dukej se me ato negociata, ai po luante një rol të rëndësishëm në historinë e kësaj pjese të Ballkanit, po Plaku nuk e la të përparonte shumë.

- Gjer më sot nuk kemi parë ndonjë interesim të madh nga pala franceze për Shqipërinë, - tha Plaku.

- Ne pastruam krejt administratën nga elementi grek, - u përgjigj majori. – Po të vini ju në Korçë, - vazhdoi ai, - do të bëhet gjithçka dëshironi, natyrisht, brenda mundësive që lejojnë rrethanat e luftës.

Në këtë pikë u përzien edhe disa nga anëtarët e delegacionit të Korçës. Ata thanë se, gjithë punët që bëheshin, tregonin vullnetin e fortë të francezëve për të shpallur në Korçë një Republikë Shqiptare të lirë. Vazhdoi një muhabet i ndezur për treçerek ore. Plaku bënte herë-herë ndonjë pyetje dhe priste përgjigje nga të gjitha anët.

- Zoti major, - tha Plaku kur muhabeti ish në të

269

shteruar, - tani është vonë, ora ka kaluar. Unë e shikoj se komanda franceze ka qëllime të mira kundrejt këtij vendi që nuk pa një ditë të bardhë. Punët duhen rregulluar me themel, që miqësia e lidhur sot, të japë vetëm frute të mira. Ne do të përpiqemi sonte të shkruajmë me radhë mendimet që kemi dhe nesër t'i paraqesim si duhet. Them se është më mirë të lini këtu disa nga anëtarët e delegacionit që të marrin përgjigjen tonë.

Majori pranoi me gëzim. Takimi kish zgjatur plot dy orë. U ngritën dhe dolën të gjithë në oborr, të vendosnin kush do mbetej e kush do shkonte.

I afrohet Plakut Andrea Katundi e i thotë se majori nuk përmbahej dot nga gëzimi. Ai nuk kish tani as më të voglin dyshim mbi ndershmërinë, zotësinë dhe të drejtën e shqiptarëve për të vetëqeverisur. Një përshtypje të veçantë i kish bërë majorit shëndeti, veshja e bukur, pastërtia, krenaria dhe morali i luftëtarëve të Saliut. Një lumë me fjalë. Plakut iu gëzua zemra. Pastaj afrohen Dhosi Havjari, Thimi Çikozi e Mina Frashëri. Ata kishin biseduar me djemtë e Saliut. Me lot në sy nga mallëngjimi, Mina Frashëri tregoi se qysh i qe përgjigjur njëri nga djemtë. Ai paskej thënë se 1000 shpirt janë gati të bëhen theror për atdheun nën urdhrin e komandantit të tyre të dashur. Anëtarët e tjerë të delegacionit nuk ishin më pak të prekur. Suksesi i Plakut qe më i mirë nga sa shpresonte.

Më në fund, majori u nis me po ato nderime që u bënë kur erdhi. Për të marrë përgjigjen e shkruar, aty mbetën Tefik Panariti, Spiro Xega, Dhosi Havjari dhe Emin Rakipi.

* * *

I huaji shkoi, prandaj të dy delegacionet u bënë një dhe hynë në teqe të zënë krah për krah. Shkuan në dhomën e caktuar e pasi u përshëndetën më Babanë, filluan menjëherë nga puna.

U vendos të kërkohej:

1) Vetëqeverimi i Kazasë së Korçës që do të përmbledhë provizorisht Bilishtin, Kolonjën, Oparin dhe Gorën, gjersa të çlirohen krahinat e tjera.

2) Flamuri ynë zyrtar do të jetë Flamuri i Skënderbeut me Shqiponjën dykrenore.

3) Gjuha zyrtare do të jetë shqipja.

4) Do të formohet një komision prej pesë patriotësh, i zgjedhur nga luftëtarët e lëvizjes kombëtare. Komisioni do të përmbushë detyrat e një qeverie me të drejtë të bëjë ligje, të emërojë e të pushojë nëpunës, të ndryshojë e të rregullojë çdo gjë që sheh të dobishme e të arësyeshme.

5) Administrata do të përbëhet nga elementë patriotë të sprovuar.

6) Gjykatoret do të veprojnë në gjuhën shqipe dhe me personel të aftë për plotësimin e detyrës.

7) Arësimi do të jetë krejt shqiptar, me baza të shëndosha kombëtare.

8) Të mbyllen gjithë shkollat propagandistike greke.

9) Postat dhe telegrafat do të varen nga administrata shqiptare.

271

10) Të formohet një polici për të mbajtur qetësinë e qytetit.

11) Të formohet një gjindarmëri shqiptare me komandantë shqiptarë, për të mbajtur rregullin dhe qetësinë e vendit.

12) Të formohet një grup ushtarak me oficerë shqiptarë, nën komandën e një oficeri të lartë francez, për të shërbyer si trupzbulimi në ndihmë të veprimeve franceze.

13) Komanda franceze detyrohet të mbrojë vetëqeverimin e kazasë së Korçës nga çdo kërcënim.

14) Qeveria franceze merr detyrim moral të përkrahë të drejtat e Shqipërisë dhe veçanërisht të kazasë së Korçës në konferencën që do të mblidhet, kur të mbarojë lufta.

Si mbaroi redaktimi i 14 pikave të mësipërme, Plaku i lexoi përsëri, i nënshkroi dhe i vulosi. Ai tha se nuk mbetej shteg të fusnin hundët në Korçë as grekomanët, as turkoshakët. E mbylli zarfin dhe i vuri dyllin me dorën e tij. Ai ish shumë i kënaqur.

Mbetej vetëm një gjë për t'u shpjeguar. Meqenëse krejt pushteti politik e administrativ kalonte në duart e shqiptarëve, meqenëse u lidhën gjithë nyjet për sigurimin e pavarësisë në çdo drejtim të jetës, çfarë vendi do të zinin në këtë mes trupat e huaja të okupacionit, dhe si do të rregullohej prania e tyre?

Plaku po e mbante zarfin në dorë. Ai tha se duhej

të vinin akoma një pikë të qartë, sipas së cilës trupat franceze nuk do të dilnin jashtë kazermave të Debojës.

Anëtarët e tjerë thanë se kjo konditë mund t'u vihej robërve të zënë në luftë e jo një fuqie pushtuese.

- Atëherë, - tha Plaku, - ata do të jenë ku të duan, orë e pa orë. Sikur ndonjë ditë të na heqin ne, ashtu si hoqën grekët këtë radhë, kush do t'ua mbajë dorën? Dhjetë policë dhe njëzet gjindarmë, ja, kjo do të jetë fuqia jonë.

Të tjerët mbetën të menduar e të pakënaqur. U ndez përsëri një diskutim i zjarrtë. Muharemi i tha me shaka Plakut, se tersi i Butkës ish më i keq nga ai i Pojanit dhe të tjerët iu lutën ta harrojë atë muhabet po të mundej. Plaku e dorëzoi zarfin dhe u uroi delegatëve rrugë të mbarë. Le të bëhej një herë Korça Shqipëri. Më tej koha do ta tregonte. Armët i kish në dorë dhe asnjeri s'e detyronte t'i lëshojë.

Të nesërmen në mëngjes herët, Plaku u nis për Voskop dhe delegatët për në Korçë. Në Voskop ai qëndroi fare pak. U hodh shpejt gjer në Polenë të shikonte çetën e atjeshme dhe të bisedonte më Hysen Nikolicën.

I vetmi komandant që nuk i bindej Plakut sa duhej, ish i nipi, Hysen Nikolica. Ai gjente shkak t'i shmangej zbatimit të urdhrit ose të paktën ta bënte punën shtrembër. Edhe për një gjë tjetër Plaku nuk e honepste dot të nipin. Ai kish filluar të vinte para e të jetonte mirë. Duke përfituar nga trazirat, ai shiste e blinte, pranonte ryshfete e ngandonjëherë edhe plaçkiste. Duke qenë Hyseni-nip i Plakut, njerëzit e varfër druheshin të hapnin gojën. Megjithatë Plakut i shihte syri dhe diçka i kishte zënë veshi.

Ai i tregoi Hysenit me pak fjalë marrëveshjen që po

273

bënte me francezët, e porositi të ketë mendjen se mos bjerë në konflikt me ta dhe i tha se po të shkonin punët mirë, mund të pranonte të hynin në Korçë të gjithë bashkë.

Hyseni u xhindos fare sidomos nga mendimi i fundit. Ai prej austriakëve merrte rrogë, veç asaj i prisheshin keq punët e dyshimta që po bënte në Polenë e gjetkë. Ai i kujtoi Plakut se fëmijët i kishin peng në dorë të austriakëve dhe se po i shpinte në greminë. Plaku u përgjigj se interesi i vërtetë i Shqipërisë i këshillonte këtë rrugë. Tamam në këtë pikë të muhabetit, Hyseni i ktheu Plakut kurrizin e po trokiste me unazë në penxhere, për të kaluar mërzinë.

- Dëgjo këtu, - tha Plaku. Ai foli me zë të ulët, por të prerë. E njihte mirë Hyseni atë lloj të foluri. – Dëgjo këtu dhe kthehu mbarë. – tha Plaku. – Na turpërove fare ti, faqezi. Me batakçillëqe e me plaçkurina nuk bëhet Shqipëria. Të them mblidh mendjen! Tani ma prishe gjakun, nuk të flas dot më tepër. Veç dije se nuk ke ç'bën. Domosdo do të pranosh atë që them unë. Mblidh mendjen dhe rri me shëndet.

Hyseni shkundi supet dhe mbeti gojëhapur, nuk tha gjë dhe as doli ta përcjellë. Me sa e njihte Plakun, ish fare pa vend të kundërshtonte dhe as mund të bënte zë për sharjet që pësoi.

Nga Hyseni, Plaku shkoi në shtëpi të një miku. Ish i mërzitur shumë. Nuk donte dreqi që të gëzohej ai ndonjëherë, se do t'ia shpërblente po atë ditë. E ç'nuk kish bërë ai për atë nip! Tri herë kish shkuar nga Butka në Manastir, kur Hyseni ndodhej atje i burgosur. Shkoi pas tij edhe në Janinë. Çdo javë i shkruante letra. I bënte edhe vjersha për ta eglendisur. Si mundi ta nxjerrë nga burgu, e merrte pas kudo. Shkonte me shpresë se me atë zgjuarsi që kish, i nipi do bëhej një shqiptar i madh. Dhe ja ku erdhi puna! E tërhiqte kërraba nga vetja e tij.

Të nesërmen në drekë ai u kthye prapë në Voskop. Gjeti aty një letër urgjente nga Andrea Katundi.

" Dje pas dreke, në orën tre e tridhjetë, Themistokliu dhe unë vajtëm për një vizitë te koloneli Dekoen, ku gjetëm edhe majorin Masjet. Na pritën me një familjaritet dhe kordialitet të jashtëzakonshëm. Koloneli i shtrëngoi dorën Themistokliut dje i tha: " Jam me të vërtetë i prekur nga pritja dhe nderimet që iu bënë majorit Masjet nga ana e Sali Butkës. Majori më përshkroi takimin me hollësi, me admirim e dashuri. Letra e Sali Butkës është inspiruar nga ndjenja të larta atdhedashurie dhe kërkesat e tij nuk ndryshojnë në esencë nga tuajat. Unë po i studjoj dhe do t'ja paraqes Kryetarit tim, shoqëruar me raportin më të favorshëm. Ju uroj dhe ju lutem të besoni se unë dhe majori jemi miqtë tuaj më të mirë".

"Këto qenë fjalët e kolonelit. Themistokliu është shumë i gëzuar dhe më ngarkoi t'ju transmetoj përshëndetjet e tij. Ne krenohemi me ju."

" Me sugjerimin e Themistokliut, komanda franceze nisi për në Greqi 15 agjentë të propagandës greke. Kam shumë shpresë se konditat tuaja do të pranohen dhe se së shpejti do jemi në Korçë gjithë bashkë.

Me respekt e dashuri
Andrea Katundi".

Në kujtimet e tij, Dekoeni kalon në heshtje njërën anë të veprimtarisë dhe ka pasur arsye ta bëjë. Si ushtarak, atij nuk i lejohej të hynte në bisedime me armikun dhe aq më tepër të merrte ndonjë iniciativë në këtë drejtim. Por ai ish në të njëjtën kohë francez dhe komandant, prandaj për interesat e vendit të tij, mund të rrezikonte deri në një farë mase. Negociatat me Salinë ai i përmend shkarazi, nuk del të ketë propozuar ndonjë marrëveshje me të. Dhe sikur puna të dështonte, asnjë dokument nuk mbetej për ta kompromentuar para superiorëve. Ai dërgoi delegacionin te Saliu, mori aprovimin e tij dhe i përgatiti të gjitha në heshtje, ndërsa thotë se hapin e parë e paska bërë Saliu.

" Ky evolucion po bëhet progresivisht. Një përçapje personale e Sali Butkës, i cili që lart nga teqeja e Melçanit, vazhdonte të bënte pjesë në aspiratat e bashkatdhetarëve të tij, i shpejtoi evenimentet. Më 3 dhjetor në mbrëmje, mora nga ky një letër, në të cilën deklaron se është gati të dorëzojë armët, në rast se shpallej pavarësia e Kazasë së Korçës nën mbrojtjen ushtarake franceze. Nuk kisha, pa dyshim, cilësinë që të merrja vendimin e dëshiruar nga Sali Butka, por kisha detyrë të studioja çështjen në mënyrë të plotë dhe t'i furnizoja Gjeneralit Kryekomandant gjithë elementët për të vendosur. U vura në këtë studim thjesht në terrenin ushtarak, domethënë shqyrtova pasojat që mund të sillte mbi operacionet e ushtrive aleate të Orientit, pranimi ose refuzimi i propozimeve të Sali Butkës".[17]

17 Descoins: Six mois d'Histoire de l'Albanie (faqe 18)

Formalisht, Dekoeni nuk i theu caqet e rregullores dhe në këtë pikë e mbron veten mirë. Fati e ndihmoi atë të dilte faqebardhë. Ai shkruan se më 29 nëntor mbërritën në Korçë Bargetoni, funksionar i Ministrisë së Punëve të Jashtme dhe De Bërne Legarde, ish Konsull në Manastir, që të dy ekspertë të fortë të çështjeve ballkanike. Bargeton dhe Legarde morën përsipër t'i shpjegojnë Kryekomandantit në Selanik gjendjen në Korçë e të kërkonin aprovimin e tij.

Më 8 dhjetor, në orën 8 të mbrëmjes, Dekoeni mori nga Legarde telegramin konvencional, me të cilin i njoftonte pëlqimin e Kryekomandantit. Pak minuta më vonë, mbërriti një telegram zyrtar nga Kryekomandanti vetë, që aprovonte pikëpamjet e shprehura në raportin e Dekoenit. Koloneli nuk humbi asnjë minutë. Thirri Themistoklinë, i tregoi të dy telegramet dhe iu vu punës që atë natë për hartimin e protokollit, që do të shërbente si Statut i Republikës Autonome të Kazasë së Korçës.

Të nesërmen në mëngjes, Llazo Progri shkoi për në Melçan t'i komunikojë Plakut se konditat u pranuan. Plaku po dëgjonte mesazhin e Themistokliut, kur hyri brenda një vullnetar i dërguar nga Qazim Panariti. Dy ushtarakë francezë kërkonin takim me Plakun për një punë urgjente.

Po në atë vend ku ishin takuar edhe më parë, Plaku gjeti majorin Masjet dhe një ushtarak tjetër pa gradë. Masjetit i qeshte fytyra së largu. E nderoi Plakun, i shtrëngoi dorën sa e tundi nga vendi dhe, pasi nxori nga çanta një zarf të vulosur me dyllë të kuq, i tha:

277

- E quaj veten shumë të lumtur që m'u ngarkua misioni t'ju them i pari se konditat tuaja u pranuan. Plaku e hapi letrën aty në vend. Përkthyesi lexoi:

"Zotit Sali Butka
Komandant i Luftëtarëve Vullnetarë Shqiptarë
Melçan

Sipas instruksioneve të marra nga Kryekomandanti i Ushtrive Aleate të Lindjes, gjenerali Saraj, kam nderin të vë në dijeninë tuaj se komanda aleate e sheh me sy të mirë dhe e çmon lëvizjen tuaj patriotike për të drejtat e popullit shqiptar, për liri dhe indipendencë. Gjithashtu mori parasysh dëshirat e çfaqura në letrën tuaj të datës 4 të këtij, të cilat i gjeti të arsyeshme dhe jam i autorizuar t'ju komunikoj pëlqimin dhe aprovimin e tyre si vijon:

- Autonomia Shqiptare e Kazasë së Korçës, brenda juridiksionit të okupacionit francez dhe brenda kufijve të caktuara nga Konferenca e Ambasadorëve në Londër.

- Flamuri zyrtar i Kazasë së Korçës do të jetë flamuri i Skënderbeut me shqiponjën dykrenore.

- Gjuha zyrtare do të jetë shqipja, por korrespondenca me autoritetet franceze do të bëhet në gjuhën frëngjisht.

- Do të formohet një këshillë qeveritare me kompetenca të gjëra. Të gjitha vendimet do të aprovohen nga një i deleguar i Komandës Franceze, i cili do të quhet delegat këshilltar.

- Mbyllja e të gjitha shkollave të huaja.

- Do të formohet një polici shqiptare për shërbimet

278

e qytetit dhe një gjindarmëri shqiptare nën komandën e oficerëve shqiptarë.

- Do të formohet një gjindarmëri lëvizëse shqiptare nën komandën e një oficeri madhor francez, e cila do të bashkëpunojë me repartet ushtarake franceze në luftimet eventuale kundra armiqve.

- Të gjitha degët e administratës do të përbëhen nga elementi autokton shqiptar i emëruar nga këshilla qeveritare me aprovimin e këshilltarit delegat.

- Komanda ushtarake aleate merr detyrimin të mbrojë autonominë e Kazasë së Korçës nga çdo rrezik që mund ta kërcënojë.

U mor gjithashtu parasysh dëshira juaj që i përket mbrojtjes së të drejtave të Shqipërisë në konferencën e ardhshme të paqes, të cilën komandanti ja referoi qeverisë franceze, pasi nuk dependon nga kompetencat e tij.

Pranoni Zoti Komandant shprehjet e konsideratës sime më të shquar.

Me urdhër të Kryekomandantit të Ushtrive Aleate të Lindjes

Kolonel Dekoen
Komandant i Qarkut të Korçës"

Në kohën që Plaku ndiqte përkthimin, majori e përgjonte me bishtin e syrit. Fjalët binin në kokën e Plakut një nga një, herë të buta, herë të forta. Ai përpiqej të përmblidhte gjithë rreshtin dhe bëhej gati të priste fjalinë tjetër. E dinte se në fund duhej të jepte vendimin, të vendoste aty në këmbë, për fatin e njerëzve që kish mbrapa dhe për gjithë punën e bërë.

Ja se ç'përfundim mund të nxirrej nga sa dëgjoi:

E mira dhe e keqja qëndronin përballë. Krijohej Kazaja Autonome e Korçës. Ajo do ishte bërthama e Shtetit te ardhshëm Shqiptar, themelet e tij. Po ajo bërthamë qëndronte si kokrra e arrës në dhëmballët e majmunit. Çdo komandant francez mund ta shuante atë shtet nga hartat provizore.

Plaku rrinte i menduar, ashtu si dinë të rrinë pleqtë. Nuk duhej ta linte rastin të kalojë, po as të binte brenda nuk duhej. I nënshtruari nuk është më zot i vetes së tij.

- Zoti major, - tha Plaku, - jam shumë e shumë i kënaqur nga përgjigja e zotit Gjeneral dhe ju lutem t'i shkruani për mirënjohjen time të thellë, bashkë me urimet e mia për fitoren e fuqive aleate. Rregulloi fjalët mirë, - i tha përkthyesit dhe pastaj vazhdoi. – Gjithashtu ju lutem t'i bëni nderime zotit Kolonel dhe ta siguroni mbi besnikërinë time. Qysh sot jam shpirtërisht i bashkuar me juve dhe pres rastin e volitshëm të vihem plotësisht në radhët tuaja.

Majori mbeti pak i hutuar. Ndofta ai kish menduar të kthehej në Korçë, duke tërhequr mbrapa Sali Butkën me gjithë turmën e vullnetarëve. Një pamje e mrekullueshme. Nga njëra anë populli i qytetit të Korçës i dehur nga kupa e parë e verës së lirisë dhe nga ana tjetër qindra burra të armatosur, që zbresin kodrave duke brohoritur me armët lart, për nderin e komandës ushtarake franceze. Dhe ja tani Sali Butka po rrëshqiste në mënyrë fare pa kuptim. Apo ndofta majori nuk ja bëri ftesën të qartë?

- Zoti komandant, - tha ai, - nesër proklamohet vetëqeverimi i Kazasë së Korçës dhe ngrihet Flamuri Kombëtar. Ju lutem të urdhëroni në këtë ceremoni madhështore, e cila kurorëzon përpjekjet tuaja.

Sali Butka vuri buzën në gaz. Dita e kurorëzimit të përpjekjeve ishte larg akoma. Ai nuk u besoi francezëve, ashtu si nuk u zuri besë austriakëve. Punët treguan se me urtësinë e tij, ai shpëtoi veten dhe i bëri një shërbim të madh Shqipërisë. Pak më vonë, francezët e pushkatuan Themistokli Gërmenjin, ndërsa austriakët vranë me pabesi Hajdar Kolonjën. Plaku me njerëzit e tij shpëtoi dhe mbeti gjer në fund një farë force e pavarur. Intrigat e të huajve, të njërës anë dhe të tjetrës, nuk e futën dot në rrjetë. Zëmra i thoshte se duhej t'i qëndronte besnik tokës së tij dhe se vetëm armët do ta ndihmonin. Me një dashamirësi të madhe, ai i shpjegoi majorit se hyrja në Korçë duhej të shtyhej për një farë kohe.

- Familjet tona janë në duart e austriakëve, - tha Plaku. – veç kësaj, unë do të vij bashkë me shokët dhe kjo punë duhet bërë më fshehtësi të madhe. Austriakët po na ruajnë.

Majori u detyrua të pranojë arsyetimin e Plakut dhe kaloi shpejt në pozicionet e dyta. Ai kërkoi që Sali Butka të lejonte kamionët ushtarakë francezë gjer te ura e Maliqit , nga njëri drejtim, dhe gjer në Qafë të Qarrit, në drejtimin tjetër. Sali Butka tha se kjo do të ngjallte dyshimin e austriakëve, por megjithatë premtoi kalim të lirë.

Si do ta çmonte këtë sjellje të Plakut Komanda Franceze?

281

Koloneli Dekoen shkruan në librin e tij: "Në realitet, ky kryetar i bandave nuk po vjen. Iu shmang detyrimeve me dashje, apo nuk mund t'i mbante? Sidoqoftë, gjithë kohën isha i preokupuar për të".[18] Edhe më të preokupuar dukeshin austriakët. Venin e vinin për ditë oficerë të gradave të ndryshme. Tani ata i mënjanoheshin takimit me Plakun. Kishin filluar të dyshojnë edhe për Shefqet Korçën. Si duket iu ra erë marrëveshja e Plakut me francezët, por hollësira nuk dinin. Tamam në atë kohë ngjau ndërmjet çetave dhe francezëve një luftë e vogël që i ndihmoi Plakut të qetësonte disi austriakët. Ndërmjet fshatrave Kamenicë e Dvoran qëndronin çetat e Hysen Nikolicës, Riza Backës dhe Mahmut Xhelilit. Duket se një repart francez kapërceu të ashtuquajturën vijë të demarkacionit dhe Hysen Nikolica që mezi po priste rastin, hapi zjarr. Duke luftuar e duke iu shtuar oreksi, ai tërhoqi edhe dy çetat fqinjë e kaloi në një sulm të vërtetë. Repartet franceze u thyen. Çetat morën Boboshticën dhe arritën gjer në Tepexhik të Dvoranit. Aty francezët hapën zjarr me artileri fushore.

Në ndihmë të francezëve shkoi Themistokliu vetë me xhandarmërinë shqiptare. Nga ana tjetër, ai dërgoi njerëz të lajmërohej Sali Butka mbi sa po ngjante. Për fat të mirë, Plaku sapo kish mbërritur. Ai urdhëroi të mos shtinin për të vrarë. Sidoqoftë, u vranë disa ushtarë francezë (marokenë) dhe u vra gjithashtu Ndreçi Stathi, një nga gjindarmët e Themistokliut. Shefqet Korça përfitoi nga rasti të raportonte mbi humbjet e mëdha të

18 Descoins: Six mois d'Histoire de l'Albanie (faqe 26)

francezëve në trupa dhe mbi rëndësinë e pozicioneve të pushtuara. As kjo nuk bëri dobi. Më 23 dhjetor, Salinë e thirrën "për një punë urgjente" në Berat, koloneli Bauman dhe Semereja.

- Tani na plasi në duar, - tha Plaku.

U ul në shilte me fonogramin në dorë dhe ndenji i menduar gjatë. Nuk lëvizi e nuk dha shenja jete fare. Ja ashtu rrinte ai ngandonjëherë. A thua erdhi koha të merrte fund ajo lojë me zjarrin?

Të sulmonte Korçën duke rifituar besimin e austriakëve, apo të hynte atje me flamur të bardhë? Dhe cila nga të dy fuqitë do ta fitonte luftën? Cila prej tyre, do t'i jepte më tepër dorë Shqipërisë?

Sa e sa herë e kish vrarë mendjen për atë punë, po mëndja nuk po e ndihmonte. A ke parë ndonjë mushkë të prapë, që s'do të ecë sikur koburen t'i vësh në kokë? Ashtu edhe kjo mëndje e vjetër. Nuk bën përpara sido ta shtrëngosh. "Po kushedi, tha më në fund, mbase nuk ka shkuar puna gjer në prishje".

- A vete ti në Berat, - i tha befas sekretarit.

- Vete, posi, - u përgjigj sekretari, Petraq Katro.

- Vete, po ku vete, - i tha Plaku. – Ti je i ri, nuk e njeh jetën akoma. Po të të kërcënohen do tregosh. Pa lere po të hoqën edhe ndonjë fshikull. Të gjitha do t'i tregosh. Edhe sa herë e ke vënë buzën në gjinë e nënës, edhe ato do t'i nëmërosh.

Sekretari u indinjua thellë, po Plaku e qetësoi shpejt me buzëqeshje e me shakara.

- Të keqen le ta themi gjithnjë përpara, - vazhdoi ai.

– Nisu menjëherë, trego për luftërat tona me francezët dhe u thuaj se unë nuk kam asnjë mundësi të largohem që këtej. Komanda franceze është egërsuar nga humbjet e rënda, ka sjellë përforcime dhe nga çasti në çast pritet një sulm i përgjithshëm i tyre –. I kënaqur që e gjeti ç'duhej bërë, Plaku e porositi sekretarin të përgatitet për udhë.

Të nesërmen në ora 10 e 30, Semereja e Baumani e pritën sekretarin në komandaturë. Nuk e lanë të merrte frymë me pyetjet që i bënin. E kërcënuan haptas. E linin të tregonte diçka, pastaj e pyesnin befas me cilin oficer francez qe takuar Plaku. Sekretarit sa nuk i shpëtonte goja. Ata e hetonin me sy. Pastaj fillonin nga e para, ndërronin muhabet fund e krye. Aty për aty ngrihej në këmbë Baumani dhe e pyeste se në ç'vend u bë takimi me francezët. Sa herë që u shpëtonte nga laku, sekretari merrte frymë thellë. Në orën 12 ata e lanë të lirë dhe i thanë të priste në Prefekturë. Dhe nuk e lanë të priste shumë. Në orën një e njoftuan se duhej të nisej urgjent në komandën e armatës në Shkodër. Pas gjysmë ore, sekretari bashkë me kalorësit që e shoqëronin, dolën fshehtas nga Berati dhe morën me revan rrugën që shpinte në Voskop te Plaku.

Si dëgjoi raportin e sekretarit, Plaku e pa se në mos sot, nesër, austriakët do të kërkonin shkoqitje mbi punët e tij. Hë për hë ata nuk kishin fuqi të ndërmerrnin ndonjë aksion ushtarak. Gjithë-gjithë nga Berati në Voskop bëheshin nja 600 ushtarë austriakë. Forca të tjera nuk mund të silleshin. Ta asgjësonin Plakun duheshin të paktën dy regjimente dhe ndonjë grup i fortë artilerie.

Pastaj këto trupa duhej të gozhdoheshin në frontin e Korçës e t'i shtonin edhe më. Kështu e peshoi ai gjendjen e austriakëve, prandaj vendosi se, ata nuk mund të mendonin kurrsesi për një prishje me Salinë.

Pa kaluar ora, nga Berati lajmëruan me fonogram që sekretari të kthehej menjëherë.

- Ç'do të bëjmë tani, - pyeti Plakun sekretari i shqetësuar.

- Të arratisesh, biri im, - tha Plaku. – Arratisu për në Korçë, dhe unë do ankohem se po më tradhtojnë njerëzit më të afërt.

Të nesërmen në drekë, Plaku vulosi lejen e kalimit të sekretarit, e porositi edhe një herë për gjërat që do bisedonte me Themistoklinë dhe i uroi rrugë të mbarë.

Vula e Sali Butkës

DITËT E FUNDIT TË "MUAJIT TË MJALTIT"

N'ato male me dëborë,
Lufton Qazim Panariti,
Në Gurrë e në Mal Kurorë,
Gjyle topi shumë priti.

S. BUTKA

Ndihma e trupave greke në frontin aleat sa vinte shtohej. Greqia u radhit përfundimisht me ta. Venizellua dominonte situatën. Mbreti Kostandin, dhëndër i Kajzerit, e humbi davanë.

Siç dukej, ky ndryshim nuk do të sillte ogur të mirë për Republikën e Korçës. Oficerët grekë tani hynin lirisht në zyrat e komandës aleate të Selanikut. Ata u ankuan te Kryekomandanti për Dekoenin. I mbështeste mirë Esat Pasha, që kish ngritur Qeverinë në Selanik. Meqë në Republikën e Korçës nuk i dhanë mundësi të futë duart, ai bëri çmos ta përmbyste një orë e më parë.

Gjenerali Saraj u detyrua të bënte disa ndryshime. Themistokliu u thirr në Selanik që të merrte "instruksione për organizimin e trupave të sigurimit". Dhe ai shkoi ballëhapur. Dëshmitarët thonë se Themistokliu shpresonte me këtë rast t'u jepte fund disa keqkuptimeve me policinë sekrete frënge. Pas dy ditëve, komanda aleate njoftoi se Themistokliu u gjykua për tradhti dhe u dënua me pushkatim. Në Korçë u arrestuan bashkëpunëtorët e tij më të afërt. I hipën në kamionë dhe i dërguan lidhur në bodrumet e "Zyrës së dytë" (Deuxième bureau) në Follorinë. Koloneli Dekoen dhe Masjeti u transferuan. Vendin e Dekoenit e zuri një nënkolonel dhe, më pas, një gjeneral që i godiste njerëzit me kamxhik nga shkonte kaluar. U anulua statuti i Republikës së Korçës, u deklaruan jashtë ligjit të gjitha marrëveshjet, u rihapën shkollat greke, u rikthyen në forcat e sigurimit njerëzit e vjetër.

Në Korçë zotëroi përsëri terrori.

Këto ngjarje e pikëlluan shumë Sali Butkën, po nuk e gjetën në befasi. Thirri komandantët e çetave e u foli për vdekjen e Themistokliut. Me atë rast bëri edhe disa ndryshime. Avni Kapinovën e Isuf Qytezën i emëroi komandantë çete me nga 100 vetë, ndërsa Muço Kapinovën e Asllan Gurën i gradoi nënkomandantë. Në këto punë e sipër, erdhi lajmi se austriakët vranë në Berat Hajdar Kolonjën. Sali Butka u pikëllua prapë. Shqipëri mbetej vetëm ajo copë tokë që shkelte me këmbët e tij, përpara dhe pas të priste plumbi.

Pra, loja mbaroi. Të huajt, si njëra, si tjetra palë, nuk kishin më nevojë për figura nacionaliste. Mbetej aty në mes Sali Butka. Ai qëndronte si një aktor që i ka thënë të gjitha dhe prapë nuk po del nga skena.

Por diçka mbetej edhe për të thënë. Ai do të luftonte ashtu si kish bërë përherë. Hë për hë, deri në një farë mase, do të luftonte me francezët, në qoftë se ata e sulmonin. Me siguri që ata do sulmonin, prandaj duhej t'i dilte punës përpara.

Vendi që zuri për të luftuar, i përshtatej shumë qëllimit të tij: të ruante njerëzit dhe të mos lëshonte tokë. E prishi rrethimin e Korçës dhe i ndau forcat nga Shkëmbi i Shkozës, gjer në Gurë të Bardhë. Aty ndenji në pritje.

Në shkurt, forcat franceze vendosën të bëjnë një goditje në frontin e Sali Butkës. Njerëzit e tij në Korçë e lajmëruan dhe ai u përgatit mirë. Francezët vunë përballë Shkëmbit të Shkozës dy bateri artilerie dhe një kompani mitralozash të rëndë. Po të merrej Shkëmbi, fronti i Saliut çahej në mes. Por Sali Butka e ruante veten për punë të tjera dhe nuk kish aspak në mënd të linte kockat për nderin e fuqive qendrore dhe as të ndonjë fuqie tjetër, qoftë të lindjes a të perëndimit. Në Shkëmbin e Shkozës gjendeshin çetat e Hasan Qinamit dhe të Isuf Qytezës. Plaku i udhëzoi ata që të duken sa më shumë e të bëjnë zhurmë sa të mundin. Të qetësohen vetëm pas mesit të natës dhe pastaj të ikin e të futen në pyllin e Malit me Kurorë.

U gdhi mëngjesi. Bënte ftohët. Në lindje qëndronin palë-palë re të bardha. Ato ishin larg, sa hante syri. Kur dolli dielli, retë u skuqën. Disa thanë se parashihej luftë dhe gjak, hata e madhe.

289

Me diellin bashkë, krisi topi i parë, i dyti, i treti. Grupi i artilerisë mori koordinatat, e vuri shkëmbin në "furkë" dhe filloi një qitje që zgjati plot dy orë. Rreth e qark në shkëmb pëlcisnin bukur shrapnelat. I tillë bombardim nuk ish parë ndonjëherë. Ca më të ditur thoshin: " u bë si në Verdun". U ndez toka flakë e u ngrit përpjetë një re tymi, që nuk shpërndahej kurrë, se bateritë e ushqenin për minutë. Mbi renë e tymit, qëndronin si kapuça të bardha plasjet e shrapnelave. Kur mbaroi afati i bombardimit, u hodh përpara këmbësoria, ajo "zonjë e fushës" që lan hesapet e fundit. Në radhët e kompanive franceze që sulmonin, dalloheshin mirë fytyrat e ushtarëve marokenë e indokinezë. Me zor të madh përparonin në dëborë, por edhe më zor hiqnin në të përpjetë, megjithatë u ngjitën pa u ndalur.

Cili armik do të kish mundur t'i bënte ballë atij bombardimi? Oficerët francezë shkonin përpara me kobure në dorë të nxirrnin nga guvat kundërshtarët e shushatur, t'u jepnin të plagosurve goditjen e "falënderimit" e të merrnin në dorëzim flamurët.

Shkëmbi u mor, ushtarë e oficerë mbetën me armë në duar. As robër, as të plagosur, as flamurë. Asgjë. Doli se komandanti i asaj fushate paskej rrahur detin me kamxhik.

Po nuk u gënjyen vetëm francezët. Zitkovski, që sapo kish ardhur nga Berati dhe kish parë luftën së largu, shkoi te Plaku ta pyesë me dashamirësi të madhe, sa ish numri i të vrarëve.

- U bë luftë, siç e pe, - tha Plaku, - po shyqyr të vrarë nuk patëm. Ndonjëri mbase është grisur nëpër ferra më të ikur.

Zitkovski mbeti i habitur, ai e çmonte numrin e të vrarëve në dyqind vetë, barazi me efektivin e çetave që mbronin shkëmbin.

Sidoqoftë, të dy palët njoftuan komandat respektive mbi ngjarjet e asaj dite. Ne nuk kemi në dorë buletinin e komandantit francez, por nuk do të gabojmë shumë po qe se e formulojmë afërsisht si vijon: Më 14 shkurt, në orën 05:00, trupat tona sulmuan pikëmbështetjen e mbrojtjes austriake në lartësinë e quajtur Shkëmb i Shkozës. Pas një përgatitje të fortë artilerie, u hodh në sulm batalioni 75 i këmbësorisë malore, që pushtoi pozicionet e armikut me sulmin e parë. U zhvilluan luftime të ashpra. Humbjet e armikut arrijnë në qindra vetë.

Nga ana tjetër dhe në të njëjtën kohë, u njoftua Komanda e Armatës Austriake në Shkodër mbi luftimet e përgjakshme të 14 shkurtit, gjatë të cilave armiku arriti të pushtojë provizorisht lartësinë e quajtur Shkëmbi i Shkozës, pa marrë parasysh humbjet e mëdha në njerëz.

Por Plaku nuk merrej me komunikata, ai shikonte punën. Meqë u tërhoq pa luftë fare, francezët do mendonin se i vunë përpara shqiptarët si bagëtinë. Dhe sa më tepër të zgjeroheshin francezët, aq më tepër do përhapej greku. Prandaj ai vendosi të verë në vend natën, atë që la me dashje ditën.

Dy çetat që mbanin më parë shkëmbin, dolën nga pylli i Malit me Kurorë, bënë një sulm të befasishëm dhe e pushtuan pa mundim. U plagosën e u vranë shumë francezë dhe u zu një material lufte i madh e i vlefshëm. Për të parën herë trupat e Plakut u pajisën me dy mitraloza. Vazhdoi ndjekja natën. U mor Gjergjevica. Mëngjesi i zuri çetat e Plakut në brigjet e Dërsnikut dhe Polenës. Këtu francezët u groposën shpejt dhe bënë një rezistencë të ashpër. Më kot u mundua Qazim Panariti t'i nxirrte nga pozicionet. Atëherë ai i ndau forcat në tre grupe dhe i goditi anash. Francezët u shkulën, mbeti një pakicë me të vrarë e përsëri material lufte.

Gjatë ditës vazhdoi të bjerë një dëborë me lagështi që e mbuloi vendin mirë. Në darkë Plakun e mbërtheu prapë reumatizma e vjetër. Ai caktoi pozicionet që do mbaheshin në gjithë frontin dhe u kthye në Gjergjevicë.

Francezët deshën të provonin fatin natën. Me disa përforcime që sollën nga Korça, ata bënë një sulm të rreptë në sektorin e Qazimit. Plaku dërgoi në ndihmë çetën e Hasan Qinamit. Sulm e kundërsulm. Francezët u thyen. U çlirua Vithkuqi.

Në mëngjes Plaku e pa se kishte shkuar shumë përpara. Duhej të përgjigjej për një front të gjatë, që nuk e bridhje dot më këmbë për shumë orë me radhë. U tërhoq në pozitat e para dhe priti goditjen e dytë.

Goditjen tjetër francezët e vonuan pesë ditë. Ata grumbulluan forca të shumta dhe përgatitën një plan të gjerë. Me sa dukej, vunë mënd nga përfundimet e operacionit të parë.

Plaku dëgjonte informatat që vinin nga Korça dhe nga sektorët e çetave. Syrin e qelqtë e mbante mbërthyer në gojën e bashkëfolësit. I pëlqenin apo jo ato lajme? Francezët po e çmonin shumë lartë fuqinë e tij, ata po përgatiteshin për t'u matur me një kundërshtar të fortë.

Nga Berati vinin lajme se austriakët po tërhiqeshin nga Shqipëria e Mesme. Domethënë francezët shikonin matanë çetave të Plakut. Pastaj thanë se vendin e austriakëve po e zinin italianët. U pa se do të ndodhnin ndryshime të rëndësishme. Të vazhdonte t'u mbante krahët austriakëve, ish pa kuptim fare.

Ditën e pestë, një fuqi e madhe franceze e ardhur nga Shtylla sulmoi Gurin e Bardhë. U luftua rreptë. U plagos rëndë dhe vdiq mbas pak, Qazim Panariti, krahu i djathtë i Plakut gjatë tërë fushatës së Korçës. Në drejtime të tjera, francezët po sulmonin çetat në të gjithë vijën e frontit dhe në të njëjtën kohë.

Plaku nuk i la të lodhen shumë. Ai e quajti të mbyllur kapitullin e bashkëpunimit me austriakët dhe të luftës kundër francezëve. Po krijohej një situatë e re. Thirri komandantët e çetave, i porositi të mos e harrojnë dhe i la të lirë të shkonin në shtëpitë e tyre, gjersa fuqitë e mëdha të gjenin fjalën me njëra tjetrën. Mbetën me Plakun 600 vetë që ishin nga Skrapari e Tomorrica. Ai u nis në krye të tyre dhe të nesërmen mbërriti në Tomorricë.

Sali Butka

LAMTUMIRA

Ylli madh që na jep dritë,
I quajturi Afërditë,
Po i ndihmon Shqipërisë,
Me fuqi të perëndisë.

S. BUTKA

Austriakët e morën vesh tërheqjen e Plakut dhe nuk u erdhi mirë. Atyre u duhej medoemos një praparojë. Po Plakun nuk mund ta bindje me kobure në kokë. Kërkoi leje të shkonte në llixhat e Elabasanit dhe u detyruan t'ia jepnin.

Me sa dukej, austriakët e humbën davanë përfundimisht. Po fitonin fuqitë aleate. Ato dy vjet përpjekje nuk i siguruan asgjë Shqipërisë. Këtë po shihte Plaku. Mëndja e tij u lodh. Ajo nuk punonte aktivisht në një drejtim të caktuar si qëmoti. Bënte banja aty në llixhë sa përvëlohej, e megjithatë ndjehej akoma më keq.

Marsi i vitit 1918. Çfarë do të bëhej për të mbrojtur Shqipërinë?

Sali Butka u këshillua me Aqif Pashën në Elbasan. Burrë me mënd e me kurajë të madhe i dukej Aqif Pasha. Ai tha se e vetmja rrugë e shpëtimit do të ish kthimi i princ Vidit në Shqipëri. Princi ndodhej në Valdemberg për pushime. Mbase nuk i binte dhe aq ndërmend për Shqipërinë, po duhej tërhequr me çdo mjet. Nën emrin e tij mund të sigurohej përkrahja e fuqive të mëdha, të themelohej edhe një herë shteti shqiptar, e të shpëtonte nga copëtimi. Kështu i tha Saliut Aqif Pasha. Atë e gënjente mëndja. Princi delte për gjah dhe bënte banja çdo ditë. Nuk kish fare të ngjarë që ai të merakosej për fatin e një populli të huaj në anën tjetër të Europës. Dhe sa për frytet që mund të nxirrte nga qeverisja e atij vendi, që ja bënë dhuratë pak vjet më parë, nuk kish as më të voglën shpresë. Nga ngjarjet e fundit që i kujtoheshin princit, ai mbante mënd se, kur plasi kryengritja, vetëm duke u ndodhur në det, disa milje larg Durrësit, mundi të shpëtonte kokën dhe nusen e tij.

Po Sali Butka, ashtu si thoshte edhe Aqif Pasha, nuk gjeti në labirintin e gjendjes ndonjë rrugë tjetër që mund të shpëtonte Shqipërinë. Ai ra dakord. Më 7 mars, ditën e përvjetorit të zbarkimit në Durrës, i bëri Vidit këtë telegram:

"Së bashku me shokët e mi, po festojmë me besë e dashuri ditën e sotme, që është e lartë dhe e shenjtë për Shqipërinë e i lutem Zotit, që në vitin tjetër ta festojmë së bashku me Madhërinë Tuaj në Shqipëri.

Komandant i Çetave Shqiptare
Sali Butka"

Mbi këto pak rreshta u shkruan gjatë marsit dhe prillit aq tepër, sa do mjaftonte për të mbushur një arshivë të tërë.

Ministri resident në Baden, Konti Trautsmansdorf, i shkruante Ministrit të Jashtëm në Vjenë:

"Kontit Otokarr Çernin
Ministër i Jashtëm Perandorak dhe Mbretëror
Në Vjenë
Sipas njoftimit të komandës së korpit XIX, Kryetari i çetave Sali Butka, që është duke luftuar në anën tonë, ka kërkuar zyrtarisht transmetimin e telegramit të poshtëshënuar drejtuar Princit Fon Vid:
(Vazhdon teksti i telegramit)
Pyetjes së komandës së korpit XIX, në se duhej të transmetohej ky telegram urimi, Kryekomanda e Ushtrisë, duke u mbështetur në urdhërin e Sovranit, i është përgjigjur në mënyrë pozitive.

K. Trautmansdorf"

Por Ministri i Jashtëm, që përgjigjej për politikën e Madhërisë së Tij Perandorake e Mbretërore, kish dijeni më parë mbi telegramin e Sali Butkës dhe nuk ish i mendimit që t'i jepej rrugë.

Më 29 mars, Ministri i Jashtëm i telegrafonte Konsullit të Përgjithshëm austriak në Shkodër:
"Përgjigje telegramit Nr. 43, datë 27 e këtij muaji. Sipas pikëpamjes së këtushme, telegrami i Sali Butkës nuk duhet

të transmetohet dhe pikërisht për arsye se propaganda për Vidin bën pjesë në atë kategori të manifestimeve politike, që duket se janë në gjendje të shkaktojnë shpërthimin e mosmarrëveshjeve midis shqiptarëve.

Unë jam gati që këtë pikëpamje t'ia njoftoj edhe Kryekomandës së Ushtrisë, në qoftë se ju do të keni dyshim se telegrami juaj i sipërpërmendur, cilësuar sekret, nuk do të arrinte në dijeni të udhëheqjes së ushtrisë.

Çernin"

Politika e urtë, që bëhet duke buzëqeshur, ka fuqi magjike. Ajo i ngre nga vendi krerët e mëdhenj të ushtrisë e i bën të përulen. Nganjëherë ajo bën sikur nuk vë re edhe atë që thotë Perandori vetë. Në një letër drejtuar më 29 mars ministrit rezident, Ministri i Jashtëm kërkonte të mbahej parasysh nga Kryekomanda e Ushtrisë sa vijon:

"Kohët e fundit, kemi konstatuar shenja të ndryshme, të cilat lejojnë të duket rishtazi një farë interesi i rretheve të jashtë shtetit për problemin shqiptar dhe me një farë probabiliteti duhet të supozohet se kjo situatë nuk është e paditur prej shqiptarëve, por përkundrazi, ka mundësi që ndërmjet tyre të shpërthejnë manifestime dhe agjitacione politike; prandaj shkëlqesa juaj të keni mirësinë dhe të sugjeroni pranë Kryekomandës së Ushtrisë, që autoritetet ushtarake të pajisen sa më parë me një instruksion të qartë, të shkurtër dhe të detyrueshëm telegrafik, mbi objektin se ç'qëndrim duhet të mbajnë ato kundrejt manifestimeve dhe agjitacioneve të tilla.

Çernin"

Siç shihet, Ministri i jashtëm interesohej shumë që në Shqipëri të ruhej paqja e të mënjanoheshin turbullirat. Kjo do t'u siguronte një qëndrim të rehatshëm regjimenteve austriake dhe do të ndihmonte në propagandën politike. Përpara këtyre argumenteve, ministrit resident nuk i mbetej veç të konfirmonte sa më poshtë:

"Shkëlqesisë së tij
Kontit Otokarr Çernin
Ministër i Jashtëm
Vjenë

Korpkomanda Perandorake dhe Mbretërore XIX i ka njoftuar telegrafisht Kryekomandës së Ushtrisë se përfaqësuesi i Ministrisë Perandorake dhe Mbretërore të Jashtme pranë asaj komande ka marrë prej Shkëlqesisë Suaj instruksionin në lidhje me telegramin e urimit të Sali Butkës drejtuar Princit Fon Vid, se Shkëlqesia Juaj përkrah pikëpamjen që telegrami në fjalë të mos shkojë më tutje dhe pikërisht për arsyen se propaganda për Vidin do të çonte në përçarje dhe grindje midis shqiptarëve. Duke u bazuar në këtë lajmërim, Kryekomanda e Ushtrisë i telegrafoi më tre të këtij muaji korpkomandës XIX që transmetimi i mëtejshëm i telegramit të ndalohet.
K. Trautmansdorf"

Shumë letër shkoi dëm për atë copë telegram të Sali Butkës dhe më në fund, zëri u kthye mbrapsht. Të çaje rrugën për tek Princ Vidi, ish si t'i bije malit me kokë.

Sali Butka provoi edhe një herë. Ai i shkroi komandës së korparmatës XIX që të lejojë një delegacion shqiptar të shkonte tek Princ Vidi. Ai shkruante se, duke luftuar prej dy vjetësh përkrah austriakëve, beson t'i sjellë shërbime vendit të tij dhe se nuk heq shpresën në proklamimin e indipendencës së Shqipërisë.

Përsëri rrahin telat nga Shkodra në Vjenë e anasjelltas. Konti Trautmansdorf i shkruan Ministrit të Jashtëm se Kryekomanda e Ushtrisë nuk është e mendimit të lejojë delegacionin e Sali Butkës të takohet me një princ të huaj, siç është Vidi. Ajo mendon se është më mirë ta presë delegacionin Madhëria e tij Perandor, Mbret e Apostolik.

Që të fitoje sadopak në politikë, duheshin mjete të tjera. Duhej një pikëmbështetje. Sali Butka ish nisur drejt e drejt. Tani thoshin se mund të dërgonte delegacionin te Perandori në Vjenë. Ish njëlloj si të vije paratë në një bankë që po shpallte falimentin.

Nuk i mbetej tjetër, veç t'u thoshte austriakëve lamtumirë. Po shkonte për Tomorricë. Sa herë dështonin ndërmarrjet e tij, aty kish gjetur ngushëllim e çlodhje, aty e prisnin miqtë e vërtetë.

NJËZET E KATËR ORË

Zunë djemtë e përgatiten,
Për Atdhe duan të vriten,
E si dragonjtë vërviten,
As ndalohen më as priten.

S. BUTKA

Gusht i vitit 1919. Në Durrës italianët formuan një qeveri nën kryesinë e Turhan Pashës. Merrnin pjesë në të Fejzi Alizoti e Myfit Libohova. Meqë Italia u bëri nder, ata nuk ndenjën duarkryq. Nënshkruan menjëherë një protokoll, sipas të cilit Shqipëria vihej nën mbrojtjen e Italisë, ndërsa Vlora, Sazani e Karaburuni i faleshin asaj përgjithnjë. Nuk ishte e para herë që fisnikëria e vendit shiste krahinat me shumicë. Erdhi ajo kohë për të cilën Plaku ish lodhur së menduari. Fuqitë e mëdha po tërhiqeshin si ujërat pas përmbytjeve, e duke u tërhequr, secila mundohej të linte sa më tepër llum e baltë.

Erdhi koha që Greqia të bënte përpara. "Tigri i

301

Francës", Klemansoi, u tregua i gatshëm të shpërblejë pjesërisht shërbimet që u bëri aleatëve qeveria greke në kohët e fundit. Në Follorinë e Kapshticë u grumbullua një fuqi e madhe ushtarake. Ajo do të hynte në Korçë ditën që francezët do të dilnin. Plani i detajuar me hollësi, u pa e u pëlqye nga kryekomandanti i fuqive aleate, Gjenerali Fransua d'Esperay. Korçën e kërcënonte një rrezik për vdekje. Dhe jo vetëm Korçën. Italianët siguruan për vete një pjesë të majme, Veriun e kërkonte Serbia, vendi po jetonte, ndofta, çastet më kritike të historisë së tij.

Dhe si u përgjigj Korça nga ana e saj? Populli vendosi të kundërshtojë. U formua me shpejtësi një komision prej 13 vetash: gazetarë, doktorë, baballarë teqeje, tregtarë e të tjerë njerëz nga parësia e vendit. Që të gjithë i kërcënonte rreziku, të krishterë e myslimanë, fukarenj e të pasur. Komisioni mori përsipër të mbronte vendin. Po mbrojtja kërkonte ushtarë dhe armë. Pak ushtarë mund të gjendeshin, po armë s'kishte. Atëherë komisioni i ktheu kryet në të vetmin drejtim nga mund të vinte shpëtimi. Njëzëri iu bë një thirrje urgjente atij që ish lënë për ca muaj në harresë. Ja teksti i thirrjes:

"Zotit Sali Butka
Milovë- Tomorricë

I nderuari Atdhetar
Kemi marrë informata nga burime të sigurta se ushtria greke, në marrëveshje me Komandën e Lartë

Ushtarake Aleate të Lindjes, është lejuar të pushtojë Korçën dhe për këtë qëllim ka mbledhur ushtri të forta në Follorinë dhe në kufirin shqiptar-grek të Kapshticës. Jemi thellësisht të tronditur nga ky lajm i papritur dhe populli është shumë i shqetësuar dhe i alarmuar. Menjëherë u mblodh një grup patriotësh për të menduar se si duhet vepruar. U formua një komision dhe më zgjodhi mua si kryetar. Qysh në bisedimet e para, mëndja e gjithë anëtarëve të komisionit u përqendrua në personin tuaj, luftëtar i vjetër dhe i palodhur dhe të gjithë me një zë propozuan që të lajmërohi sa më parë për rrezikun që po i turret Korçës. Ky komision më ngarkoi që të bëj thirrje në ndjenjat tuaja patriotike dhe në sakrificat tuaja të pakursyera në interesin e Atdheut dhe t'ju urdhëroj të mblidhni sa më parë fuqira të shumta vullnetare dhe të nisi në drejtim të Korçës. Gjithashtu jini emëruar komandant i përgjithshëm i operacioneve. Të gjitha shpenzimet për ushqim janë siguruar. Jemi plotësisht të bindur në patriotizmin tuaj, se nuk do të mungoni të vini sa më parë.

Me bekimet e mia
Baba Ramadani
Kryetar i Komisionit për shpëtimin e Korçës"

Në kokën e Plakut shpërtheu stuhia. Vullneti i mirë nga pritja e gjatë, u çlirua njëherësh. Po merrte urdhër të nisej. Ish akoma shpejt të dilte në pension. Urdhër! Ai plak i pashtruar nuk merrte urdhra nga njeri. E lexoi letrën së dyti, pastaj me të në dorë shkoi drejt në konak të krahinarisë. Urdhëronte populli që të nisej pa vonesë. Kokëjashtë e me bastun në dorë, Sali Butka 67 vjeçar, i hidhte këmbët si djalë i ri.

E shikonin njerëzit dhe mbeteshin të shtangur. Mos vallë Plaku bredh në atë gjendje se i ka ikur mëndja? Apo ka marrë ndonjë lajm që flet mbi fundin e botës?

- Hajdeni pas meje, - u thoshte njerëzve që takonte, pa e ndalur hapin fare. Po e ndiqnin nja 10-12 burra dhe një turmë fëmijësh. Para konakut të krahinarisë qëndroi, mori frymë, u kthye nga njerëzit dhe tha:

- Greku kërkon të pushtojë Korçën tani që është koha të bëhet Shqipëri. Lajmëroni popullin të mblidhen. – Ai tundte krahun lart, duke treguar atë letër që asnjeri s'e dinte ç'thoshte e nga kish ardhur. Kush e kish parë ndonjëherë Plakun në atë gjendje? Atij i ndrisnin lotët në sy. Mallëngjehej për vetë fjalët e tij, apo pendohej që u hoq ca kohë mënjanë?

* * *

Brenda në konak, Plaku u qetësua një çikë. Nisi të shkruante përgjigjen për në Korçë, po e la letrën përgjysmë. Ai do të shkonte atje ndofta më parë se letra.

Në të vërtetë, nisja u bë ditën e tretë. U mblodh një forcë prej 800 vetash. Ashtu si tre vjet më parë, rreth konakut buçiste kënga valë-valë:

Në konakë thërret tellalli,
Thërret Sali Kapedani:
-Djema , ju kërkon vatani,
Ta shpëtoni nga Junani!

Plaku nuk ish në gjendje ta mbante veten. I rrihte zëmra sa gati i merrte frymën. Me një fjalë, u ngrit në këmbë Skrapari, Dangëllia, Opari, Kolonja. Ai u nis në krye të atyre 800 vetëve, i bindur se, duke shkuar përpara, forcat e tij do të rriteshin, me rrëmet e me bujë. Zëmra i këndonte, ajo e shtynte përpara, mendjen e kishte të kthjellët fare. Njeri i çuditshëm dukej ai Plaku i Butkës. Ta shikoje tek shkonte kaluar, i heshtur si guri i varrit, të bëhej të mendoje se vdekja nuk ka punë me të tillë njerëz.

Rrugës e prisnin grupet e vullnetarëve me këngë e me valle. Ali Koprencka e Xhelal Koprencka kishin dalë me 250 vetë, Riza Backa e Gane Backa me 100 vetë, krahina e Oparit me 500 vetë. Djem që të qante syri t'i shikoje, Mehmet Dushari e Xume Protopapa, Asllan Gura, që ish gjithnjë i pari e sa e sa të tjerë. Puthej Plaku me miqtë e vjetër dhe gjithnjë shkonte përpara.

Kur arriti të nesërmen në Gjergjevicë, u tund vendi. Mbërriti Plaku me 1500 vetë. U hap lajmi se ai po shkon t'ia bëjë copë samarë junanit.

* * *

Ato ditë Gjergjevica u kthye në një kamp të madh

305

ushtarak e të organizuar mirë. Nga Korça e nga krahinat erdhën vullnetarë të tjerë. Qindra burra prisnin në fshatrat e tyre të bashkoheshin me Plakun, kur të nisej për në Korçë ose drejt kufirit.

Komisioni i furnizimit mblodhi në fshatra dhe në qytet brenda, një ndihmë prej 11.700 napolona ari. Nuk kursyen asgjë fshatarët, pati nga ata që dhanë kaun e parmendës.

Dhe ndihma e popullit u administrua mirë. Nuk u lejua as më i vogli shpërdorim. Në komision bënin pjesë Dajlan Panariti, Qani Dëshnica, Gavril Pepua e të tjerë. U grumbulluan në Gjergjevicë rezerva ushqimesh të mjaftueshme. Zjarret e kazanëve tymosnin gjithë ditën. Hahej me racion të bollshëm.

Po për sa kohë do të mbaheshin në zjarr ata kazanë? Komisioni i Korçës dërgoi në Durrës një delegat të kërkonte nga e ashtuquajtura qeveri një ndihmë prej 200.000 franga ari. Fejzi Bej Alizoti e lexoi mandatin e delegatit me një farë çudie. Nuk jepnin, por kërkonin. Ai u përgjigj se qeveria nuk kish para. Pastaj shtoi se kryetari dhe nënkryetari gjendeshin në Romë. Me kaq qeveria lau duart dhe as që mori më mundim të pyeste ç'bëhej nga ato anë.

Shtator i vitit 1919. Po afrohej dita që Sali Butka të thoshte fjalën e fundit. Për ta thënë atë fjalë ai nuk u shpejtua. I mati e i peshoi forcat mirë, u këshillua me komisionin në Korçë dhe u sigurua se mund ta niste luftën e ta fitonte.

Komandanti i fuqive franceze në Korçë ish koloneli Lespinase. Duke e nuhatur rrezikun ai i doli punës përpara. Dërgoi te Saliu komandantin e xhandarmërisë shqiptare për ta siguruar se, po të marshonin grekët mbi Korçë, ai do t'ua lironte qytetin më parë forcave shqiptare. Ndërkohë vazhdonte zbrazja e qytetit. Korçarët shkonin në Ersekë e në Vlorë, ata që ja kishin vaktin shkonin në Evropë. Shkuan shumë edhe nga ata që merreshin me lëvizjen kombëtare. Një pjesë nuk besonte se Sali Butka do ta mbronte Korçën nga greku, një pjesë po tërhiqeshin derisa të vinin kohë më të mira. Koloneli Lespinase telegrafoi në Selanik se po bëhej evakuimi komplet i popullatës së qytetit.

Por sigurimeve të kolonelit francez Sali Butka nuk do t'u zinte besë edhe po t'i shihte të gdhendura në një pllakë mermeri. Ngjarjet e Republikës së Korçës dhe pushkatimi i Themistokliut ishin dëshmia më e mirë se komandanti dhe politikanët e huaj kuptonin vetëm gjuhën e atij që të flet me kobure në dorë. Plaku vendosi të ngrejë zërin e po të ish nevoja të shkonte përpara. Kështu do të bënte dy punë: Të dëgjohej në Konferencën e Paqes se Shqipëria kërkon të drejtat që i takonin, dhe të sigurohej Korça nga rreziku imediat.

Ja ultimatumi që i dërgoi Sali Butka komandantit të forcave franceze:

ULTIMATUM
Në emër të popullit shqiptar

Sali Butka, Komandant i Trupave Vullnetare të Lidhjes së Shqipërisë Lindore.

Zotit kryekomandant të forcave franceze në kufijtë shqiptarë

Në Korçë

"Komandant,

Në padijeni të popullit francez, në padijeninë e komisionit të lartë të Konferencës së Paqes dhe kundra vullnetit tonë, diplomacia juaj, e gënjyer nga fjalët lajkatare të disa diplomatëve grekë, shqiptoi dënimin me vdekje të popullit shqiptar, duke i dorëzuar Greqisë qytetin e Korçës dhe rrethet e saj dhe ky veprim arbitrar e kriminal është pranuar me gjakftohtësi nga Franca, mbrojtësja e kombeve të shtypur, mbrojtësja e të dobëtve! Kjo Francë, për të cilën shqiptarët e Korçës dhe të rretheve të saj kanë luftuar, kanë derdhur gjakun e tyre dhe kanë fituar, u thotë sot shqiptarëve: ne do të ndihmojmë grekët që ata të vijnë qetësisht tek ju, në vatrat tuaja në Korçë, ju mos kundërshtoni, t'i lini t'ju mbysin, ne do të bëjmë sehir.

Në shpalljen e këtij lajmi të trishtueshëm, një numër i madh nacionalistësh shqiptarë kanë ardhur dhe kanë hyrë në radhët tona, nën flamurin tonë.

Shpërngulja më e madhe e popullatës sonë fatkeqe ka filluar. Familje të tëra shqiptare, pa mjete dhe të uritura, u detyruan të largohen me shpejtësi nëpër male, që t'u shmangen barbarizmave të hordhive greke, të cilat ju po i prisni.

Të shtyrë deri në ekstrem dhe duke mos mundur të durojmë më të tilla poshtërime, ne e shohim veten të detyruar t'ju paralajmërojmë të na dorëzoni qytetin e

Korçës dhe rrethet e saj brenda 48 orëve që ndjekin nga dorëzimi i këtij ultimatum.

Duke parë se deri më sot drejtuesit francezë të Korçës janë sjellë në mënyrë atnore karshi nesh, ne u detyrohemi atyre mirënjohje, për këtë arësye nuk do të shtiem asnjë pushkë kundra tyre. Gjithashtu nuk dëshirojmë as edhe një gjakderdhje. Megjithkëtë, në qoftë se qyteti i Korçës dhe qarku i saj nuk do të na dorëzohen neve miqësisht dhe në rast se shtatmadhoria franceze ju urdhëron të na sulmoni, jo vetëm do të mbrohemi, por edhe do të sakrifikohemi deri në pikën e fundit të gjakut shqiptar për çlirimin e tokës së shenjtë të atdheut tonë të dashur, të shitur poshtërsisht nga diplomacia franceze armiqve tanë grekër.

Gjergjevicë, më shtator 1919
Kryekomandanti i Trupave Vullnetare të Lidhjes së Shqipërisë Lindore
Sali Butka"

Gjenden në këtë ultimatum disa mendime të shprehura me fraza fort tingëlluese. Përse vallë nuk fliste më thjeshtë Plaku kësaj here?

Ja, mjaftonte kaq gjë: Zoti Komandant! Liro Korçën brenda 48 orëve. Në mbarim të afatit, ora 13:00, po vijmë ta marrim vetë.

Se kur jep ultimatum, nuk mbetet më vend për bisedime.

Por Franca ishte një fuqi e madhe dhe për më tepër, një nga fuqitë që fituan luftën. Qeveria e atij vendi kish në dorë të pengonte ose të ndihmonte krijimin e shtetit shqiptar. Plaku donte ta lërë derën përgjysmë të hapët.

* * *

Sali Butka shëtit në kopsht. Një roje me pushkën pranë këmbës ka zënë derën e shtëpisë, që asnjeri të mos e shqetësojë komandantin. Ai duhet të mendojë. Shumëkush ëndërron madhështinë e komandantit, po vetëm ai që mban një barrë të tillë e di sa shpejt plakesh të komandosh të tjerët.

Ja, tani Sali Butka ka kërcënuar garnizonin e një ushtrie të huaj. Kush nuk e di këtë? Të gjithë presin. Ai qëndroi të shohë më mirë një kokërr mollë të kuqe. Pemët ishin plot atë vit. Mollët, pjeshkat, kumbullat. Natyra nuk pyet fare për hallet e njerëzve. Bëhet luftë apo nënshkruhet paqe, ajo shikon punën e saj. Ashtu kish qenë kur Plaku nuk ish akoma plak dhe ashtu do të ngjante kur të plakeshin edhe nipërit e tij. Gjithnjë ashtu do të mbetej, gjersa të kish mbi dhé një diell e gjersa ujërat të rridhnin tatëpjetë.

Me këto gjëra po e lodhte kokën Plaku ditën e dytë pas ultimatumit. Mendohej dhe priste. Koha ecte shpejt, ecte ngadalë. Njeriu nuk mund të ndalojë kohën, ashtu si nuk ndalon dot të çelurit e pemëve.

Ai pushoi së ecuri dhe u ul në një karrige. Gjunjët iu dobësuan, duart iu lagën nga djersa. Nga ana e tejme e gardhit një viç po fuste kokën brenda dhe mundohej të arrinte gjethet e pemëve. Hija e mbrëmjes ra mbi kopsht. Si duket po kalonte edhe ajo ditë. Plaku u ngrit me mundim dhe filloi të ngjitë shkallët e gurta, por atë çast dikush trokiti me rrëmbim te dera. Priti pa u kthyer. Ajo ish përgjigja.

Një oficer i lartë francez qenkej nisur nga Selaniku me porosi të shohë punët në vend e të takohet personalisht me Sali Butkën. E dërgonte Kryekomandanti i Forcave Aleate, gjenerali d'Esperey. Ai do të paraqitej në Gjergjevicë të nesërmen në drekë.

E pra, tani koha mund të ecte pas qejfit. Nëntëdhjetë për qind Plaku nuk do ta sulmonte Korçën, gjysma e punës ish fituar, as zjarr as gjak në qytet. E keqja po shtyhej larg, tej në kufi. Sa për atje, ai mund të ruante dhe të përgjonte deri në ditën e gjyqit të fundit.

* * *

Në mëngjes, Plaku dërgoi haber të vijnë komandantët e gjithë çetave, hëngri një goxha përshesh me qumësht dhe dolli poshtë brigjeve të Gjergjevicës. Pas një ore u kthye, piu kafe dhe kërkoi të shtrohej dhoma mirë. Pritej një i huaj që vinte mik dhe këta Plaku i nderonte dyfish, të mëdhenj e të vegjël, sido që të ishin.

Komandantët e çetave u mblodhën një nga një. Ata hynë në një dhomë tjetër, jo në atë që përgatitej për mikun, u mbyllën brenda dhe biseduan një gjysmë ore. Seç biseduan nuk e di njeri akoma edhe sot. Vetëm kaq u mor vesh: Herë pas here komandantët qeshën me zë të lartë dhe folën gjithë bashkë.

Në orën 12, në brigjet e Gjergjevicës filloi një lëvizje që të habiste. Vendi nxinte me vullnetarë. Shkonin çetat për dy. Qindra vetë ecnin në të djathë e në të mëngjër të rrugës. Vargu i njerëzve me pushkë zgjatej e zgjatej e rrëshqiste poshtë monopateve, kthehej e rrotullohej, humbiste e dukej prapë. Po jo vetëm anës së rrugës. Tej, nga përrenjtë dilnin çeta të tjera. Hapeshin në formacione, zinin vend një copë herë, pastaj kalonin përpara. Disa grupe qëndronin vetëm sa të mbaronin një këngë ose sa të dridhnin vallen dy herë dhe pastaj hidheshin më tej.

Ku vinin vallë gjithë ata njerëz dhe nga dolën? Të thoshe 5000 vetë, prapë pak ishte, po avancimi i trupave vazhdonte e s'kishte të mbaruar.

Fshatari i thjeshtë që bënte sehir nga gardhi i avllisë, mundohej të kuptonte ndonjë gjë, pastaj pyeste komshiun.

Eksperti ushtarak i porsaardhur nga Selaniku, ecte në kalë i shoqëruar nga dy ushtarakë të tjerë dhe herë-herë qëndronte për të shikuar më mirë. Ai i përgjigjej përshëndetjes së vullnetarëve që i kalonin pranë, por nuk humbiste rastin të kontrollonte mirë numrin e trupave që lëviznin tej, më të djathtë e më të mëngjër.

Dhe më në fund ai e plotësoi porosinë më kryesore, zbuloi forcat e Sali Butkës dhe e çmoi numrin e tyre në 6000 vetë. Po kjo nuk ish e tëra. Nga eksperienca ai e dinte se kundërshtari kurrë nuk i tregon forcat e tij të vërteta. Aty mbrapa kodrave gjenden rezervat. Numrin e plotë të vullnetarëve të Sali Butkës ai e llogariti në 10 000 vetë.

Historia thotë se, një lodër si atë të Sali Butkës, e

kish bërë Ilarion Kutuzovi 107 vjet më parë. Napoloni qëndronte në Moskë. Kish fituar, e megjithatë u trembej të mundurve. Ai shikonte zjarret e ushtrisë ruse në terrin e natës. Sa do të ishin vallë trupat e kundërshtarit? Ilarion Kutuzovi shëtiste nga njëri zjarr në tjetrin. Ushtarët shtyheshin për t'u ngrohur. Dimri rus nuk është shaka. E përse të shtyhen kish menduar Kutuzovi? Më mirë të kishte çdo ushtar zjarrin e tij. Në hapësirën e pafund zjarret kishin zënë të shtohen si qirinjtë natën e pashkëve. Një oqean me zjarre, rreth e qark kampit francez, tej në thellësi, ngado që të ktheheshe, vetëm zjarre. Rusia e gjithë qenkej mbledhur atje. Atëherë Napoloni kish thënë se qëndrimi i mëtejshëm para asaj fuqie do të ish fare i kotë.

Por Sali Butka duhej të gabonte kundërshtarin ditën në drekë dhe ta gabonte duke e pasur aty në mes të kampit të tij. Çetat shkonin përpara e nëpër rrugë të tjera ktheheshin prapë andej nga ishin nisur. Dhe qarkullimi i trupave, që ishin gjithë-gjithë 1500 vetë, mund të vazhdonte gjersa njerëzit të mbeteshin pa këpucë në këmbë, po qe se ai francezi i mallkuar do të qëndronte aty edhe një ditë më tepër.

I bindur mbi fuqinë e madhe të Sali Butkës, oficeri francez i telegrafoi kryekomandantit në Selanik se 10 000 vullnetarë mund të sulmojnë Korçën nga njëri çast në tjetrin. Selaniku i telegrafoi Parisit. Parisi Athinës, Athina Londrës dhe Parisit. Ajo që ngjau brenda atyre 24 orëve, është një punë e gjatë për t'u shpjeguar. Fuqitë e mëdha bënin pazarllëk të ndanin Shqipërinë, ashtu si ndahet një pulë e pjekur. Kërkonte pjesë Athina dhe nuk kërkonte pak, Korçën e Gjirokastrën bashkë. Roma kërkonte Vlorën dhe Durrësin. Beogradi kërkonte ta ndante përgjysmë. Dhe me siguri do ta kishin ndarë. Vetëm një gjë e shpëtoi këtë vend, e shpëtoi vullneti për të ekzistuar.

Plaku ndiqte me merak fatin e Shqipërisë në Konferencë e Paqes në Paris dhe shkruan:

Rroftë, rroftë Amerika,
Presidenti saj Wilsoni!
Me katërmbëdhjetë pika
i tha botësë qëndroni!

MBARIMI I PATRIOTIT

Bariu qante bagëtinë,
Edhe njeriu njerëzinë,
Gjithë kush vajton të tijnë,
Unë qaj për Shqipërinë.

S. BUTKA

Fëmijët bëjnë shamata. Nënat mundohen t'i gatitin
për shkollë një orë e më parë, se gjer në Shtikë ata duan
kohë të venë, po s'është e mundur të reshten. Befas fëmijët
i lënë grindjet dhe shakatë, shpejtojnë duart në veshje,
disa kapërcejnë me ngut kafshatën e fundit. Në divan
ka dalë babagjyshi. I larë, i krehur e i veshur, sikur do të
shkojë edhe ai në shkollë. Babagjyshi ecën në divan me
atë shkopin e tij që të kërcënon gjithnjë, po ama nuk
godet kurrë. Të kërcënon dhe qesh. Gjithë hiletë i merren
vesh. Ja si po kollitet, domethënë se nuk pret më, edhe
pak dhe ai do të hyjë të shikojë kush po vonohet.

Fëmijët dalin nga dhomat dhe shkojnë drejt divanit.

Thonë mirëmëngjesi, i puthin dorën babagjyshit dhe ulen në minder njëri pas tjetrit. Si zënë vend, babagjyshi bën shenjë me kokë. Ata ngrihen në këmbë, mbërthejnë sytë në mur dhe nisin të këndojnë:

Për Mëmëdhenë, për mëmëdhenë,
Vraponi burra se s'ka me prit.

Gjithsej nëntë fëmijë. Dy të vegjlit përpara, këndojnë sikur i ka vënë njeri në punë të detyruar. Dy çupat, përfitojnë nga rasti, të pickohen kur nuk i sheh babagjyshi, djemtë e mëdhenj këndojnë plot gjoksin e i theksojnë fjalët mirë.

Babagjyshi rri më këmbë. Sipër kokës së tij në gjithë faqen e murit, është pikturuar shqipja e zezë me dy krerë. Në murin nga e djathta, janë vizatuar shumë vaporë. Kaq shumë vaporë sa po të lëvizin nga vendi, do përplasen me njëri tjetrin. Deti hapet si tepsi e hekurt. Ai i ka prerë vaporët në mes. Në breg të detit, janë vendosur një gardh me njerëz, që rrinë në radhë si fishekët e gjerdanit. Mbrapa krahëve kanë një mal me pallate. Njerëzit janë të gjithë të kuq, pallatet të bardha, deti fare blu dhe vaporët të verdhë. Kështu do duket qyteti i Durrësit kur të bëhet mirë Shqipëria.

Në murin e majtë duket e ardhmja e qytetit të Tiranës. Ka kaq shumë pallate, dhe gjithë njerëzit nëpër rrugë kanë qëndruar në vend. Ata janë të gjithë moshatarë e të një gjatësie. Bojëra e bojëra sa të merren sytë.

- Këtej shikoni, - u thotë babagjyshi fëmijëve dhe u

tregon me shkop shqiponjën që ka mbi krye.

Fëmijët e shikonin atë shpend të tmerrshëm dhe nuk kuptonin mirë. Babagjyshi thoshte se duhej ta donin si shpirtin se ai sillet rrotull kufijve, ruan vendin dhe mbron njerëzit e mirë.

- Shqipja, që është flamuri ynë...

- Pse rri shqipja në mur? – ja pret fjalën një nga fëmijët.

"Kam frikë se do bëhen budallenj këta fëmijë", - mendoi Plaku.

I vinte inat që e pyesnin për gjëra, të cilat ai e kish vështirë t'i shpjegonte.

"Sidoqoftë, - tha ai, - budallenj apo të zgjuar, shqiptarë të mirë do bëhen patjetër".

- Flamuri ynë, - vazhdoi Plaku, - do qëndrojë për jetë. Ne themi:

Valo mbi tokën e Atdheut tonë,
Dhe falna shpresë e dashuri;
Përhap kurajo tej e gjithmonë,
Valo për jetë në Shqipëri.

Ajo ish dita e 28 Nëntorit. Plaku u foli fëmijëve e u recitoi vjershat e tij dhe ata e dëgjuan, sikur të ishin burra të pjekur. Duke folur, Plakut iu mbushën sytë me lot. Fëmijët e mbajtën mënd për shumë kohë atë ditë.

Që Atëherë e gjer sa iku nga Butka, Plaku i vinte fëmijët çdo mëngjes të këndonin para flamurit këngën e mëmëdheut. Tani ai i detyron ata të këndojnë vetëm dy strofa. Kështu nuk mërziten. Thonë ditën e mirë dhe vrapojnë për shkollë.

Fëmijët turren poshtë shkallëve, duke shtyrë njeri tjetrin. Vetëm djali i Myftarit qëndron. Ai fërkon njërën këmbë pas tjetrës dhe kafshon buzën e poshtme, duket se ka diçka për të thënë. Plaku rri e shikon dhe nuk e pyet, djali duhet të mësohet të flasë vetë.

- Babagjysh, - tha djali më në fund, - mësuesi nuk na mëson për Shqipërinë ashtu siç na mëson zotrote.

Të kallëzoje mësuesin tek babagjyshi nuk ish dhe aq punë e lehtë. Pak gjëra kërkonte ai: Të ngriheshe më këmbë kur përmendje Shqipërinë, të doje librat, dhe mësuesin, të mos thoshe gënjeshtra, të mos përtoje kurrë. Pak vërtet, po të zorshme për t'u mbajtur dhe në këto pika ai s'të falte fare.

- Dhe si ju mëson ai? – pyeti Plaku.

- Ja kështu, - tha djali, - Shqipërinë e bëri Greqia që e shpëtoi nga Turqia dhe ne kemi si mëmë Greqinë.

Ndërsa djali fliste, Plakut po i zmadhohej syri e po i dridhej veshi. Ai e dinte se mësuesin e Shtikës e kërcënonin me letra që të mos u mësonte fëmijëve shqip.

- Ja, - tha djali, duke nxjerrë një fletore nga çanta, - dysh më ka vënë mësuesi.

- Prandaj shpif ti, pizeveng, - iu kanos Plaku. Ai mori me një dorë fletoren dhe me tjetrën kapi djalin për veshi. E peshoi fort, po djali nuk bërtiti. Plaku e shikoi mirë në sy, ja liroi veshin dhe hapi fletoren. Një dysh në fund të hartimit, përmbi dyshin, dy vija të trasha kishin mbuluar fjalët e shkruara nga djali "Rroftë mëmëdheu, Rroftë Flamuri!"

318

Plaku u pendua. Kështu paskej qenë puna. U ul në minder të lexojë hartimin dhe mori djalin pranë. Hartimi nuk ishte i keq, e kish bërë një djalë shqiptari. Plaku kërkoi kalemin dhe nisi të shkruajë në fletore: Djali po rrinte me zëmër të ngrirë. Babagjyshi bënte vjersha në faqen tjetër.

O zot, o mësues i Shtikës,
Mos u zbyth dhe aq prej frikës,
Qëndro drejt e bëhu burrë,
Mos e shkel detyrën kurrë.

- Këtë, - tha Plaku – tregoja mësuesit sa të vesh në shkollë. Tani vrapo të të ftohet veshi.

Pastaj Plaku u gatit të nisej për Ersekë dhe kërkoi të nxirrnin jashtë flamurin. Ish flamuri i tij i luftës, flamuri që i dërguan më 1914 shqiptarët e Amerikës, me mirënjohje e falënderime për sakrificat që kish bërë në altarin e Atdheut.

Plaku thoshte gjithnjë se syrin tjetër e falte, po atë flamur nuk e jepte. Ai priti në këmbë që të kalonte flamuri përpara. Zbriti poshtë dhe i hipi mushkës.

E prisnin rrugës luftëtarët dhe miqtë e vjetër. Në krye të gjashtëdhjetë kalorësve e me flamurin përpara, Sali Butka hyri në Ersekë të festojë 28 Nëntorin dhe aty u ngrit në valle vetë.

* * *

319

Mot i kthjellët. Tej, në faqe të Gramozit, endet një ajër i lehtë në ngjyrë tymi. Nga dera e hapët vjen era e pranverës. Të dy mollët dhe qershia janë rënduar me lule. Njeriu mund ta soditë këtë gjë e të mos plaket kurrë.

Por pleqëria nuk mund të ndalet, vjen heshtur e me të pabesë, një hap sot e një hap tjetër nesër, i ngjan atij punëtorit me kazmë në dorë që fillon t'i prishi themelet binasë, duke hequr tullat një e nga një.

Sali Butka shikon lulet e qershisë e i duket se ato po çelin për të fundit herë.

I kujtohen kohët që shkuan e vanë, ato që humbi e ato që fitoi. Ai humbi gjithçka mund të humbiste një njeri i gjallë, po fitoi atë për të cilën dha çdo ditë nga një pikë gjaku, gjersa u tha fare e nuk i mbeti gjë tjetër për të dhënë.

I vjen parasysh vargu i pambaruar i atyre që u shuan e nuk janë më , ata që e lanë vetëm, që nuk do t'i shohë e nuk do t'u dëgjojë më zërin kurrë. Në turmën e tyre ngrënë krye gjer në qiell bajrakët e mëdhenj të Frashërit, që duhej të ishin sot aty e të gëzonin pemët. Buzët e Plakut lëviznin ngadalë, po thirrja e tij e vjetër nis si murmurim, pastaj dora dorës merr forcë e buçet, gjersa i ngrihen përpjetë qimet e bardha të kokës:

Ngreu, o Abdyl bej nga varri,
Se t'u mbarua qëllimi,
Koha u kthye së mbari
Hidhi sytë nga perëndimi.

Që të shikosh Shqipërinë
Nga gjum'i rëndë u zgjua
Ngrije Samin e Naim'në
Ta shohin q'u lulëzua...

Po kush të lë të kujtosh plagët e shkuara, t'i vihesh mësimit mbarë e të shohësh një ditë të bardhë? Ai u mbështet në jastëkët e minderit, lidhi duart pas kokës dhe priti t'i sjellin kafenë. Qe kthyer në shtëpi të tij pas nëntë vjet mërgimi, qe kthyer vetëm si i kish mbaruar të gjitha.

Kur francezët deklaruan se Korçën do t'ua dorëzonin shqiptarëve, Sali Butka i shpërndau vullnetarët dhe mbajti në Gjergjevicë 200 vetë. Priti atje të shikonte në se do ta mbanin fjalën kësaj here.

Në Kongresin e Lushnjës ai shkoi si delegat i Kolonjës dhe u bashkua me burrat e mëdhenj të kombit, atje ku po hidheshin themelet e shtetit të pavarur shqiptar.

Plaku shkoi në qytetin ku do do të mblidhej kongresi kombëtar gati një muaj më përpara, si mik i Ibrahim Karbunarës. Ditën e 28 Nëntorit ai mbajti një fjalim në mitingun e organizuar në Lushnjë, me rastin e Festës së Flamurit. Ja kronika e asaj dite të 28 nëntorit 1919: " Mëngjezi ...u gdhi i stolisur me flamurë kombëtarë, i gjithë qyteti ishte në festë; në ora 10.00 u bënë tedeumet si në kishë e xhami, mandej populli u grumbullua përpara godinës së nënprefekturës. Në këtë moment u këndua hymni kombëtar... Mbasandaj doli Sali Butka, i thjeshtë në shprehje, por kuptimplotë. Saliu tha midis të tjerash:

'Mua më janë vrarë dy djemtë për çlirimin e atdheut, por kurrë nuk u dëshpërova, sepse ata bënë detyrën si gjithë patriotët e tjerë që ranë dëshmorë. Sot jam kryelartë, kur shoh që ëndërrat e tyre, si edhe të gjithë shokëve të tyre si Spiro Bellkameni, Themistokli Germenji e të tjerë, u plotësuan'. Në këtë moment Sali Butka prek Flamurin Kombëtar me dorë dhe e puth".[19]

Plaku e përshëndeti me vargje Kongresin Kombëtar të Lushnjës, Këshillin e Lartë dhe Qeverinë, që dolën nga ky kongres:

Uronj Këshillën e Naltë
Me faqe të bardhë daltë
Dhe me një Shqipëri të plotë!
Shpirti im kështu më thotë.

Më pas ai lëshoi kushtrimin për çlirimin e Vlorës dhe Sazanit nga pushtuesit italianë me vargjet:

Për Sazanë dhe për Vlorën
Do të vritemi të tërë!

Mirëpo, pa mbaruar mirë kjo punë, u hap fjala se gjenerali Trikupis po mblidhte fuqi në Kapshticë. Greqia ish e pakënaqur nga vendimet e Konferencës së Paqes. Korça bëri thirrje përsëri, përsëri u ngrit Sali Butka. Pastaj thanë se erdhi komisioni të ndajë kufirin. Greku kërkonte Llofkën e Kazanit. Kërkonte ta kish brenda se aty në

---

19 Arkivi i Instituti t të Historisë, A-V-73

NDJENJA PER ATDHE

PERMBAN YJERSHA JSTORIKE,

prej.

SALI BE BUTKËS.

KORÇË

Shtyp. ½ Librarja "KORÇA„ Kotl ½ Xoxe

1920

Fotokopje e fletës së titullit të librit me poezi të Sali Butkës
"Ndjenja për Atdhe", Korçë 1920

Llofkë i kish thyer dhëmbët kushedi sa herë.

U ngrit Sali Butka, i hipi mushkës dhe vajti në Kazan. Bëhej paqe, prandaj nuk mori armë.

- Kufiri këtu është vendosur me kohë, - i kish thënë Plaku komisionit.

Dhe si u larguan të gjitha rreziqet, si u vendos një qeveri në Tiranë, ai ngarkoi të tre mushkat dhe shpuri fëmijën në Butkë. Në oborrin e shtëpisë, kish shkarkuar plaçkën dhe kish ndenjur pak të bënte sehir.

Dikur, Saliu kish pasur një shtëpi dykatëshe, me pemë në bahçe, ara me grurë, bagëti. Punonte fort, po jetonte mirë. Ja sepse nuk e do luftën njeriu. Edhe gurët e shtëpisë i qenë djegur. Degët e pemëve vareshin poshtë, lëkurët e drurëve qenë zhvatur, bari i egër kish ngritur krye. Prishje e plotë.

Fshatarët nuk e kishin lënë Plakun të mërzitej. Secili i tha një fjalë të mirë, secili i dha atë ndihmë që mund t'i jepte. Po më shumë Plaku iu përvesh punës vetë. Punonte nga pak dhe nxiste nipërit. Rregulloi parmendën, bleu dy qe, mblodhi e pastroi veglat, thuri gardhin. Pak nga pak u ngrit në këmbë ajo shtëpi e djegur dy herë. Në fillim bëri dy konakë, pastaj e ndreqi të tërë. Bleu 30 krerë dhen, bleu 20 dhi për qumësht.

Në një vit e gjysmë, Plaku e vuri në vijë shtëpinë. Borxhet i lau. Mbetej të gëzonte ditët e fundit të jetës së tij, të pinte shishen e rakisë në mbrëmje, të priste miqtë. Pak pushim e kish merituar prej kohe.

Mirëpo gjatë ditës ka më shumë hidhërime se prehje. Ja ai mësuesi i Shtikës i bënte duva grekut. Sigurisht nga frika e bënte. E trembin ca maskarenj që kanë dalë sheshit. Ata që humbën luftën, ata po fitojnë.

Po ato zgjedhje që u bënë javën e kaluar në Ersekë? Kish vajtur Plaku të votojë dhe aty pa se votimet i drejtonte xhandari. Një xhandar andej, një këndej. Të gjithë të votonin në kutinë e Ahmet Zogut, kush të mos donte të paraqitej në postkomandë.

"Hapuni, lironi rrugën, bëni vend Sali Beut," kish thënë xhandari duke shtyrë ata që rrinin rrotull të bënin sehir. "Këtej urdhëro, Sali Bej, këtej. Këtej e ke rrugën zotrote." Xhandari me një dorë nderonte dhe me tjetrën tregonte kutinë e Ahmet Zogut.

"Hap rrugën", qe kërcënuar Plaku. Ai i kish vënë xhandarit shkopin në gjoks, e kish shtyrë mënjanë dhe qe drejtuar te kutia e Fan S. Nolit.

"Kush është patriot e burrë, këtu duhet të votojë", kish thënë ai duke ngritur dorën që ta shihnin të gjithë.

Xhandari kish mbetur gojëhapur. Sali Butka e kish kërcënuar me shkop edhe një herë, pastaj kish shkuar drejt kafenesë të bisedonte për votimet e të pinte një filxhan kafe me miqtë e vjetër.

Një kategori njerëz nuk dinë as vetë se ç'kërkojnë. Ja Shqipëria u bë. Po të donte Sali Butka të përkrahte ata që morën fuqinë, siguronte një pension të majmë. Edhe çifligje mund t'i jepnin.

Po atij nuk i prehej shpirti kurrë. Kish dëgjuar se në Tiranë deputetë e ministra u therën e u grinë kush të marrë kolltukun më të mirë e i vjen të pëlcasë nga marazi. Sillet rrotull në dhomë se s'ka ku të vejë. Bota e tij është kufizuar shumë. Shtatëdhjetë e dy vjeç i mbushi,

gjunjët nuk e mbajnë.
Megjithatë fjalën e tij do ta thotë. Ulet në minder
dhe mendon. Ai merr të shkruajë një letër të hapët:

"Kuvendit Themeltar
Tiranë
Prej Sali Butkës.

Zotërinj fort të nderuar,
Rrofshi qofshi të gëzuar,
Populli u ka dërguar,
Ju zgjodhi për më të shquar

Të gjykoni me të drejtë
Në çdo punë pa të metë
Se financa s'bën përpjetë
Duke mbushur xhepat vetë.

Bëni detyrat dhe shkoni,
Zgjedhje të reja kërkoni
dhe hiqni dorë nga froni.

Sa për formë qeverimit
Gjithë jemi të mendimit,
Se është bari i shpëtimit
Libri i Sami Frashër trimit.[20]
....

_____

20 Botuar në gazetën "Ku vemi?" më 6 Mars 1924

Po pse vallë nuk e thotë fjalën aq mirë sa qëmoti? Pse peshon ajo aq lehtë? Mbase e ka fajin syri. Syri që loton përherë dhe ajo shishja e rakisë që i rrafshon kokën e ja bën mendimin tym e avull.

Herë-herë ai plak e ndjente vdekjen fare pranë. Ajo e panjohura e madhe, që ishte shtruar prej kohe këmbëkryq brenda në kokë, atje tek është foleja e mendimit, ajo po shtrihej gjithnjë më poshtë. Plaku u zgjat të mbante vesh hapat e saj.

Po nuk kish ardhur akoma ora të kaptonte tutje e të prehej.

Një ditë i thonë se Ahmet Zogu iku. Shyqyr, mori puna për mbarë. Tani do gëzojë njeriu të drejtat e tij.

Po nuk arrin të mbarojë fjalën dhe del se Zogu është kthyer prapë.

Sali Butka pyet në Korçë. Komandanti i xhandarmërisë, Beqir Gjylbegu, i lutet ta ndihmojë të mos e lënë Zogun të hyjë. Atëherë Sali Butka mbledh nja 300 kolonjarë dhe zë kufirin që në Kazan, gjer në malet e Leskovikut.

U kthye Plaku nga buza e varrit dhe mori pushkën prapë. Njerëzit i shkojnë mbrapa me besim. Atje në kufirin e tij, ai përsëri fitoi. Asnjë zogist nuk mundi të hyjë në Shqipëri, ç'mban kufiri i Kolonjës dhe Leskovikut.

Kur e lanë të zbriste nga mushka, i thanë se mundohej më kot. I thanë se po mbante murin. Ahmet Zogu bënte festë në Tiranë.

Xhandarmëria e Kolonjës tani komandohej nga krerë të tjerë. Ajo mori urdhër të arrestojë Sali Butkën. Urdhri nuk gjeti zbatim. Nënprefektura njoftoi Prefekturën, Prefektura qendrën se Sali Butka ish mbyllur në shtëpi dhe nuk i jepte armët. Që të arrestohej duheshin përforcime. Disa thanë se kjo është kryengritje, është rebelim ndaj qeverisë e ndaj zotit, Sali Butka duhet të ulë armët, atij i duhet thyer hunda.

Hë për hë qeveria nuk vuri dorë, ajo kërkonte të ulte gjakrat.

Një ditë tjetër i thonë se Ahmet Zogu u bë mbret.

Atij nuk i erdhi mirë dhe shkroi me dorën që i dridhej paksa:

Dëgjoni se dot nuk rri
pa thënë atë që di:
S'na duhet në Shqipëri
as mbret e as mbretëri.

EPILOG

Ai kish marrë në shtëpi dy ustallarë prej Opari. U pagoi një napolon flori, që t'i gdhendnin gurin e varrit. I porositi të skalitnin në gur një shqipe me dy krerë. Ta skalitnin thellë që të mos shuhej kurrë. Atë do ta kish aty mbi krye për sa kohë të shndriste dielli e hëna. Dhe meqë puna nuk i pëlqeu, i ktheu ta skalitnin tri herë më radhë, se donte ta priste si duhet atë zonjën e madhe.

Çudi e madhe. Besimin e këtij Plaku se Shqipëria do ta shohë më në fund lirinë, nuk e tronditi as vdekja vetë. Ai do të vazhdonte të fliste për të edhe që matanë varrit.

Lermëni pak që të prehem,
Se më zuri pleqëria,
Dhe e baltë do të bëhem
Sot që u bë Shqipëria.

Linda tok me Shqipërinë,
Se për këtë jam përpjekur,
Sot e shoh me sy lirinë
Pra, më vjen sikur s'kam vdekur.

Më 24 tetor 1938, Plaku i Butkës vdiq. Lasgush Poradeci desh të botonte në gazetën "Drita" një artikull për nder të tij, po redaktori Zoi Xoxe u përgjigj se nuk kish vend në gazetë për një armik të qeverisë. Le të varroset e të zhduket një orë e më parë. Le të shuhet kujtimi i tij thellë në tokë.

Po kujtimi i Sali Butkës jetoi gjatë në mendjen e njerëzve. Ata kthejnë kryet me mirënjohje ndaj veprës së këtij njeriu fatkeq e të lumtur, që me aq bujari vuri në shërbim të atdheut shpirtin dhe mendjen e tij.

Më 1945, Kuvendi Popullor e dekoroi Sali Butkën me urdhrin e Skënderbeut. Në vitin e pesëdhjetë vjetorit të pavarësisë, ai u dekorua përsëri, me Urdhrin e Flamurit dhe Urdhrin e Lirisë. U dekorua bashkë me të edhe Ganiu.

Sali Butka është kujtuar edhe jashtë Shqipërisë, atje ku jetojnë bashkëkohës e të njohur të tij të vjetër. Në pesëdhjetë vjetorin e Kishës Ortodokse Shqiptare, Fan S. Noli përmendi me radhë Gjergj Kastriotin, Sali Butkën dhe gjithë patriotët e tjerë që dhanë jetën për Shqipërinë. Pastaj ai e vuri emrin e Sali Butkës në listën e pionierëve që luftuan e u përpoqën për themelimin e shtetit shqiptar.

Në Ersekë, aty në varret e dëshmorëve, janë vendosur

miqtë e vjetër pranë e pranë: Petro Nini Luarasi, Sali Butka, Gani Butka, Muço Qulli e Hasan Qinami.

Se për të themeluar Shqipërinë është dashur të ngjitet një mal shumë e shumë i lartë dhe Plaku i Butkës ish nga të parët që u nisën e ndër të parët arriti në majë.

Pasqyra e lëndës